༄ **I** ༄ *DIE JAGD* BEGINNT Ich stelle mir vor, wie es wohl zugegangen ist am Abend des 11. August 1876 auf dem Landsitz von Lord St. Simon, an jenem Abend vor dem Beginn der Jagd.

Es soll ein lauschiger Sommerabend gewesen sein. Der Duft der Rosen schwebte um das wuchtige Gebäude, auf das es im Laufe seiner 200jährigen Geschichte zu viel geregnet hatte. Aber an diesem Abend fiel kein Regen in Kent. Der grüne Rasen, der die Auffahrt von Weald Manor begrenzte, war trocken, der Wind spielte mit den Blättern der akkurat geschnittenen Hecken, ließ die Bäume rauschen, und die Nacht senkte sich behutsam wie ein kühles, seidenes Tuch über die Landschaft. Abende in Kent, so lernte ich später, zeichnet der Hang zur Perfektion aus, der auch den Menschen dort eigen ist, vor allem, was ihr Verhältnis zu den Gärten betrifft. Das Verhältnis untereinander ist allerdings wesentlich heikler, wie sich zweifellos im Laufe dieser Geschichte herausstellen wird.

Das Unheil näherte sich, während der Lord und die Lady ihre Gäste in der Hall empfingen, um sie in den Dining Room zu geleiten. Ich weiß nicht, ob alle guter Dinge waren – die Erzählung des Butlers, der den Aufmarsch der Herrschaften beobachtete, ist in dieser Hinsicht nicht sehr präzise. Aber da ich alle Beteiligten später genauer kennenlernte und mehr über sie erfuhr, als sie jemals selbst voneinander wissen wollten, maße ich mir an, die Szene zu beschreiben:

Lord St. Simon stand in der Mitte der Hall und fröstelte. Da er die Hälfte seines mittlerweile 45jährigen Lebens in tropischen, subtropischen und mediterranen Gefilden zugebracht hatte, war er das heimatliche Klima nicht mehr gewöhnt. Er trug eine dezent karierte Hose, einen schwarzen Gehrock, darunter eine enge Weste und ein Hemd mit Mornington-Kragen. Dunkelhaarig, mit üppigem Schnurrbart und von stämmiger Figur, konnte man ihn sich besser in einer Militäruniform vorstellen.

Der Lord hörte Schritte und wandte seinen melancholischen Blick nach oben. Ein herrischer Zug umspielte plötzlich sein kantiges Gesicht, als er seine Frau erblickte. Lady Eugenia, drei Jahre jünger als ihr Gatte, aber wesentlich schneller gealtert, trug ein silbergraues Kleid, das in endlosen Falten und Rüschen zu Boden wallte. Sie weigerte sich, weiß zu tragen, weil es sich ihrer Meinung nach nicht schickte, mit der Farbe der Unschuld Schindluder zu treiben. Wäre das opulente Kleid nicht gewesen, hätte man sie kaum wahrgenommen: Sie war dünn, hatte ein schmales Gesicht und mattblondes Haar.

Die Schritte der Eheleute hallten über den mit schwarzweißen Rauten gemusterten Steinboden. Sie blieben stehen, nickten sich zu und musterten einander wie zwei müde Kämpfer auf dem Schlachtfeld der Emotionen.

Ein perlendes Lachen kündigte Edwina Merton, die junge Cousine der Lady an. Kurz darauf eilte sie ihrer Mutter, der matronenhaften Cressida Merton voran die Treppe hinunter. Die junge Frau trug ein rosa Kleid mit fröhlich flatternden dunkelroten Bändern, ihre Mutter wie immer Schwarz. Edwina sprang von der letzten Stufe und plapperte los: «Ach, bin ich aufgeregt!» rief sie und klatschte in die Hände. «Die Jagd beginnt! Wie sehne ich mich danach, auf dem Pferd über die Wiesen zu preschen, immer dem Fuchs auf den Fersen.»

«Du schwärmst zuviel, Edwina», sagte ihre Mutter mit eisiger Stimme. «Außerdem wird morgen kein Fuchs gejagt.»

«Nicht?» Edwina blickte enttäuscht drein.

«Rebhühner, Fasane, Moorhühner und ähnliches, meine Liebe», sagte Lady Eugenia.

«Ach Gott, die armen Vögel», stellte Edwina mit ehrlichem Bedauern fest.

Von der anderen Treppe her näherte sich ein Flüstern. Man drehte sich um und nickte John Hartley und seiner Frau Emily zu, die äußerst zurückhaltend gekleidet über den roten Teppich die Treppe hinunterstiegen.

Dem dünnen, blonden John mit der spitzen Nase sah man schon von weitem die puritanische Gesinnung an. Er lachte nie, aber vielleicht lag es nur daran, daß er schlechte Zähne hatte. Er war 38 Jahre alt, sah aber älter aus. Seine etwas jüngere, unscheinbare Frau Emily redete gern, aber nur über ernste Dinge, zum Beispiel über Florence Nightingale, das Lieblingsthema der fröhlichen Edwina. Auch Edwina träumte davon, sich wie die berühmte Krankenschwester für die Menschheit aufzuopfern.

Schon wieder Florence Nightingale also. Die Herren seufzten und blickten zur Decke, wo sie dank eines schon leicht rissig gewordenen Deckengemäldes verschiedene Szenen aus dem Leben des großen Julius Cäsar studieren konnten. Deckengemälde müssen wohl extra für solche Momente erdacht worden sein.

Hüstelnd näherte sich Charles, der alte Butler: «Mylord, die Herren befinden sich bereits in der Gallery.»

Es gab zahllose Möglichkeiten, sich dem Dining Room zu nähern. Lord Anthony dirigierte seine weiblichen Gäste und den stoischen John Hartley mit Hilfe des guten Charles durch eine Tür in die endlos lange Gallery Richtung Dining Room. Am Ende des Gangs, dessen linke Wand von Porträts unzähliger Ahnen übersät war, trafen sie auf drei Herren, die sich offenbar in eine philosophische Debatte verstrickt hatten. William St. Simon, der jüngere Bruder des Lords, ein Pfarrer, blickte finster drein, als Francis Ruskin, ein rothaariger, struppiger und bärtiger Finsterling, die Rechtmäßigkeit der Monarchie anzweifelte. Neben ihnen stand Peter Putney, ein blasser Arzt, und lachte trocken.

«Wenn Gott die Ewigkeit der Monarchie gewollt hätte, dann hätte er den Menschen nicht die Idee der Demokratie in den Kopf gesetzt», polterte Francis Ruskin.

Dr. Putney lachte, Miss Edwina hielt sich in gespieltem Entsetzen eine Hand vor den Mund. Alle anderen taten so, als hätten sie nichts gehört.

Lord Anthony ging voran und hoffte, daß der Butler ihm aus der Bredouille helfen würde. Und tatsächlich: Genau im rechten Moment schob Charles von innen die Tür auf und gab damit den Blick frei auf seine Frau Elisabeth, die die Gäste mit einem Tablett erwartete, auf dem gutgefüllte Sherrygläser standen.

Francis Ruskin vergaß seine demokratischen Ideale und wandte sich von seinen Gesprächspartnern ab. Edwina kam ihm zuvor und griff nach dem ersten Glas. Ruskin, einen Moment lang irritiert von dem großzügigen Dekolleté der jungen Dame, hätte beinahe dem durstigen Peter Putney seinen Ellbogen in die Seite gestoßen.

Als alle, bis auf die Hartleys, die den Genuß von alkoholhaltigen Getränken ablehnten, versorgt waren, kam Ordnung in das Durcheinander. Die Hartleys und die Mertons unterhielten sich über die Nützlichkeit von Wohltätigkeitsbasaren. Lady Eugenia stellte ihrem Schwager Peter Putney einige fachliche Fragen bezüglich Erkältungskrankheiten. Pfarrer William und Lord Anthony ließen sich von Francis Ruskin in ein labyrinthisches Gespräch über den chartistischen Arbeiteraufstand von 1838 verwickeln, aus dem sie nicht mehr herausfanden.

Alle hatten großen Hunger und alle fieberten dem Beginn der Jagdsaison entgegen.

Charles folgte seiner Frau durch den Korridor zur Küche. Hinter der ersten Biegung des steinigen kahlen Korridors blieb Elisabeth stehen und wartete auf ihren Mann. Zwei Gläser mit Sherry waren auf dem Tablett übriggeblieben. Der Butler und seine Frau stießen mit ernsten Gesichtern an und tranken den gutgekühlten Fino in einem Zug aus. Wieder blickten sie einander ernst an und gingen dann in die Küche.

Dort war es heiß und stickig, die Fenster waren geschlossen. Canon Dilke, der fette Koch, brüllte einen Fluch nach dem anderen und fuchtelte mit langen Gabeln herum. Ihm zur Seite stand Vicky, seine Gehilfin. Canon Dilke war nicht der einzige, der behauptete, sie sei ‹genauso dick und genauso dumm wie unsere Königin›.

Dilke war gerade damit beschäftigt, ein riesiges Stück Fleisch auf den Grill zu legen. Auf dem Ofen standen zahllose Töpfe, in denen verschiedene Gemüsesorten in salzlosem Wasser gekocht wurden. Canon Dilke rannte schwitzend zum zweiten Backofen und hob eine Puddingform heraus.

«Fertig!» brüllte er und fluchte weiter.

Vicky schnupperte an verschiedenen Töpfen, in denen sich hellere oder dunklere Soßen befanden. Dann öffnete sie einen dritten Ofen und holte eine knusprige, braune Masse hervor.

«Auch fertig!» rief sie.

Der Butler und seine Frau warteten auf ihren Einsatz und blickten durch das Küchenfenster nach draußen. Es dämmerte. Ein kiesbestreuter Weg führte schnurgerade durch eine lange Allee auf den Eingang des Landhauses. Die Baumwipfel glänzten golden im warmen Licht der letzten Sonnenstrahlen.

«Los! Servieren!» befahl der Koch dem Butler, der zu Recht davon ausging, daß er die Nummer eins in der Hierarchie der Bediensteten war.

Vicky drückte der Frau des Butlers die Terrine mit dem Hotch Potch in die Hand. Charles griff nach der Suppenkelle, und gemeinsam traten sie den Weg zum Dining Room an.

Wie oft sie diesen unebenen Korridor entlanglaufen mußten, hing von der Anzahl der Gänge ab. Normalerweise reichten drei. Aber heute wurde ja gefeiert, also vier, womöglich fünf? Immerhin wurde das Roastbeef vom Koch selbst serviert. Das bedeutete eine Verschnaufpause für den alten Charles, der sich dann nur um die Beilagen kümmern mußte.

Zuerst *Hotch Potch*, dann *Steak and Kidney Pudding*, schließlich *Roastbeef and Yorkshire Pudding* mit viel Gemüse und verschiedenen Saucen, denn die Lady mochte Saucen – und weiß der Teufel, was Vicky sich zum Nachtisch hatte einfallen lassen.

Das dachte der alte Charles, als er wenig später wieder mit seiner Frau vor dem Küchenfenster stand und nach draußen auf die Allee blickte. Die Sonne war untergegangen und das Fenster war geöffnet worden. Man hörte Hufgetrappel.

Der Butler und seine Frau sahen sich erstaunt an. Sie zogen den Fensterflügel ganz auf und beugten sich heraus. Kein Zweifel, da näherte sich ein Gespann. Nur wurde niemand mehr erwartet, schon gar nicht jetzt, wo doch das Dinner in vollem Gang war.

Es war ein Landauercoupé mit aufgerichtetem Verdeck, gezogen von zwei Rappen, denen der Schaum von den Mäulern troff. Die Kutsche raste die Allee entlang, direkt auf das Landhaus zu. Die Pferde schienen in Panik zu sein.

Was wird wohl passieren, wenn sie nicht anhält?

Aber noch bevor sich Charles weitere Gedanken machen konnte, sah er, wie ein Mann zwischen den Bäumen hervorschoß und auf die Kutsche zurannte.

Es war Mark, der Stallknecht. Er rannte den Pferden entgegen. Die Tiere sahen ihn kommen, wieherten laut und galoppierten ungebremst weiter. Mark lief einen Bogen und rannte nun neben der Kutsche her, griff nach dem Kutschbock und schwang sich in einem tollkühnen Manöver hinauf, wobei er strauchelte und beinahe unter die Räder geraten wäre. Auf dem Kutschbock sitzend, suchte er nach den Zügeln. Mittlerweile raste die Kutsche über den Vorhof auf die geschwungene Steintreppe zu, die zum Portal des Landhauses führte.

Als der Butler, seine Frau, der Koch und Vicky aus dem Haus traten, trabten die Rappen schon friedlich um das blumenbesetzte Rondell des Vorhofs. Die Pferde schnaubten. Mark brachte sie zum Stehen, band die Zügel fest, stieg vom Kutschbock und blieb neben den dampfenden Tieren stehen. Er deutete mit dem Kopf ins Innere der Kutsche.

Charles beugte sich über die Wagentür und stieß einen Schrei aus.

«Wer ist das?»

Der Koch drängte sich nach vorn.

Elisabeth, die Frau des Butlers, murmelte: «Aber was ist denn jetzt mit der Herrschaft?»

Koch und Butler begutachteten das Innere der Kutsche.

«Wer ist das?» wiederholte Charles.

«Das ist eine Frau», stellte Canon Dilke fest und wischte sich die fettigen Finger an der Schürze ab.

«Was ist mit ihr?»

«Ist sie krank?»

«Ohnmächtig.»

«Verletzt?»

«Man müßte sie untersuchen.»

«Was sollen wir jetzt tun?»

Die beiden Männer konnten sich kaum losreißen. Angesichts des Bildes, das sich ihnen bot, war das nicht verwunderlich. In Anbetracht des gesundheitlichen Zustands der Frau jedoch verwerflich. Von Moral gar nicht erst zu reden.

17

Die Dame war halbnackt. Entblößte Schenkel in dieser Vollkommenheit hatten beide noch nie gesehen. Und Brüste geformt wie jene kleinen Äpfelchen, die nur die Gärten von Kent hervorbringen. Der Farbton allerdings war befremdlich.

«So viele blaue Flecken», sagte Charles.

«Sie wurde geschlagen», stellte Canon Dilke fest.

«Und Blut.»

«Und gepeitscht. Sieh nur die Striemen.»

«Atmet sie noch?»

Aus der Nase tropfte Blut, und kleine Bläschen bildeten sich beim Ausatmen. Sie atmete kurz und ruckartig. Das hübsche Gesicht der jungen Frau war geschwollen.

«Was ist das für ein seltsames Kleid?»

Die Frau trug eine Nonnentracht mit weißer Haube. Die Tracht war zerrissen, die Haube blutbesudelt.

Allmählich löste das Grauen vor einem vermeintlichen Gewaltverbrechen die Lust am Hinschauen ab. Die anderen Bediensteten hatten sich herangedrängt und starrten in die Kutsche.

Die dumme Vicky stellte schließlich die offensichtlichste Frage: «Was ist mit ihrer Haut? Diese Frau ist ja schwarz!»

«Eine Afrikanerin vielleicht», meinte Charles. «Wir müssen sofort dem Lord Bescheid sagen.»

«Und Mister Putney», ergänzte Elisabeth, «er ist Arzt.»

Charles riß sich von dem aufregenden Anblick los und lief die Treppen zum Eingang hinauf.

Als er den Dining Room betrat, dröhnte ihm ein fröhliches Jagdlied entgegen, das der Lord und sein finsterer Freund Francis Ruskin angestimmt hatten. Sehr zum Verdruß der anderen Anwesenden. Die einzige, die sich amüsierte, war die junge Edwina. Dr. Putney lächelte säuerlich. Lady Eugenia, Mrs. Merton, die Hartleys und William St. Simon trugen ihre steife Oberlippe zur Schau.

Die halbtote Frau in der Kutsche war ein willkommener Anlaß, die Tafel schleunigst aufzuheben.

Die Herrschaften stürzten nach draußen, die Diener traten beiseite, und acht Augenpaare beobachteten, wie sich der gepeinigte Körper der schwarzen Nonne aufbäumte und ein Schwall Blut aus ihrem Mund quoll.

Dann eilte Peter Putney mit seiner Arzttasche herbei.

⌣ 2 ⌢ DIE ERSTE BEGEGNUNG Damals war ich ein kleiner Junge von zwölf Jahren. Ich trug ein Etui mit langen Messern am Gürtel, und alle hatten Angst vor mir. Alle bis auf meinen Chef. Ich sagte selten etwas und wurde deshalb respektiert.

«Versuchen Sie nicht, dem Jungen die Messer abzunehmen», pflegte mein Chef zu sagen, wenn wieder einmal irgendein Erwachsener mir Vorschriften machen wollte. Und er fügte stets hinzu: «Seit wann ist es denn verboten, sein Arbeitsgerät bei sich zu tragen?»

Mein Chef war Franzose. Er hieß Jacques Pistoux und war Koch. Er stammte aus Nizza und kannte die Welt. Mich hatte er als seinen Küchenjungen engagiert. Wir hatten einen weiten Weg von Nizza durch ganz Frankreich bis an die Küste zurückgelegt, und nun standen wir an der Reling eines Dampfschiffs, das gerade im Begriff war, den Hafen von Calais zu verlassen.

Es war ein warmer Augusttag, die Abendsonne färbte den Himmel rot, und vom Kanal her wehte eine kühle Brise. Pistoux trug einen schwarzen Gehrock, darunter eine Weste mit Fliege und eine schwarz-weiß gestreifte Hose. Er hatte sich in Brüssel einen Regenschirm zugelegt, den er ständig bei sich trug. «In England, mein lieber Claude, regnet es täglich mehrmals. Ein Gentleman trägt immer einen Schirm bei sich.» Ich hatte keinen, und mir war es ganz gleich, ob es regnete oder nicht, ich hatte nicht einmal Schuhe an den nackten Füßen.

Auf unserer langen Fahrt durch Frankreich hatte Pistoux begonnen, Englisch zu lernen, denn er wollte nicht unvorbereitet zu seinen neuen Arbeitgebern in der Grafschaft Kent kommen. Ich verstand die Sprache bereits sehr gut, aber das verriet ich ihm nicht. Ich hörte gern zu, wenn andere Leute sich miteinander unterhielten.

Ein mechanisches Zittern ließ das Dampfschiff erbeben, aus den hohen Schornsteinen quoll pechschwarzer Rauch, eine Schiffssirene ertönte. Immer mehr Menschen traten auf das Deck, um dabeizusein, wenn das Schiff ablegte. Die Leute am Kai winkten. Die Passagiere winkten zurück. Wir waren die einzigen, die es nicht taten, denn wir kannten niemanden. Neben Pistoux stand eine junge Dame und lächelte. Offenbar gab es niemanden, dem sie zulächeln konnte, denn sie lächelte ihr Spiegelbild im Wasser an. Sie trug ein hellgrünes Sommerkleid mit vielen Bändern und einen Hut mit Federn und künstlichen Blumen und einen Sonnenschirm. Den Schirm lehnte sie gegen die Reling, als sie sich nach vorn beugte, um sich selbst im Wasser zu betrachten. Er fiel um, als hätte sie es so gewollt. Pistoux bückte sich, um ihn aufzuheben.

Sie tat sehr überrascht, als er ihr den Schirm hinhielt. Sie lächelte wie eine, die sich einbildet, hübscher als alle anderen zu sein. Pistoux verbeugte sich und sagte: «Madame.»

«Oh», sagte die Frau erfreut, «Sie sind Franzose?»

Es war immer eine ganz bestimmte Sorte von Frauen, die meinen Chef dazu brachte, sich galant zu verhalten. Das hatte ich auf unserer Reise schon festgestellt. Es waren immer Frauen mit langen Nasen.

Er machte ihr Komplimente, sie ließ es sich gefallen.

Endlich löste sich das Schiff vom Kai. Ich winkte der Menge zu, während Pistoux und die Dame mich ignorierten. Als wir den Hafen verlassen hatten, setzte ich mich auf eine dicke Taurolle und beobachtete das Leben an Bord. Es waren größtenteils Engländer auf dem Schiff. Der Dampfer glitt durch die Wellen, hob und senkte sich sanft, und ich wurde müde.

«Verflixt!»

Ich schlug die Augen auf und sah die Dame davongehen.

Jacques Pistoux blickte mich zornig an. Ich sah fragend zu ihm hinauf.

«Frauen haben keinen Beruf», sagte er bitter, «außer Frau sein. Damit ist jede Französin eine Königin. Verflixt!»

Ich verstand nicht, was er meinte.

«Nicht jeder Beruf, mein lieber Claude, ist gleich viel wert. Und ich fürchte, wir haben den falschen gewählt, um in diesem Jahrhundert als Männer von Welt akzeptiert zu werden.»

Er stieß den Regenschirm mehrmals heftig auf die Schiffsplanken.

«Hast du sie beobachtet?» fragte er weiter. Ich schüttelte den Kopf.«Du bist noch jung und nicht in der fatalen Situation, ein Mann sein zu müssen», fuhr er fort. «Aber du solltest deinen Blick schulen, denn das wird dir manche Enttäuschung ersparen. Schönheit, gepaart mit Hochmut, ist eine gefährliche Mischung, zumal wenn die Schönheit den Hochmut zu überdecken weiß.»

Ich dachte an die Nase der Dame und wunderte mich über seine Worte. Pistoux' Blick schweifte über das Deck, als suchte er eine Bestätigung für seine Erkenntnisse.

Die konnte er haben: Die Dame hatte soeben ein zweites Mal ihren Sonnenschirm fallen lassen. Ein dicklicher Herr mit einem übergroßen Schnurrbart verlor beinahe den Zylinder, als er sich vorbeugte, um ihn aufzuheben.

Pistoux schien es nicht bemerkt zu haben, vielleicht stellte er sich auch absichtlich blind.

Es war nicht das erste Mal, daß Pistoux unter dem mangelnden Ansehen seines Berufsstands litt. Stets bemühte er sich, gut gekleidet zu sein, er hatte eine große Sammlung von weißen Kragen und trug goldene Manschettenknöpfe. Er hatte sogar versucht, mir Schuhe zu kaufen, aber ich hatte mich geweigert, sie anzuziehen.

Pistoux setzte sich auf einen Poller mir gegenüber und holte seine Tonpfeife hervor. Er stopfte sie und zündete sie an.

«Vielleicht hätte ich in Paris bleiben sollen», sagte er, während er trübsinnig beobachtete, wie der Rauch vom Seewind fortgeblasen wurde. «Dort könnte ich bei Auguste arbeiten, im Petit Moulin Rouge, wohin nur sehr feine Leute kommen. Aber er hat mich ermutigt, mein eigener Herr zu werden. Die Anstellung bei Lord St. Simon ist der erste große Schritt in diese Richtung. Wenn ich es schaffe, wirst du irgendwann mein Chef saucier.»

Pistoux zwinkerte mir zu. Der zweite Mann nach dem Küchenchef in einem eigenen Lokal zu sein wäre natürlich mein Traum gewesen. Aber ich wollte nicht glauben, daß er jemals in Erfüllung gehen könnte.

Einstweilen war ich nichts weiter als ein Lehrling, dessen Ausbildung noch gar nicht begonnen hatte.

«Auguste», sagte Pistoux mit schwärmerischem Blick, «ist ein wahrer Künstler. Einer, zu dem die Welt eines Tages aufschauen wird, denn er wird beweisen, daß das Kochen ebenso eine Kunst ist wie die Malerei oder die Musik.» Er sprach oft von seinem Jugendfreund Escoffier, der es als Koch weit gebracht hatte.

Ich war froh, daß er die Dame mit der langen Nase vergessen hatte, und machte es mir auf den Tauen bequem. Ich schnürte mein Bündel auf und sah nach, was wir zu essen und zu trinken hatten. Bevor wir zum Hafen gegangen waren, waren wir in Calais auf dem Markt, und anschließend hatte Pistoux aus verschiedenen Gemüsen, Olivenöl und Brot ein *Pan Bagnat* für jeden von uns gemacht. Dieser bescheidene Imbiß aus unserer Heimat würde uns beiden guttun. Ich entkorkte die Weinflasche und reichte sie meinem Chef.

«Habe ich dir eigentlich schon mal erzählt, wie wir, Auguste und ich, damals 1870 in den Krieg gezogen sind?» Pistoux nahm einen großen Schluck Rotwein und lächelte. Er nahm noch einen Schluck Wein und sprach weiter.

Ich mochte es, wenn er seine Geschichten erzählte, selbst dann, wenn ich sie schon kannte.

«Wir haben uns unsere Messer umgeschnallt, so wie du jetzt, und das waren unsere Waffen im Kampf gegen die Deutschen.» Er lachte: «Ich übertreibe natürlich. In Wirklichkeit kam ein Stabsoffizier ins Petit Moulin Rouge und suchte einen Küchenchef und einen Koch für das Generalstabskasino. Wir erklärten uns bereit und wurden nach Metz gebracht. Dann zogen die Offiziere ins Feld. Und ehe wir uns versahen, saßen wir auf einem Planwagen, der von zwei Pferden gezogen wurde, und fuhren mitten in den Krieg. Und auf wen haben wir geschossen? Auf Kaninchen, weil das Fleisch knapp wurde!»

Er lachte und biß in sein Pan Bagnat. «Es gab viele Tote, und manchmal wußten wir nicht, wie viele Gäste am Abend noch an unserem Tisch sitzen würden. Aber wir hatten die Gelegenheit, neue Rezepte zu kreieren. Darin war Auguste ein großer Meister: *Pferdefleisch mit Linsen oder Pot au feu de cheval* waren seine neuen Spezialitäten. Dann mußte die Armee sich zurückziehen, und Metz wurde belagert. Menschen verhungerten, aber wir schafften es trotzdem, eine Sauce béchamel ohne Butter zu kochen. Nach zehn Wochen Belagerung war das letzte Ei verzehrt, und alles war aus.»

Er suchte die Weinflasche, ich reichte sie ihm. «Wir stiegen über die toten Menschen und Pferde hinweg und kamen nach Wiesbaden, wo wir für die gefangenen französischen Generäle kochen durften. Plötzlich standen uns wieder die feinsten Zutaten zur Verfügung. Die Generäle lebten wie in einem goldenen Käfig und ließen sich *Nougat glacé* zum Nachtisch servieren. An die Soldaten dachte keiner, die verhungerten auf der anderen Seite des Rheins im Gefangenenlager in Mainz. Der Krieg ist nur etwas für Offiziere, Claude, laß dir das gesagt sein. Die anderen gehen leer aus und werden auch noch schlecht verpflegt. Warum sie alle so gern ins Feld ziehen, ist mir ein Rätsel.»

Inzwischen war es dunkel geworden. Die meisten Reisenden hatten sich unter Deck begeben. Wäre es noch hell gewesen, hätten wir sicherlich schon die englische Küste gesehen.

Das Brot war aufgegessen, die Flasche leer, und ich dachte darüber nach, wie es wohl wäre, wenn ich eines Tages mit Pistoux auf einem Planwagen sitzen würde, auf dem Weg ins Feld, und ob wir es schaffen würden, aus all den toten Pferden *Pot au feu* zu kochen.

Pistoux stand auf: «Komm, wir machen einen Rundgang, sonst schlafen wir noch ein.»

Wir stolperten die Reling entlang und hielten Ausschau, sahen aber nichts. Hier und da leuchteten die Schiffslaternen. War das dort drüben ein Leuchtturm?

Wir näherten uns dem Heck. Hinter den Deckaufbauten hörten wir Stimmen. Flüstern. Zischeln, Stöhnen und ein Laut unterdrückten Zorns. Pistoux blieb stehen und hielt mich zurück.

Dann hörten wir ein klatschendes Geräusch, als würde jemandem mit der flachen Hand ins Gesicht geschlagen. Wieder ein Stöhnen, schmerzerfüllt. Dann ein erstickter Schrei und ein Poltern.

Pistoux griff nach einer Decklaterne, und wir schlichen auf Zehenspitzen um die Aufbauten. Der Lichtkegel der Öllampe warf ein diffuses Licht auf das Gewirr von Tauen, Kisten und Werkzeugen. In einer Ecke lag die Frau, die Pistoux so hochnäsig behandelt hatte. Ihre Kleider waren völlig derangiert. Gegen die Reling gelehnt, saß ein kräftiger Mann mit Vollbart und einer schiefsitzenden Mütze auf dem Kopf. Er fluchte vor sich hin.

In seiner erhobenen rechten Hand blitzte ein Messer auf. Er machte Anstalten, sich auf die Frau zu stürzen. Sie bewegte sich. Beine in durchsichtigen schwarzen Strümpfen wurden sichtbar. Der Lichtstrahl aus der Lampe traf das wutverzerrte Gesicht des Mannes. Ruckartig richtete er sich auf. Er war sehr groß.

Pistoux blendete ihn. Dennoch stürzte der Riese sich auf uns. Pistoux wich aus und ließ den Kopf des taumelnden Mannes gegen die Aufbauten krachen. Ich hatte bereits mein Ausbeinmesser in der Hand und brachte dem Unhold eine Schnittwunde am Unterarm bei. Der grobe Kerl schrie auf und floh.

«Sofort das Messer weg!» zischte Pistoux.

Er hob die Lampe. Das grüne Kleid bewegte sich. Das Gesicht der Frau erschien unter dem Wirrwarr des durcheinandergeratenen Stoffes. Neben ihr lagen Geldscheine.

«Vielen Dank», sagte die Frau. «Ich fürchte beinahe, dieser Bursche hatte die Absicht, mich ernstlich zu verletzen.»

«Was ist hier vorgefallen?» fragte Pistoux.

«Offenbar hatte er andere Vorstellungen von einer persönlichen Begegnung als ich», entgegnete die Dame, während sie mühsam aufstand und sich das Kleid glattstrich.

Pistoux sah sie verblüfft an.

«Zum Glück gibt es noch Kavaliere. Ich stehe in Ihrer Schuld, Messieurs.» Sie sah mich leicht spöttisch an, dann begann sie, das Geld aufzusammeln. «Darf ich mich erkenntlich zeigen?»

«Ich denke, Sie sind jetzt in Sicherheit, Madame», antwortete Pistoux und stellte die Lampe auf den Boden.

Er drehte sich um und zog mich von ihr weg.

«Den Eindruck habe ich auch», hörte ich sie noch sagen.

Dann sah ich etwas Weißes, das in der Nacht schimmerte.

«Die weißen Klippen von Dover», murmelte Pistoux. «England. Jetzt sind wir da.»

Ich drehte mich um. Die Dame mit dem hellgrünen Kleid war verschwunden.

Irgend etwas an ihr hatte mir gefallen. Die schwarzen Strümpfe?

ᘐ 3 ᘗ MÄNNER MIT
VERGANGENHEIT Wir gingen in Dover an Land, um die Nacht in einer Herberge mit anderen Menschen in einem großen Zimmer mit vielen Betten zu verbringen. Wir setzten uns in den Schankraum des Pub an einen niedrigen Tisch mit kleinen Hockern, um etwas zu essen. Es gab *Chicken pie*, eine Art Ragout mit Hühnerfleisch unter einer Teigkruste. Wir bestellten eine Portion für uns beide. Pistoux blickte melancholisch auf seinen Teller und aß fast nichts davon. Wir tranken süßes Bier aus großen Gläsern. Es war warm, hatte keinen Schaum und schmeckte sehr gut.

«Claude, Claude», sagte Pistoux, «trink nicht so hastig, mehr können wir uns nicht leisten, und außerdem wirst du noch betrunken.»

Ich lachte und stieß mit ihm an. Ich wollte, daß er auch lachte, aber er dachte bestimmt noch an den Zwischenfall mit der Frau im hellgrünen Kleid auf dem Schiff.

«Claude, Claude», wiederholte Pistoux und sah mich aus seinen dunklen Augen an, «ich frage mich, ob es dir hier gefallen wird. Vielleicht hätte ich dich besser in Frankreich gelassen?» Ich kratzte den Rest des Essens mit dem Löffel vom Teller. «Ein Küchenjunge aus Nizza.» Er strich mir mit der Hand über den Kopf.

Ich ließ den Löffel auf den Teller fallen und starrte vor mich hin. Nizza. Das war meine Heimat. Wo lag Nizza, von hier aus betrachtet? Ich hatte keine Ahnung. Irgendwo jenseits des Kanals. Im Süden auf der anderen Seite des Kontinents. Jetzt waren wir auf einer Insel.

Weit weg vom Restaurant meines Onkels in der Altstadt, wo ich wie ein Galeerensträfling behandelt worden war. Mein Onkel hatte mich aufnehmen müssen, nachdem mein Vater gestorben war. Er hatte meinen Vater nie gemocht, denn der hatte als Erstgeborener das kleine Hotel in der Vaucluse geerbt. Aber dann war meine Mutter fortgegangen, mein Vater gestorben, und niemand hatte den einsamen Gasthof weiterbetreiben wollen, denn mein Onkel hatte sich längst in Nizza eine Existenz aufgebaut. Ich mußte zu ihm, keiner sonst wollte mich aufnehmen.

Von frühmorgens bis spätabends mußte ich in der Küche schuften. Feuer machen, Kisten schleppen, abwaschen, den Müll beseitigen, fegen und putzen, riesige heiße Suppentöpfe schleppen, zwischen den glühenden Herden umherlaufen, mich von allen anbrüllen und prügeln lassen. Ich war der Abschaum. Ich wäre gern Koch geworden, aber ich wußte, es war unmöglich, denn mein Onkel bevorzugte seine Söhne. Und denen war jeder Grund recht, auf mich einzudreschen. Nach drei Wochen hatte ich überall blaue Flecken und Verbrennungen.

Mein Onkel war ein Sklaventreiber, der mich sofort schlug, wenn er sah, daß ich nicht arbeitete. Eines Nachmittags hatte ich mich in eine Ecke des Hinterhofs verzogen, um mich nach dem mittäglichen Coup de feu kurz auszuruhen. Da stand er plötzlich vor mir. Er hatte einen Stock in der Hand und fing grundlos an, mich zu schlagen. Ich war so überrascht, daß ich vergaß, mich zu ducken, und im gleichen Moment tauchte hinter ihm ein fremder Mann auf.

Ich konnte den Schlägen nicht ausweichen, mein Onkel drängte mich in eine Ecke und hieb erbarmungslos auf mich ein. Ich brach weinend zusammen. Mein Onkel schrie, ich sei eine arbeitsscheue Memme, und prügelte weiter.

Da hielt der fremde Mann den Arm meines Onkels fest. Mein Onkel drehte sich wütend zu ihm um, und ich hatte die Gelegenheit wegzulaufen. Der fremde Mann war kleiner als mein Onkel, aber kräftig. Ich hörte meinen Onkel brüllen, als ich ins Haus rannte und die Treppe hinter der Küche hinaufhastete zu meinem Strohsack. Ich warf den Sack beiseite, löste eine Diele vom Boden und holte meinen Schatz hervor: das Messerset, das ich von meinem Vater geerbt hatte. Ich zog das Tranchiermesser aus dem Etui und lief, in der einen Hand das Messerset, in der anderen die blanke Klinge, die Treppe hinunter.

Mein Onkel kam mir entgegen. Ich sprang auf ihn zu und stieß mit dem langen Messer in seine Richtung. Er wich zurück. Ich bebte am ganzen Körper. Ich wollte ihn umbringen.

Der fremde Mann riß mich beiseite und zog mich fort. Mein Onkel stolperte und fiel zu Boden. Der fremde Mann zerrte mich nach draußen. Wir liefen durch die engen Gassen der Altstadt, bis ich mich wieder beruhigt hatte. Ich steckte das Messer zurück ins Etui und ließ mich von ihm führen.

Der fremde Mann stellte sich als Jacques Pistoux vor. Er hatte mich davor bewahrt, zum Mörder zu werden, als er sich im Restaurant meines Onkels als Chef saucier bewerben wollte. Damit war es nun vorbei.

28

«Für prügelnde Sklavenhalter arbeite ich nicht», sagte Pistoux.

Als wir dann unterhalb der Promenade dicht am Wasser saßen, nachdem ich mich ausgeweint hatte und nicht mehr so schrecklich zitterte, fragte er: «Wenn du willst, nehme ich dich mit. Ich habe noch einen anderen Arbeitsplatz angeboten bekommen. In England. Du kommst mit und wirst mein Commis. Was hältst du davon?»

Ich nickte.

«Sag mir deinen Namen, wie heißt du?»

Ich sah ihn an, wahrscheinlich wie ein Hund sein neues Herrchen ansieht, und schwieg.

«Na los, sag mir deinen Namen, mein Junge.»

Ich konnte nicht. Wir saßen auf einem schmalen Stück Strand. Ich malte ein paar Buchstaben in den Sand: C-L-A-U-D-, dann zögerte ich.

«Claude?» fragte Pistoux.

Ich nickte. Warum nicht?

«Tja, mein Junge, nach diesem Erlebnis werden wir wohl eine Weile ins Exil gehen müssen. Willst du mitkommen, Claude?»

Ich nickte. Der Name war mir egal. Aber ich nahm mir vor, von nun an ein tapferer Junge zu sein und nicht mehr zu weinen.

Aber jetzt war ich betrunken vom englischen Bier.

Wir stiegen hinauf in den Schlafsaal und wickelten uns in unsere Decken ein.

Am nächsten Morgen nahmen wir die Postkutsche Richtung Royal Tunbridge Wells.

Es war ein schöner Tag. Wir saßen auf dem Kutschdach eingezwängt zwischen Frauen und Männern, denen diese Art des Reisens Spaß zu machen schien. Die Männer trugen Zylinderhüte, die Frauen Hauben oder Hüte mit breiten Bändern, und niemand schien sich Sorgen darüber zu machen, daß er bei dieser Geschwindigkeit seine Kopfbedeckung verlieren könnte. Eine Frau gab mir ein dreieckiges Stück Weißbrot ab, das mit einer Paste aus Salat, Mayonnaise und Käse bestrichen war. Ein *Sandwich*. Offenbar waren die Engländer sehr gastfreundliche Menschen.

Pistoux hatte mir erklärt, daß diese Gegend der «Garten Englands» genannt wurde. Die Landschaft sah wirklich paradiesisch aus. Es gab sanfte Hügel, auf denen Schafe weideten; Obstgärten, in denen die Menschen mit der Apfelernte beschäftigt waren; viele Weiden und lichte Wälder. Wir sahen Türme, die aussahen wie Kegel, die sich ein Riese zum Spielen hingestellt hatte. Die Engländer erklärten uns, daß darin der Hopfen für das Bier getrocknet wurde. Ich wunderte mich, daß es keine Weinberge gab. Offenbar tranken die Engländer lieber Bier. Auch Olivenbäume konnte ich nirgendwo entdekken.

Wir fuhren durch Orte mit fremdartigen Namen: Folkstone, Hythe, Hamstreet, Tenderden, Biddenden, kamen an einer verwilderten Ruine namens Sissinghurst vorbei und erreichten Goudhurst.

Die Häuser in den Städtchen sahen niedlich aus, viele waren holzverkleidet, manche schienen uralt zu sein. Ich fragte mich, ob wir etwa auch in einem solchen kleinen Haus leben würden.

Zwischen Goudhurst und Royal Tunbridge Wells gelangten wir an eine Abzweigung. Einer der Männer mit Zylinder tippte dem Kutscher mit seinem Spazierstock auf die Schulter und erklärte ihm, daß wir hier aussteigen müßten. Die Kutsche hielt an, und wir kletterten vom Dach. Pistoux nahm seine Reisetasche entgegen, die ihm vom Kutscher heruntergereicht wurde, und ich fing mein kleines Bündel auf. Und dann standen wir mitten auf dem staubigen Weg und sahen der Kutsche nach, die hinter der nächsten Kurve zwischen den Bäumen verschwand.

Wir gingen los Richtung Norden und durchquerten ein Waldgebiet, das Paddock Wood genannt wurde.

Einer unserer Mitreisenden auf der Kutsche hatte eine Grimasse gezogen, als er gehört hatte, daß wir auf Weald Manor in die Dienste von Lord St. Simon treten wollten.

«Der Lord ist ein unberechenbarer Charakter, der sein halbes Leben im Ausland zugebracht hat. Dort hat er Ideen aufgeschnappt, die nicht sehr britisch sind, und nun versucht er, jeden davon zu überzeugen, daß die englische Gesellschaft mit einem Blutbad reformiert werden soll, wie es die Französische Revolution gewesen ist. Ich denke, er täte gut daran, jede diesbezüglichen Aktivitäten zu unterlassen.»

Es klang wie eine Drohung. Dabei hatte Pistoux mir gerade erst erklärt, daß die Engländer das toleranteste Volk der Welt seien. Hatte er sich etwa getäuscht?

«Ich frage mich allerdings», hatte der Herr mit dem Zylinder noch gesagt, «ob es wohl mit diesen seltsamen Auffassungen von Freiheit, Gleichheit und Brüderlichkeit zu vereinbaren ist, ein Vermögen dafür zu verschwenden, um ein ganzes Bankett für immerhin 20 Personen aus Paris kommen zu lassen. Ich bin mir nicht sicher, ob eine solche fremdländische Verschwendungssucht mit den Geboten unserer Kirche zu vereinbaren ist. Wenn dem Lord unsere englischen Lebensmittel nicht schmecken, sollte er besser wieder verreisen. Das wäre mein Rat an ihn, falls er ihn haben will.»

Pistoux hatte den Mann ratlos angesehen. Er hatte selbst einmal bei einem Bankett-Service in Paris gearbeitet.

«Verstehen Sie mich nicht falsch», hatte der Mann lächelnd ergänzt. «Ich habe weiß Gott nichts gegen Ihresgleichen. Nicht wenige französische Köche bereichern unsere kulinarische Tradition, auf die wir zweifellos stolz sein dürfen. Aber ich bin nun mal nicht davon abzubringen, daß ein gutes Roastbeef, mit einem scharfen Messer tranchiert, dem englischen Geschmack mehr entspricht als ein *Bœuf à la mode* oder wie sie es nennen. Von der bizarren Neigung, Amphibien die Beine bei lebendigem Leib herauszureißen, gar nicht zu reden.»

«Was hatte dieser Mensch denn gegen *Froschschenkel* einzuwenden?» fragte Pistoux bekümmert, als wir über eine Lichtung schritten. «Ich hoffe nur, daß unser Lord wirklich ein so weltläufiger Mann ist, wie er uns geschildert wurde. Sonst kommen wir in Teufels Küche.»

Er lachte laut über seinen Scherz und klopfte mir fröhlich auf die Schulter. Nach einigen Stunden Fußmarsch und einer Mittagsrast, bei der wir mangels Proviant einige selbstgepflückte Äpfel verzehrten, näherten wir uns dem Anwesen von Lord St. Simon.

Als wir die Allee entlangschritten, die auf den Haupteingang zuführte, und dem Landhaus immer näher kamen, geriet ich ins Staunen: Dieses Landhaus kam mir vor wie ein richtiges Schloß. Die Vögel zwitscherten um uns herum, weiße Schäfchenwolken zogen über den blauen Himmel – so hatte ich mir immer das Paradies vorgestellt.

«Dieses Haus sieht ganz schön düster aus», stellte Pistoux fest.

Vor dem linken Seitenflügel bemerkten wir einen stämmigen Mann mit Strohhut, der eine Hecke beschnitt, und winkten ihm.

Es war der Gärtner. Er stemmte die Hände in die Hüften und sah zu, wie wir in seinen Herrschaftsbereich traten.

~: 4 :~ *U*MKÄMPFTE *P*RIVILEGIEN   Der Gärtner
schien nicht gern zu reden. Er nickte, als Pistoux ihm erklärte,
aus welchem Grund wir gekommen waren, und deutete mit
der Hand nach links, wo sich neben dem Haupthaus der Trakt
der Dienerschaft erstreckte. Hinter der Küche führte zwischen
der Spülküche und der Speisekammer eine Tür in einen kahlen, unebenen Korridor, der geradeaus auf den Küchenhof
mündete, nach links zu den Vorratsräumen ging oder nach
rechts in die geräumige Küche. Dorthin wandten wir uns jetzt
und traten in das zukünftige Reich von Jacques Pistoux.

Der alte Herrscher hatte ganz offensichtlich noch nicht ab-
gedankt: Canon Dilke saß an dem großen, schweren Holztisch, an dem die Bediensteten üblicherweise ihre Mahlzeiten
einzunehmen pflegten, nachdem sie die Herrschaft bedient
hatten. Neben dem dicken Koch saßen Charles, der alte Butler, dessen Frau Elisabeth, Vicky, die Gehilfin des Kochs und
Mark, der Stallknecht, dessen rote Nase darauf hindeutete,
daß er lieber trank als aß.

Dilke blickte uns feindselig an, als wir durch die Tür in die
Küche kamen. Wir stellten unser Gepäck ab. Der Butler warf
dem Koch einen Blick zu und zögerte. Seine Frau stieß ihn
mit dem Ellbogen an. Er stand auf und kam uns entgegen.

Pistoux stellte sich vor und deutete eine höfliche Verbeu-
gung an. Der Koch lachte, als er den Franzosen sprechen
hörte. Aber der Butler blieb höflich, stellte uns vor und bat
uns ganz förmlich zu einem Gespräch in sein Zimmer, wenn
wir etwas gegessen und unsere Räume aufgesucht hatten.

«Etwas zu essen?» Der dicke Koch lachte hämisch und
schob ein paar Schüsseln mit Essensresten zusammen.

Ich merkte, wie Pistoux' Gesicht sich verdüsterte. Er sah
den Butler an und holte tief Luft, um eine Erklärung zu ver-
langen. Der Butler kam ihm zuvor und wies Vicky an, etwas
Suppe aus dem großen Topf auf dem Herd zu holen.

Vicky blickte Dilke fragend an, der nur mit den Schultern zuckte, und schlurfte dann träge zum Herd.

Wir setzten uns an den Tisch, woraufhin Dilke sich erhob und erklärte, er habe noch etwas mit dem Gärtner wegen des Küchengartens zu besprechen. Auch Vicky verschwand in der Spülküche, nachdem sie uns die Suppe serviert hatte. Übrig blieben Mark, der Stallknecht, der uns heimlich musterte, Elisabeth, die Frau des Butlers, und Charles selbst, der nun unschlüssig dastand.

Ich kümmerte mich nicht mehr um die anderen und begann, die Suppe in mich hineinzuschlingen. Sie schmeckte nach Wasser, aber ich ließ mir nichts anmerken.

«Alle nennen mich Elly», sagte Elisabeth freundlich. «Seien Sie Canon nicht böse. Er muß sich erst einmal daran gewöhnen, daß er nicht mehr unumschränkter Herrscher in der Küche ist.» Ihr Blick fiel auf mich: «Ist das Ihr Sohn?»

Pistoux schüttelte den Kopf: «Mein Commis. Claude soll einmal ein richtiger Koch werden. Stimmt's, Claude?»

Ich nickte und aß weiter. Ich hatte ein paar Wurstscheiben in der Suppe entdeckt.

Elly sah mich mit einem breiten Lächeln an. Sie hatte schlaffe rote Backen und kleine, wäßrige Augen, aber ich mochte sie trotzdem.

Pistoux antwortete für mich: «Claude ist ein bißchen schweigsam.»

Elly sah uns ratlos an.

«Wir haben uns in Nizza kennengelernt», sagte Pistoux. «Claude hat dort im Restaurant seines Onkels gearbeitet.»

Ich hatte meinen Teller leer gegessen und behielt den Löffel in der Hand. Ich mochte es nicht, wenn man über mich redete. Ich sah den leeren Teller an und wartete.

«Oh, Nizza», sagte Elly. «Das ist am Mittelmeer, nicht?»

«Ganz recht.»

«Unser Lord ist lange Zeit dort unten im Süden gewesen, und in Afrika und Asien. Er ist noch gar nicht lange zurück. Aber Mylady scheint ihn überredet zu haben, für immer hier zu bleiben. Eine Bedingung von ihm ist gewesen, daß er einen französischen Koch bekommt. Unser Lord ist die englische Kost nämlich nicht mehr gewohnt. Er behauptet, nur die Franzosen könnten kochen, alle anderen wüßten lediglich, wie man Wasser heiß macht.» Sie lachte verschämt und blickte Pistoux auffordernd an. Er deutete eine Verneigung an.

«Die Lady hingegen ist der Meinung, man solle es mit dem Essen und Trinken nicht übertreiben, denn wenn die Körpersäfte in Aufruhr geraten, kommt das nur dem Teufel zugute.» Charles, der noch immer neben der Tür stand, räusperte sich. Elly warf ihm einen ratlosen Blick zu und fügte hinzu: «Sie ist eine Kaufmannstochter.»

«Die Herrschaften», verkündete Charles laut, offenbar, um das Gespräch zu einem Ende zu bringen, «werden erst heute am späten Nachmittag zurück sein. Sie sind zur Jagd gegangen.»

Elly seufzte: «Dann werden wir die halbe Nacht Vögel rupfen müssen.» Sie sah mich an.

«Entschuldigen Sie mich, bitte», sagte Charles, «wir setzen unser Gespräch nachher fort.» Er verließ die Küche.

«Ich werde Ihnen Ihre Kammern zeigen», erklärte Elly.

Pistoux schob seinen Teller von sich und stand auf.

Ich hätte seine Suppe gern auch noch gegessen, aber nun blieb keine Zeit mehr.

Wir folgten der Frau des Butlers durch einen breiten Korridor, der, wie sie uns erklärte, zum Dining Room führte. Links ging eine Tür ab, hinter der sich die Zimmer befanden, die sie mit ihrem Mann bewohnte.

Dahinter stiegen wir über eine enge Treppe nach oben.

Über der Küche und der Wohnung des Butlers befanden

sich die kleinen Zimmer der Dienerschaft. Sie waren karg ausgestattet. Tisch, Bett, Schrank und ein Stuhl. In meinem Zimmer fehlte der Schrank. Statt dessen gab es eine Truhe. Sie war so groß, daß mein Bündel darin zehnmal Platz gehabt hätte.

Das Bett war hart wie ein Brett. Jeweils eine Tür führte in das rechte und linke Nebenzimmer. Das linke war das von Pistoux, das rechte war leer. Aus dem kleinen Fenster konnte man nach draußen in den Küchenhof sehen. In einer Ecke standen Kisten und Fässer herum. Der Hof war zu einer Seite offen und führte auf den Garten, von dem er durch eine niedrige Mauer abgetrennt wurde. Wenn ich mich weit aus dem Fenster lehnte, konnte ich die Blüten des Rosengartens erkennen.

Nachdem Elly gegangen war, setzte ich mich auf das harte Bett und wartete. Der Raum war dunkel. Durch das kleine Fenster fand nicht viel Licht seinen Weg herein. Immerhin besaß ich nun zum erstenmal in meinem Leben ein eigenes Zimmer.

Nach einer Weile kam Pistoux herein.

Er lächelte gut gelaunt: «Freu dich, Claude, freu dich über den Luxus, den man uns angedeihen läßt.» Er machte eine weitausholende Handbewegung: «Ein eigenes Zimmer, was sagst du nun?» Er setzte sich auf den Stuhl. Ich bemerkte, daß er ein kleines, in Leder gebundenes Buch bei sich trug. Er legte es auf den Tisch und klopfte mit dem Finger darauf: «Eine kleine Betrachtung über die englischen Sitten unter besonderer Berücksichtigung der Ernährungsgewohnheiten», sagte er. «Mein lieber Claude, wir haben Glück, daß ich dieses Büchlein von einem wohlmeinenden Freund in Nizza zum Abschied bekommen habe. Denn wie mir scheint, will der englische Koch uns unsere Position streitig machen.»

Ich sah das Buch zweifelnd an. Wie konnte es uns im Kampf mit dem dicken Koch helfen?

«Kannst du lesen, Claude?»

Ich schüttelte den Kopf.

«Ich werde dir gelegentlich daraus vorlesen. Für heute nur dies: Der Engländer ißt am liebsten blutiges Rindfleisch, in dünne Scheiben geschnitten, sowie in Wasser gekochtes Gemüse.» Er zwinkerte mir zu: «Das werden wir schon schaffen, oder?»

Ich nickte brav, obwohl mir nicht klar war, was er damit sagen wollte.

«Bist du fertig?» fuhr er fort. «Dann können wir jetzt gleich zum Butler gehen.»

Er stand auf. Ich folgte ihm die steile Treppe hinunter.

Charles saß hinter einem kleinen Schreibpult in seinem Zimmer und musterte uns mit traurigen Augen unter seinen buschigen weißen Augenbrauen. Mit einer Handbewegung wies er Pistoux einen Stuhl an, der vor dem Tisch stand. Ich setzte mich auf einen kleinen Hocker neben der Tür.

Der Butler rang nervös die Hände.

«Ich bin», sagte er, nachdem er sich mehrmals geräuspert hatte, «in einer verzwickten Lage. Mir ist bewußt, daß Sie an der entstandenen schwierigen Situation keine Schuld tragen, aber es ist klar, daß Ihre Anwesenheit uns hier eine nicht geringe Unbequemlichkeit verursacht.» Er räusperte sich wieder: «Verstehen Sie mich bitte nicht falsch, wir sind hier keineswegs in irgendeiner Form gegen Franzosen eingestellt. Aber unser Lord hat eine schwierige Entscheidung getroffen, die wir nun bewältigen müssen, so gut es geht. Um es kurz zu machen: Wie Sie sich denken können, ist es kompliziert, eine Küche mit zwei Köchen zu betreiben, noch dazu, wenn der eine Koch auf sein Privileg pocht, das er zweifellos seit langem innehat.»

«Monsieur Dilke wird also bleiben?» fragte Pistoux.

«Ja, so ist es beschlossen worden.» Charles seufzte. «Mylady besteht auf englischer Kost, der Lord behauptet, er könne sie nicht verdauen, weil er viele Jahre im Ausland gelebt und eine Leidenschaft für die französische Küche entwickelt hat. Das ist wohl das, was man eine Zwickmühle nennt.» Er lächelte verkniffen. «Nun ist es leider auch nicht möglich, daß die Köche sich abwechseln, denn unsere Gäste bestehen darauf, am Morgen ein englisches Frühstück vorgesetzt zu bekommen.»

«Eier mit Speck, Bohnen, Würstchen und geräucherten Fisch», warf Pistoux ein.

Charles sah ihn überrascht an: «Es freut mich, daß Sie mit unseren Gepflogenheiten bekannt sind.»

«Ich fühle mich durchaus in der Lage, *English Breakfast* zuzubereiten», sagte Pistoux.

Charles verzog schmerzlich das Gesicht: «Wollen Sie etwa darauf bestehen? Ich hoffe doch nicht.»

«Ich werde selbstverständlich jede Entscheidung von Ihrer Seite akzeptieren.»

Das Gesicht des Butlers hellte sich auf.

«Aber besser wäre es, eine pragmatische Arbeitsteilung einzuführen», fuhr Pistoux fort. «Nach Tagen abwechselnd oder nach Tageszeiten. Einen englischen Lunch und ein französisches Diner beispielsweise.»

Charles bekam wieder ein faltiges Gesicht: «Unmöglich, entschuldigen Sie, aber es muß zu jeder Tageszeit doppelt gekocht werden, das ist unumgänglich. Der Lord verlangt nach südfranzösischer Küche, deswegen hat er Sie kommen lassen. Er behauptet, Sie seien der einzige Koch, der seinen empfindlichen Geschmackssinn retten kann. Wie kommt er wohl darauf?»

«Lord St. Simon hat oft in dem Lokal in Nizza gespeist, in dem ich gearbeitet habe.»

«Ich verstehe.» Das Gesicht des Butlers nahm plötzlich eine rötliche Färbung an: «Ich vermute, es handelt sich dabei um eine Art von galanten Mahlzeiten, für welche die französischen Restaurants berüchtigt sind.»

Pistoux zuckte mit den Schultern.

«In separaten Räumen mit Damenbegleitung», fuhr der Butler mit rotem Kopf fort.

«Selbstverständlich konnten prominente Gäste in separaten Zimmern speisen», erklärte Pistoux sachlich. «Als Koch hatte ich dort naturgemäß keinen Zugang.»

Der Butler lächelte zufrieden: «Sie sind zwar ein Franzose, aber, wie mir scheint, durchaus ein Gentleman, Mister Pistoux.»

«Ich tue mein Bestes, um allen Anforderungen zu genügen.»

«Gut, gut, dann nehme ich also an, daß Sie keineswegs mit den etwas, äh, aufregenderen Ansichten unseres Lords übereinstimmen.»

«Aufregende Ansichten?»

Der Butler rutschte nervös auf seinem Stuhl herum: «Es kommt gelegentlich vor, daß der Lord für einige Tage verreist. Mylady sieht Anlaß zur Sorge, er könne sich mit einigen Bekannten zusammenfinden, die gewissen sozialen Ideen vom Kontinent anhängen.»

«Soziale Ideen vom Kontinent?»

«Vor einigen Jahren hatten wir einen Koch hier, der aus dem belagerten Paris geflüchtet war und nicht mehr in sein Land zurückkonnte.»

«Ein Kommunarde?»

«Etwas in dieser Art, fürchte ich. Es kam zu tätlichen Auseinandersetzungen mit Canon Dilke. Viel schlimmer jedoch war die Tatsache, daß der Lord einen nicht geringen Teil seines Tages in der Küche zubrachte, um endlose Gespräche über typische kontinentale Probleme zu führen.»

«Der Lord war in der Küche?»

Charles seufzte: «Unverzeihlich. Deswegen kam es zur Abreise von Mylady. Wenn es ihr nicht möglich gewesen wäre, dank ihrer Familie einen gewissen Druck auf ihren Gatten auszuüben, wären wir schon lange nicht mehr hier. Nicht auszudenken.»

«Ich bin durchaus der Meinung, daß nur diejenigen in der Küche sein sollten, die dort ihre Arbeit verrichten», sagte Pistoux. «Alles andere wirkt sich unvorteilhaft auf den Gaumen aus.»

Charles' Gesichtszüge hellten sich auf, er lächelte: «Ich sehe, wir verstehen uns. Sie sind ein Gentleman und akzeptieren die natürliche Ungleichheit der Menschen. Ich denke, wir werden miteinander auskommen. Ich hoffe, Sie verzeihen mir meine Offenheit, aber wir sind hier in einer schwierigen Situation. Wenn die Herrschaft soziale Ideen entwickelt, müssen die Diener darauf bestehen, daß die vernunftgemäße Ordnung erhalten bleibt.» Er stand auf.

Auch Pistoux erhob sich.

«Es ist hier üblich», erklärte der Butler zum Abschluß, «daß der Koch – die Köche», verbesserte er sich, «ihre Planungen und Entscheidungen mit dem Butler absprechen. Ich erwarte also Ihre schriftlichen Ausführungen.»

Sie verbeugten sich und verabschiedeten sich. Wir gingen nach draußen.

Als wir durch den Korridor Richtung Küche gingen, murmelte Pistoux: «Wenn es dem Lord Spaß macht, Zwiebeln zu schneiden, habe ich nichts dagegen, und von mir aus kann er das auch in Damenbegleitung im Separée erledigen.»

Ich konnte mir nicht vorstellen, daß es einen Lord geben sollte, der gerne Zwiebeln schnitt. Mir war unwohl bei dem Gedanken, denn wenn er es täte, hätte ich bald keine Arbeit mehr.

✥ 5 ✥ GERUPFTE VÖGEL Gegen fünf Uhr nachmittags hörten wir draußen Hufgetrappel und eilten an die Küchenfenster. Draußen auf dem Weg trabte die Jagdgesellschaft vorbei. Ich erinnere mich noch, daß es ein beeindruckendes Schauspiel war: Lady Eugenia und Lord Anthony ritten auf Apfelschimmeln, John Hartley, der puritanische Kaufmann, hielt sich steif auf einem Braunen, während die junge Edwina Merton an seiner Seite ganz offenbar Mühe hatte, ihr eigenes und das Temperament ihrer weißen Stute zu zügeln. William St. Simon, der Bruder des Lords, sowie der finstere Francis Ruskin und der eher schmächtige Peter Putney ritten auf ihren Braunen einher, als hätten sie gerade einen feindlichen Landstrich erobert.

Die Nachhut bildeten die blasse Emily Hartley und die matronenhafte Cressida Merton, die es vorgezogen hatten, dem Geschehen aus gewisser Distanz und in einem bequemen Tilbury zu folgen.

Besonders großen Erfolg schienen die Jäger nicht gehabt zu haben. Hie und da hing ein toter Vogel am Sattel, aber ich hatte mir die Beute einer Jagdgesellschaft doch üppiger vorgestellt.

Bevor mich der dicke Canon Dilke anbrüllte, ich solle gefälligst meine Zwiebeln weiterschälen und nicht Maulaffen feilhalten, hatte Vicky noch Zeit gehabt, mir die Herrschaften vorzustellen. Nun ritt die Jagdgesellschaft zu den Ställen, wo die Pferde von Mark, dem Stallknecht, und George, dem Gehilfen des Gärtners, versorgt wurden. Die junge Edwina bestand wie immer darauf, ihre Stute selbst zu striegeln, aber alle anderen eilten ins Haus, um sich für den Fünfuhrtee umzukleiden.

Nachdem die Parade vorbei war, wandten sich alle wieder ihrer Arbeit zu. Ich war froh, daß ich mich mit so unverbindlichen Tätigkeiten wie dem Zwiebelschneiden beschäftigen durfte. Pistoux hatte es da nicht so einfach, denn der dicke Canon Dilke weigerte sich, mit ihm über die Speisenfolge des Dinners zu sprechen. Es schien diesem unfreundlichen Fettwanst großen Spaß zu machen, meinen Chef zu ärgern, indem er viel zu schnell sprach. Es war unmöglich, ihn zu verstehen. Wie sollte Pistoux hier kochen, im Reich dieses mißgünstigen Cholerikers?

Ich weiß noch, wie mir die Tränen über die Wangen liefen und das Wasser aus der Nase tropfte und wie ich hoffte, daß wir gleich morgen wieder abreisen mußten.

Pistoux war wütend. Trotzdem war er bemüht, sich mit dem Koch auf eine sinnvolle Arbeitsteilung zu einigen: Wie wäre es, wenn er sich um die Vorspeisen kümmern würde? Keine Reaktion. Oder die Desserts? Er könnte einen Obstkuchen backen. Kuchen? Der dicke Dilke lachte höhnisch. Kuchen zum Dessert? Das sei ja wirklich eine abwegige Idee. In England nehme man Kekse zum Tee. Pistoux versuchte, ihm die Grundzüge einer französischen Menüfolge zu erklären. Canon Dilke ignorierte ihn. Er fragte, ob er sich um die Saucenfonds kümmern solle. Der dicke Koch behauptete, für seine Saucen keine Fonds zu benötigen. Pistoux schlug vor, sich um Vinaigrettes oder Gratins zu kümmern, Dilke murmelte etwas von Pies und Puddings und tat so, als handle es sich dabei um geheime Zubereitungsarten, die nur ein Engländer verstehen könne.

Glücklicherweise trat nun Charles, der Butler, in die Küche und gab bekannt, daß die erlegten Vögel im Hof bereitlägen. Vicky, Elly und ich sollten dafür sorgen, daß die Vögel rechtzeitig für das Abendessen gerupft und ausgenommen wären. Wir folgten Charles und Pistoux nach draußen in den Hof. Dort lag die magere Beute des Jagdausflugs: ein paar Rebhühner, zwei Moorhühner und zwei Fasane.

Pistoux sah die Vögel an, dann den Butler, dann den grinsenden Canon Dilke, der in der Tür stand und darauf zu warten schien, daß der Franzose sich erneut blamiert.

«Die müssen doch erst noch abhängen», sagte Pistoux. Ich hörte, wie Dilke kicherte. «Wir können doch unmöglich frisch geschossene Tiere heute abend schon zubereiten.»

Dilke lachte jetzt laut. Er schien die Situation zum Brüllen komisch zu finden. Der Butler warf ihm einen ungnädigen Blick zu. Ich sah, wie Pistoux in seiner Jackentasche nach dem Buch mit den englischen Sitten tastete.

«Es ist so üblich», sagte der Butler bedächtig, «die frisch geschossenen Tiere noch am gleichen Abend zu verzehren. Zumindest am ersten Abend der Jagdsaison legen wir großen Wert darauf.»

«Ja, aber warum …?» brach es aus Pistoux hervor.

«Es ist so Tradition», sagte der Butler. «Kümmern Sie sich bitte darum.»

Dilke verschwand prustend in der Küche.

Die alte Elly machte den Anfang, und Vicky schlurfte hinterher. Sie griffen sich jede einen Vogel und machten sich ans Rupfen. Ich sah meinen Chef an. Er nickte. Also half ich.

Vicky war nett. Sie sang ein Lied, während wir arbeiteten, und lächelte mich freundlich an.

Hinter dem Haus ging die Sonne unter, und die letzten Strahlen erwärmten den ansonsten nicht sehr gemütlichen Küchenhof. Immerhin konnte man die Rosen sehen, die im Garten blühten.

Als wir mit dem Rupfen fertig waren, saß ich noch eine Weile allein im Hof. Im Schatten, wo man mich nicht gleich sehen konnte. Ich bemerkte, wie zwei Männer vom Garten her durch die kleine Tür in der niedrigen Mauer in den Küchenhof traten.

Um diese Zeit, kurz vor dem Dinner, befanden sich alle Bediensteten in der Küche an ihrem Platz. War es ein Zufall, daß ausgerechnet zu diesem Zeitpunkt, wo hier im Hof bereits eine gewisse Dunkelheit herrschte, zwei der Gäste eilig den Bedienstetentrakt betraten?

Ich war neugierig und folgte den beiden Männern. Zwischen dem Geräteschuppen und dem Kohlenlager führte hinter einer quietschenden Tür eine steile Treppe nach oben. Im ersten Stock sah es genauso aus wie auf der anderen Seite des Trakts, wo mein eigenes Zimmer lag. Aber hier schien niemand zu wohnen.

Die Männer gingen den schmalen Korridor entlang. Einer zündete eine Kerze an, der andere holte einen Schlüssel hervor und machte sich an einer Tür zu schaffen.

Die Tür ging auf, und die beiden Männer traten ein. Ich huschte näher und konnte durch den Türspalt spähen. Ich sah, wie die beiden Männer sich über ein Bett beugten. Der Schein der Kerze erleuchtete ihre Gesichter. Jetzt konnte ich sie erkennen. Der eine war John Hartley, der Bruder der Lady, der andere Dr. Putney.

Der Arzt hatte ein Stethoskop in der Hand. Sie veränderten ihre Stellung, und ich konnte sehen, daß jemand im Bett lag. Eine Frau! Ich war erstaunt. Sie schien nicht zu den Bediensteten zu gehören. Und genausowenig zu den Gästen der Herrschaft. Wer war das?

Sie schien krank zu sein. Ihr Gesicht war sehr dunkel. Vielleicht hatte sie eine ansteckende Krankheit und lag deshalb in diesem Zimmer?

Ich erschrak, als Dr. Putney die Decke zurückschlug. Darunter war die Frau nackt. Ich hielt den Atem an. Ihr ganzer Körper war so dunkel wie das Gesicht! Der Arzt beugte sich über die Frau und horchte sie mit dem Stethoskop ab. Dann richtete er sich wieder auf. Ich konnte sehen, daß die Frau geschlagen worden war. Sie hatte viele blutige Striemen. Ich konnte die Gesichter der beiden Männer erkennen, als sie den geschundenen Körper der dunklen Frau betrachteten. Aber in ihren Augen war kein Mitleid.

Plötzlich zuckten wir alle drei zusammen. Draußen rief eine Stimme. Es war Vicky. Sie rief nach mir! Die Männer deckten die Frau hastig wieder zu.

Ich huschte durch den engen Korridor zur Treppe und eilte hinunter. Als ich in den Hof trat und zur Küche laufen wollte, spürte ich plötzlich, wie eine Hand mich am Haarschopf packte und zurückriß. Es tat furchtbar weh. Dann klatschte mir eine nasse Hand mehrmals ins Gesicht. Es war Vicky. Sie schlug mich! Noch ehe ich darüber nachdenken konnte, hatte ich mein Officemesser in der Hand. Die Klinge blitzte im Lichtschein, der aus der Küchentür in den Hof fiel, und Vicky ließ von mir ab.

Sie sah mich erstaunt an, sagte aber gar nichts, sondern deutete nur auf die Tür. Ich steckte mein Messer wieder ein. Niemand durfte mich schlagen!

Als ich in die Küche trat, hatte ich eine Hand am Messergurt. «Los an die Arbeit!» kommandierte der dicke Koch, der breitbeinig neben seinem Herd stand, in den breiten Händen ein riesiges Stück Rindfleisch, von dem Blut tropfte. Auch von Dilkes leicht vorspringendem Kinn tropfte es, denn dort hatten sich die vielen Schweißtropfen gesammelt, die von seiner Stirn langsam über sein breites Gesicht nach unten liefen.

Jetzt mußte ich rennen, denn ich sollte für zwei Köche gleichzeitig alle nötigen Utensilien herbeibringen. Ich hatte kaum Zeit, nachzusehen, was in den Töpfen war. Aus dem, was Canon Dilke kochte, wurde ich ohnehin nicht schlau. Offenbar garte er Fleisch und Gemüse strikt getrennt. Kein schöner Anblick war, wie er mit seinen wurstigen Händen wieder und wieder in den klebrigen Teig griff, den er knetete, um anschließend Klöße daraus zu formen, die mit einigen Schweißtropfen gewürzt wurden.

Pistoux hatte sich entschlossen, *Fasan mit Cider, Äpfeln und Walnüssen* zu garen. Es war ein Rezept aus Burgund, und wahrscheinlich war es gar nicht so schlimm, wenn man in Wasser gekochtes Gemüse dazu aß. Mit geübten Handgriffen würzte Pistoux die ausgenommenen und gerupften Rebhühner und Fasane innen und außen, umwickelte sie mit dünngeschnittenen Speckscheiben und legte sie dann in einen riesigen Bräter, in dem er zuvor Butter heiß gemacht hatte. Es zischte und gurgelte, als er den Cider darüber goß, um anschließend mit einer schwungvollen Handbewegung zwei Hände voll Walnußkerne dazuzuwerfen.

Sehr zum Mißfallen des dicken Dilke führte der Butler Pistoux in den Weinkeller, um ihm die dortigen Vorräte zu zeigen. Die Flaschen und Fässer, die dort gelagert wurden, schienen von passabler Qualität zu sein, denn als Pistoux zurückkam, zeigte sich auf seinem Gesicht eine Mischung aus Hochmut und Zufriedenheit. Noch zufriedener blickte er drein, als er sah, daß Dilke als zweites Hauptgericht einen *Pork and Apple Pie* servierte.

Pistoux hatte es sich nicht nehmen lassen, außerdem *Moorhühner mit Waldpilzen in Rotwein* zu garen. Es war ein traditionelles Gericht, das in England zum Beginn der Jagdsaison gekocht wurde. Damit hatte er Dilke überrumpelt. Sein kleines Büchlein über die englischen Sitten schien beste Dienste zu leisten.

Der Abend rauschte vorüber, und ich hatte nicht mehr viel Zeit, über das Erlebnis mit der dunkelhäutigen Frau nachzudenken. Irgendwann wurden die Früchtekörbe in den Speisesaal getragen, und wir sanken erschöpft auf unsere Stühle.

Plötzlich kamen der Butler und seine Frau aufgeregt zurück. Sie rangen die Hände und waren völlig außer sich. Charles lief in der Küche auf und ab und murmelte: «Sie streiten sich, sie streiten sich.»

Und seine Frau rief immer wieder aus: «Wie schrecklich für unsere Lady, wie schrecklich.»

Es dauerte eine Weile, bis sie ihre Gedanken so weit geordnet hatten, daß sie in der Lage waren, zu erzählen, was vorgefallen war.

«Es ist der alte unselige Streit», sagte Charles.

«Die arme Lady, was muß sie mit ihrem Mann ertragen! Wieso begibt er sich nur in diese verrufenen Kreise», klagte Elly.

«Diese kontinentalen Ideen!» meinte Charles. «Wäre er doch nie in Frankreich gewesen.»

«Ich verstehe nicht, wie Mr. Putney darüber lachen kann.»

«Mr. Putney ist Arzt, meine Liebe. Er kennt die menschliche Natur und kann darüber lachen.»

«Ich nicht. Und unsere Lady auch nicht.»

«Weiß Gott nicht. Jetzt will er uns einen Revolutionär ins Haus holen.»

«Einen Aufrührer!»

«Einen Bombenleger.»

«Ich verstehe nicht, daß Mr. Hartley und der Bruder des Lords nichts dagegen unternehmen.»

«Sie haben es versucht, meine Liebe, aber sie sind auf taube Ohren gestoßen.»

«Und nun wird dieser entsetzliche Thomas Sandford hier wieder alles durcheinanderbringen und einen russischen Bombenleger mitbringen, der unsere Sitten mißachtet und womöglich …»

«Und womöglich Schlimmeres.»

Sie rangen die Hände und redeten wirres Zeug.

Durch Nachfragen gelang es schließlich Vicky und Pistoux, den Sinn ihrer Worte zu ergründen: Offenbar beabsichtigte der Lord einen alten Freund einzuladen, der extreme politische Ideen vertrat. Dieser Freund, er hieß Thomas Sandford, war ein gefürchteter Unruhestifter und hatte sogar einmal versucht, verhaßte Bücher aus der altehrwürdigen Bibliothek von Weald Manor zu verbrennen. Sehr zum Entzücken des Lords, der dem Spuk erst ein Ende machte, als seine Frau einen hysterischen Anfall bekam.

Besagter Thomas Sandford war schon aus vielen Häusern geworfen worden, weil er alle Sitten und Gebräuche anzweifelte und den Unterschied der Klassen ignorierte.

Nun hatte sich dieser Aufrührer entschlossen, seinen Freund Lord St. Simon aufzusuchen. Zu allem Überfluß hatte er ihm versprochen, eine bedeutende Persönlichkeit der internationalen sozialrevolutionären Bewegung mitzubringen: den russischen Anarchisten Peter Kropotkin. Der Russe war gerade von Edinburgh nach London gekommen und hatte sich angeblich bereit erklärt, seinen glühendsten Bewunderer unter den englischen Adeligen persönlich aufzusuchen.

«Ein Bombenleger unter uns», wiederholte Charles.

«Kropotkin ist kein Bombenleger», korrigierte Pistoux. «Er ist ein bekannter Naturwissenschaftler und stammt aus altem russischen Adel.»

«Ein Anarchist!» empörte sich Charles.

«Das mag sein, aber niemand, der Bomben wirft. Er tritt für die Gerechtigkeit ein und wird von den Arbeitern als Führer respektiert.»

«Sie kennen ihn also, Mr. Pistoux?» fragte Canon Dilke.

«Ich habe von ihm gehört.»

«Womöglich teilen Sie seine Ansichten?» Charles sah Pistoux mißtrauisch an.

«Nein», antwortete Pistoux. «Ich glaube nicht an das Gute im Menschen.»

Bevor ich verstehen konnte, was Pistoux damit meinte, wurde ich von Vicky in die Spülküche gezerrt.

Als ich später auf mein Zimmer ging und auf den Hof hinaussah, bemerkte ich einen Lichtschein in einem der gegenüber liegenden Fenster. War es das Zimmer, in dem die dunkelhäutige Frau lag? War sie aufgewacht? War jemand bei ihr?

Ich legte mich ins Bett, schloß die Augen, um alles zu vergessen.

⌒ **6** ⌒ *UNRUHESTIFTER* Als ich aufwachte, stand die dicke Vicky neben meinem Bett und sah mich lächelnd an.

«Du bist ein hübscher Junge, aber leider ein bißchen schweigsam», sagte sie, und ich merkte, daß sie es nur laut gesagt hatte, weil sie dachte, ich schliefe noch.

Sie sah, wie ich die Augen aufschlug, und klatschte in die Hände. «Auf, auf, es ist schon hell geworden.»

Ich wartete, bis sie gegangen war, und sprang aus dem Bett. Ich tauchte die Seife ins Wasser der Waschschüssel und wusch mich gründlich. Dann zog ich mich an und band mir meinen Messergurt um.

Das Waschen wäre nicht nötig gewesen, denn sie steckten mich in den Kohlenkeller. Canon Dilke kommandierte, und mein Chef konnte nicht viel dagegen tun. Er saß an einem Tisch, den er für sich beansprucht hatte, und stellte Listen auf. Dilke hatte sich offenbar vorgenommen, seine Anwesenheit zu ignorieren. Aber er konnte mich nicht ignorieren. Es war ihm wohl unerträglich, daß ich in den wenigen Arbeitspausen nichtsnutzig herumstand. Also schickte er mich in den Kohlenkeller, um Ordnung in das schmutzige Durcheinander zu bringen. Danach mußte ich ins Holzlager gehen und Scheite aufschichten. Am frühen Nachmittag kam Pistoux in den Holzschuppen und erlöste mich.

«Schluß damit», sagte er. «Geh dich waschen, zieh dich um. Du bist mein Commis und kein Bergarbeiter.»

Ich war froh. Diese Art von Arbeit lag mir überhaupt nicht. Ich fand es nicht so schlimm, schmutzig zu werden, aber es war mir zu anstrengend. Ich rannte in mein Zimmer und wusch mich, so gut ich konnte, nachdem ich den Stuhl vor die Tür gestellt hatte, falls Vicky wieder auf die Idee kam, nach mir sehen zu wollen. Auch vom Fenster hielt ich mich fern. Womöglich waren die Männer wieder drüben bei der schwarzen Frau und starrten zu mir herüber.

Als ich in die Küche trat, standen Dilke und Pistoux in der Mitte des Raums einander gegenüber, umringt von Charles, Elly, Vicky, dem Gärtner und seinem Gehilfen.

«Ich erkläre hiermit», sagte Canon Dilke mit erhobener Stimme und vielen Gesten, «daß ich mit diesem Franzosen nicht zusammenarbeiten werde.»

Pistoux sah ihn mit verschlossener Miene an, die Arme vor der Brust verschränkt, hochmütig.

«Ich erkläre weiter, daß ich mich meiner Arbeit wie bisher widmen werde. Wenn es dem Franzosen gefällt, so mag er ebenfalls seiner Arbeit nachgehen. Falls es Seiner Lordschaft gefällt, französisch zu speisen, kann ich nichts dagegen unternehmen. Aber es wäre eine Schande, wenn alle dazu gezwungen würden. Mylady hat mich oft gelobt.» Er blickte beifallheischend in die Runde. «Ich werde sie nicht allein lassen, auch wenn es auf einen Wettkampf hinauslaufen sollte.» Er starrte Pistoux triumphierend an.

Alle schwiegen und warteten auf eine Antwort.

«Wenn Monsieur einen Wettkampf wünscht, kann er einen Wettkampf haben», sagte Pistoux. «Aber ich bitte mir faire Chancen aus. Und das heißt freien Zugang zu allen Vorräten inklusive Wein, Portwein, Sherry, Brandy und die Ciderfässer.»

Dilke zuckte mit den Schultern.

«Freier Zugang zu den Obstbäumen und den Gemüsegärten.»

Dilke machte eine ungeduldige Handbewegung.

Pistoux deutete auf einen der großen Herde: «Eine Feuerstelle mit allen nötigen Geräten.»

«Wir teilen die Küche. Charles soll dafür sorgen, daß es gerecht zugeht.»

Charles verzog das faltige Gesicht: «Meine Herren, diese ganze Entwicklung macht mich sehr unglücklich. Ich sehe mich nicht in der Lage ...»

Dilke unterbrach ihn: «Wir brauchen einen Schiedsrichter, fair ist fair.»

«Ich bin mir nicht sicher, ob es dem Wohl der Herrschaften dienlich ist, wenn hier in der Küche eine Art Wettkampf stattfindet», sagte Charles.

«Konkurrenz ist die beste Voraussetzung für Höchstleistungen», erklärte Dilke. «Da stimmen Sie mir doch sicher zu, Monsieur?» Das ‹Monsieur› betonte er mit genüßlicher Verachtung.

«Die Situation ist, wie sie ist», sagte Pistoux.

«Sei's drum», seufzte der Butler.

«Nur eines noch», sagte Pistoux. «Mein Commis steht ausschließlich mir zur Verfügung. Im Kohlenkeller hat er nichts zu suchen. Ich brauche ihn hier.»

Ich sah ihn an und mußte lächeln. Ich war froh, daß er mich brauchte.

«Ich will den Jungen gar nicht haben», brummte Dilke.

Vicky stieß mich in die Seite. Damit wollte sie mir wahrscheinlich mitteilen, daß wir ‹offiziell› keine Freunde mehr waren.

Nachdem die Vereinbarung getroffen worden war, wurde die Küche geteilt. Charles achtete peinlich genau darauf, daß alle Gerätschaften gerecht auf die beiden gegnerischen Parteien aufgeteilt wurden.

Glücklicherweise gab es von allen Sachen, vom Topf bis zur Suppenkelle, mindestens zwei Stücke in allen Größen. Und die Messer hatte ich ja mitgebracht.

Pistoux zeigte mir die Speisekammer, die direkt hinter der Spülküche lag. Dort hingen Schinken und Würste, ein halbiertes Lamm und allerlei Wild und Federvieh. Er deutete auf einen riesengroßen Schrank, der ungewöhnlich wuchtig aussah.

«Was mag das wohl sein? Sieht aus wie ein Kleiderschrank», fragte er listig.

Ich hatte keine Ahnung.

Pistoux lächelte: «Ein Schrank zum Kühlen, ganz modern. Wir brauchen keine Eistrommeln mehr, wo auf dem zerstoßenen Eis Fleisch oder Fisch liegt. Hier paßt alles rein. Er ist aus Mahagoniholz. Die Seitenteile und Türen sind doppelt so dick wie sonst, und überall sind kleine Fächer, in die das Eis gefüllt wird. Es schmilzt viel langsamer darin. Das ist der wahre Fortschritt, mein lieber Claude, er macht uns das Leben leichter.»

Er zog die Schranktüren auf, und ich sah, daß darin gerupfte Hühner hingen und saftige Rinderfilets, sogar Fische und schon gegarte Teile sowie Pasteten und Fleischterrinen.

«Alles bleibt frisch», sagte Pistoux. «Einen solchen Schrank habe ich bisher nur in den besten Restaurants gesehen. Der Lord ist ein umsichtiger Mann. Charles hat mir gesagt, daß dies seine Idee war. Er liebt den Fortschritt.»

Sorgfältig verschloß er die Schranktüren. Dann sagte er leise: «Ich hoffe nur, daß der Dicke uns nicht die besten Sachen vor der Nase wegschnappt und beiseite schafft. Das beste wird sein, wir sichern uns schon mal die Lammkeulen.»

Wir nahmen die Tierhälften von den Haken und legten sie

auf den großen Arbeitstisch. Dann begann ich die Messer zu schärfen, und wir machten uns ans Werk.

Ich liebte es zuzusehen, wenn das scharfe Ausbeinmesser durch das rohe Fleisch glitt. Als Pistoux sah, wie sehr es mich faszinierte, ließ er mich eine ganze Keule selbst auslösen.

Das Menü für den Abend hatte Pistoux schon im Kopf: Aus den Lammkeulen würde er *Gigots à la Cavaillonnaise* machen; vorher gab es eine *Soup Tôt Faite* aus Kartoffeln und Lauch, dann eine *Tourte de blettes*, einen Mangoldkuchen; zum Nachtisch *Birnen in Rotwein*. Die Suppe war mein Werk. Hingebungsvoll schnitt ich Kartoffeln und Lauch in gleichmäßig große Stücke und verbrachte damit so viel Zeit, daß Pistoux scherzte, ich wolle wohl den Namen des Gerichts in sein Gegenteil verkehren. «Hopp, hopp, Claude», rief er lachend, «die Schnelle Suppe muß fertig sein, bevor du überhaupt damit angefangen hast!» Er selbst war eifrig dabei, in einem riesigen Mörser aus Marmor Salz, Pfeffer, Kräuter und Knoblauch zu einer Mischung zu zerreiben, in der er anschließend Speckstreifen wendete und sie zusammen mit vielen kleinen Sardellenfilets zum Spicken der Lammkeulen benutzte. Dann pinselte er die Keulen in Windeseile mit dickem grünem Olivenöl ein, das wie viele andere Zutaten aus Pistoux' Heimat in den großen Fässern der Vorratskammer lagerte. Die Keulen hob er behutsam in den Schmortopf und wandte sich dann dem Gemüse zu.

Die Aktivitäten von Canon Dilke und Vicky ignorierten wir, soweit es ging. Wir sahen, daß sie an ihrem Herd gehörig ins Schwitzen gerieten, aber das ging uns auch nicht anders. Als Vicky aufschrie, weil der vor sich hin fluchende Dilke ihr beinahe einen großen Topf mit kochendem Wasser über die Füße gekippt hätte, blickten wir gemeinsam hinüber.

Die Zeit flog dahin, und endlich sanken wir erschöpft und schweißüberströmt auf unsere Stühle.

Charles und Elly kamen bedrückt vom Servieren zurück. Am Nachmittag war Thomas Sandford auf Weald Manor eingetroffen. Zwar hatte er keinen russischen Bombenleger mitgebracht, aber ansonsten waren die schlimmsten Befürchtungen des Butlers wahr geworden.

Sandford hielt politische Reden bei Tisch, und der Lord klatschte Beifall. Den Berichten des Butlers und seiner Frau zufolge mußte es sich etwa so abgespielt haben:

Die Ankunft von Thomas Sandford bei Tisch wurde in höchster Anspannung, aber mit gespielter Gleichgültigkeit zur Kenntnis genommen. John Hartley machte einige, wie er glaubte, harmlose Bemerkungen über die Tatsache, daß alle Anwesenden doch zumindest zum gleichen Gott beten würden, was ihm als sehr tröstlich erschien. Pfarrer William St. Simon stimmte ihm aufrichtig zu und schien zu glauben, damit die Wogen schon geglättet zu haben, bevor sie überhaupt vorhanden waren. Leider legte der Lord Wert auf die Feststellung, daß er und sein finsterer Weggefährte Francis Ruskin schon längst nicht mehr wüßten, an welchen Gott sie glauben sollten, denn neben dem christlichen gäbe es ja noch Allah, Buddha, Krischna «und einige tausend andere, gar nicht zu sprechen vom Teufel». Ruskin lachte dröhnend.

Dr. Putney versuchte, dem Ganzen etwas Humor abzugewinnen, und bemühte sich um einen flotten Scherz über die Hörner des Teufels, was die verwitwete Cressida Merton aus völlig unerfindlichen Gründen als einen persönlichen Angriff auf ihren verstorbenen Mann deutete. Edwina bemühte sich, sie zu beruhigen: «Mutter, du warst wirklich nicht mit dem Teufel verheiratet.» Dr. Putney brach in lautes Lachen aus, und ab diesem Moment fühlte sich niemand mehr an der Tafel wohl. Außer vielleicht Thomas Sandford, der plötzlich und sehr zum Mißfallen von Francis Ruskin die Schönheit der jungen Edwina Merton entdeckt hatte und lautstark pries.

Edwinas Versuche, das Gespräch in humanistischere Bahnen zu lenken, indem sie auf die große Florence Nightingale und ihre Verdienste um die Ausbildung der Krankenschwestern hinwies, brachten zwar den erstaunten Sandford zum Schweigen, nicht jedoch alle anderen. Mit viel Mühe gelang es Lady Eugenia und ihrer Schwägerin Emily Hartley schließlich, die Streithähne zum Aufstehen zu bewegen. Die Damen zogen sich in den Drawing Room zurück, die Herren begaben sich in den Rauchsalon.

Dort, so berichtete Charles abschließend, sei es dann beinahe zu einer tätlichen Auseinandersetzung zwischen Francis Ruskin und Thomas Sandford gekommen. Kurz darauf hätten sich Dr. Putney und John Hartley steif verabschiedet und seien, so berichtete Charles, «lange Zeit nirgendwo mehr aufgetaucht».

«Ich hoffe nur», so lautete das Fazit des Butlers, «daß die Herrschaften sich während des morgigen Jagdausflugs genügend ausleben können, so daß uns weitere Aufregungen dieser Art erspart bleiben.»

Als ich nach getaner Arbeit spät in der Nacht in mein Zimmer kam, sah ich im Fenster gegenüber kein Licht. Plötzlich war mir so, als hätte ich von der Frau mit der schwarzen Haut nur geträumt.

⌁ 7 ⌁ BLATTSCHUSS Am nächsten Morgen sahen wir vom Küchenfenster aus, wie der Lord und seine Gäste erneut zur Jagd ritten. Bis auf die junge Edwina Merton blieben diesmal alle Damen zu Hause. Vielleicht legten sie keinen Wert auf die Gesellschaft von Thomas Sandford. Trotzdem war es aufregend, der Jagdgesellschaft beim Vorbeireiten zuzusehen. Die roten Röcke der Herren leuchteten im warmen Sonnenlicht. Nur Sandford und der Lord trugen Schwarz. Vielleicht wollten sie damit ihre geistige Unabhängigkeit demonstrieren. Der Butler fand dies «äußerst unangebracht». Parker, der Gärtner, und George, sein junger Gehilfe, sowie Mark, der Stallknecht, bildeten die Nachhut. Später würde es ihre Aufgabe sein, das Wild aufzuscheuchen.

Es war deutlich zu sehen, daß Thomas Sandford sich bemühte, neben Edwina Merton zu reiten. Es war ebenfalls deutlich zu sehen, daß der bärtige Francis Ruskin das gleiche Ziel verfolgte. An Edwinas Stelle hätte ich den jüngeren Sandford bevorzugt. Sein Rivale Ruskin, der bärtige Abenteurer mit den roten Locken auf dem Kopf und im Gesicht, war viel zu grobschlächtig für die zarte junge Frau.

Die Pferde der beiden Rivalen umtänzelten Edwinas weiße Stute, und beide, das Pferd und seine Reiterin, machten einen bockigen Eindruck. Dann plötzlich jauchzte Edwina auf und galoppierte davon. Die Männer blieben zurück und sahen ihr nach, wie sie zwischen den Bäumen der Allee verschwand.

Die Küche blieb weiterhin geteilt, und beide Fraktionen hatten alle Hände voll zu tun, denn die Damen wollten im Obstgarten ein Picknick veranstalten. Pistoux hatte sich vorgenommen, seinem Konkurrenten auch auf diesem typisch englischen Terrain die Stirn zu bieten. Ich mußte Kartoffeln schälen, damit er daraus einen *Kartoffelsalat mit Basilikum* machen konnte. Außerdem hatte Pistoux getrocknete *Kichererbsen* über Nacht eingeweicht. Ich mußte ihm verschiedene Gemüse aus dem Küchengarten holen, die er mit Zitronensaft, Öl und Kräutern einlegte. Am schlimmsten war die *Tapenade* zuzubereiten. Ich ächzte und stöhnte über dem großen Mörser, während sich meine Finger um den Stößel krampften. Der *Paprikasalat* war hingegen eine leichte Übung.

Gelegentlich sah Canon Dilke zu uns herüber, lachte höhnisch und bestrich weiter seine Weißbrotscheiben mit Sandwichpaste. Er schien es nicht für nötig zu halten, die Kartoffeln, die er den Damen anbieten wollte, auch zu schälen. Ansonsten briet er Tauben und Hühnchen und schnitt mal wieder Scheiben vom Roastbeef ab, das noch vom Vorabend übriggeblieben war.

Zum Servieren durfte ich mitkommen, nachdem ich mich gewaschen und mir ein sauberes Hemd angezogen hatte.

Wir trugen die Körbe mit dem Essen durch den Küchenhof, betraten den Rosengarten, in dem es duftete wie im Paradies, und liefen über einen hübschen Steinweg die Baumreihen des Obstgartens entlang, bis wir zu der Stelle kamen, wo die Damen auf karierten Decken saßen.

Lady Eugenia hielt ein Buch in der Hand, ich glaube, es war die Bibel, aber ihrem Gesichtsausdruck nach hätte es auch ein Liebesroman sein können. Emily Hartley las in einer Zeitschrift mit vielen Bildern, aber vielleicht tat sie auch nur so, denn immer wieder blickte sie auf, wenn ihr gerade ein interessanter Gedanke gekommen war, den sie unbedingt allen anderen mitteilen mußte. Cressida Merton, die mißmutige Witwe, stickte und gab immer dann einen Kommentar ab, wenn Emily Hartley auf das Thema Männer kam.

«Man muß die Männer überleben», sagte sie mit einem säuerlichen Lächeln, «dann ist man eine freie Frau.»

«Wenn du so frei bist, liebe Cressida», fragte Emily Hartley mit spitzer Stimme, «warum stickst du dann immerzu, wie es von einer Dame erwartet wird?»

«In unseren Zeiten», entgegnete die frühergraute Cressida Merton, «darf eine Frau nicht allzusehr auf ihre Freiheiten pochen. Das würden die Männer nicht ertragen.»

«Würden sie darunter leiden?» fragte Emily Hartley lächelnd.

«Selbstverständlich», schaltete sich Lady Eugenia ein. «Sie würden darunter leiden, wenn die Frauen mitentscheiden dürften, denn Frauen würden immer das Gegenteil von dem wollen, was die Männer für richtig halten.»

«Wie gut, daß es nicht so ist», stellte Emily Hartley fest.

«Das meine ich auch», sagte Lady Eugenia. «Wir haben es doch auch so schon schwer genug.»

«Ich bin mir nicht sicher», sagte Cressida Merton, «ob ihr verstanden habt, was ich meine. Ich plädiere für weibliche List, nicht für Unterordnung. Wir müssen die Herren ganz langsam daran gewöhnen, daß wir ebenso gut entscheiden können wie sie.»

«Du hast leicht reden», seufzte Emily Hartley. «Du bist verwitwet, du kannst über dein Vermögen frei verfügen.»

«Ja», sagte Cressida Merton, «es war wirklich ein großes Glück, daß der gute George so früh von mir gegangen ist.»

Lady Eugenia sah sie verwirrt an.

«An was denkst du nur, Eugenia?» lachte Cressida Merton.

Lady Eugenia wurde rot.

«Ich glaube, du hast gerade nachgerechnet, wieviel dir noch bleibt, wenn sich dein Mann zu meinem guten, alten George gesellt hat», sagte Cressida.

Lady Eugenias Gesicht wurde noch röter: «Cressida! Ich verbiete dir, so von mir zu denken.»

«Entschuldige, meine Liebe, es ist der Hunger, der mich so leichtsinnig reden läßt.»

Mittlerweile hatten wir zwei Tücher ausgebreitet und die Teller, Schüsseln und Platten mit dem Essen darauf gestellt.

Dann zogen wir uns zurück. Später, wenn die Damen aufgestanden waren, würden wir wiederkommen und die Reste aufsammeln. Ich hoffte, daß sie nicht alle Brote aufessen würden, die Canon Dilke mit seiner Paste bestrichen hatte, denn ich wollte unbedingt eins davon probieren. Manchmal ließen die Herrschaften leckere Happen übrig. Davon nahm ich mir hin und wieder etwas, wenn mich niemand sah, denn ich wollte unbedingt herausfinden, wie es schmeckt, wenn man nicht als Diener, sondern als Herr ißt.

Am späten Nachmittag saß ich wieder im Küchenhof beim Kartoffelschälen. Ich hatte mich schon ein paarmal geschnitten und war sowieso schlecht gelaunt, weil ich nicht beim Abräumen des Picknicks hatte helfen dürfen. Nicht mal der Anblick der leuchtenden Rosen dort hinten im Garten machte mir Freude.

Ich weiß nicht, warum sie plötzlich auf diese Idee gekommen waren, vielleicht, weil sie sich ohne ihre Männer langweilten oder weil sie unruhig geworden waren, als die Jagdgesellschaft nicht zum Fünfuhrtee zurückkehrte. Jedenfalls wurde plötzlich die kleine Gartentür aufgestoßen, und die drei Damen traten auf den Hof.

Einen Moment lang war ich versucht, aufzuspringen und davonzulaufen, denn ich hatte mir längst wieder mein schmutziges Hemd angezogen.

Aber sie kümmerten sich gar nicht um mich. Sie gingen bis in die Mitte des Hofs, blieben stehen, drehten sich um und blickten in den ersten Stock des gegenüber liegenden Gebäudes. Dort über dem Vorratsschuppen befand sich das Zimmer, in dem die schwarze Frau lag. Die Damen deuteten auf das Fenster dieses Zimmers und flüsterten.

Schließlich gingen sie zögernd zur Tür, die in das Gebäude führte, und probierten daran. Sie war verschlossen.

Charles kam aufgeregt aus der Küche gelaufen und blieb wie angewurzelt stehen, als er die drei Damen in ihren hellen Kleidern hier mitten im düsteren Küchenhof stehen sah.

«Mylady, was?» fragte er verwirrt.

Lady Eugenia wandte sich ihm zu und sagte: «Charles, diese Tür ist verschlossen.»

«Selbstverständlich, Mylady, ist sie verschlossen.»

«Ich möchte, daß Sie sie öffnen.»

«Mylady?»

«Wo ist der Schlüssel?»

Zögernd drehte Charles sich um und ging zurück in die Küche. Kurz darauf kam er wieder, mit dem Schlüssel in der Hand.

Er steckte ihn ins Schloß, drehte ihn ängstlich um und zog die Tür auf. Nachdem Lady Eugenia ihm aufmunternd zugenickt hatte, ging er voran, die Damen folgten.

Ich sah mich um. Außer mir befand sich niemand im Hof. Ich stellte den Eimer mit den Kartoffeln beiseite und huschte über den Hof. Flink und leise wie eine Katze folgte ich den Damen die Treppe hinauf. Ich wollte mich noch einmal vergewissern, ob die Frau, die dort oben im Zimmer lag, wirklich diese seltsame Hautfarbe hatte.

Leider konnte ich keinen Blick in die geheimnisvolle Kammer werfen, denn die Damen traten schon wieder heraus.

Sie plapperten aufgeregt durcheinander. Charles schloß mit schuldbewußtem Blick die Tür und stand da wie ein begossener Pudel. Ich rannte bis zur Treppe, bevor sie mich entdecken konnten, blieb stehen und horchte.

«Charles», hörte ich die durchdringende Stimme der Lady, «sagen Sie mir die Wahrheit. Wo ist die Frau, die sich noch vor kurzem in diesem Zimmer befunden hat?»

«Verzeihen Sie, Mylady, ich bin untröstlich, aber ich kann es Ihnen nicht sagen.»

«Können Sie nicht oder dürfen Sie nicht?» Sie war unerbittlich. Ich war erstaunt, wie streng sie sein konnte.

«Mylady, ich weiß es wirklich nicht.»

«In der Tat», stellte Lady Eugenia fest, «Sie wollen es mir nicht sagen. Ist Lord Anthony gestern oder heute hier gewesen?»

«Ich weiß es nicht, Mylady.»

«Gehen Sie, Sie sind mir keine große Hilfe.»

«Verzeihen Sie, Mylady», wiederholte Charles mit erstickter Stimme. «Ich bin zutiefst erschüttert.»

«Gehen Sie.»

Der Butler wandte sich ab. Ich eilte die Treppe hinunter. Hinter mir hörte ich die aufgeregten Stimmen der drei Damen. Unten angekommen, setzte ich mich auf meinen Platz und nahm mir wieder die Kartoffeln vor.

Gebeugt trat Charles auf den Hof hinaus. Er rang die Hände und blieb unschlüssig stehen. Hinter ihm kamen die Damen aus dem Gebäude, eifrig diskutierend und empört.

Und als ob dieses Tohuwabohu nicht schon schlimm genug für den armen alten Butler gewesen wäre, stürzte plötzlich die dicke Vicky aus der Küche und schrie etwas, das ich nicht verstand. Charles zuckte zusammen wie unter einem Peitschenhieb. Er wurde noch blasser, als er ohnehin schon war. Vicky blieb wie angewurzelt stehen, als sie die drei Damen bemerkte. Sie hatte nicht damit gerechnet, sie im Küchenhof anzutreffen.

Sie senkte ihre Stimme, konnte sich aber nicht ganz bremsen: «Schnell, kommen Sie, die Jagdgesellschaft ist zurück.»

«Das ist noch lange kein Grund, so zu schreien», entgegnete der Butler.

«Doch, doch», schrie Vicky.

«Sei doch endlich ruhig, Vicky», wies Charles sie zurecht, «du siehst doch, daß Mylady hier ist.»

«Was ist denn eigentlich los?» fragte Lady Eugenia, jetzt sichtlich neugierig geworden.

«Kommen Sie schnell!»

«Vicky!» empörte sich der Butler.

«Fassen Sie sich, mein Kind, Sie sind ja völlig hysterisch», sagte Cressida Merton.

«Mylady», sagte Charles, «ich muß Sie um Entschuldigung für das Betragen des Mädchens bitten.»

«Was hat sie denn?» fragte Emily Hartley.

«Es ist etwas passiert», platzte Vicky endlich heraus.

«Aber, aber», versuchte der Butler zu beschwichtigen.

«Nun lassen Sie sie doch reden, Charles», sagte Lady Eugenia. «Was ist denn nun geschehen?»

«Francis Ruskin. Er liegt quer über seinem Pferd.»

Lady Eugenia sah sie erstaunt an. Emily Hartley schnaubte empört. Cressida Merton lachte hämisch: «Wie extravagant.»

«Ist er betrunken?» fragte Lady Eugenia.

«Nein, Mylady, ich würde sagen … ich glaube … er ist tot!»

Die drei Damen standen da wie vom Donner gerührt.

Lady Eugenia holte tief Luft und sagte: «Charles, stellen Sie fest, was vorgefallen ist.»

Charles eilte auf seinen dünnen alten Beinen in die Küche, gefolgt von Vicky. Die Damen drehten sich gemächlich um und schritten würdevoll zurück in den Garten. Man würde sie informieren.

Als sie außer Sichtweite waren, stellte ich die Kartoffeln weg und rannte hinterher.

8 ~ FATALE LEIDENSCHAFTEN   Die dicke Vicky beugte sich weit aus dem Fenster. Beinahe sah es so aus, als würde sie nach draußen fallen. Sie stöhnte dabei, als habe sie schreckliche Schmerzen, aber sie wollte unbedingt sehen, wie der leblose Körper von Francis Ruskin die Treppenstufen hinauf ins Haus getragen wurde.

Von irgendwoher hatte jemand eine Art Trage besorgt. Die beiden ungleichen Brüder Sir Anthony und William St. Simon bugsierten die Trage langsam und vorsichtig durch die Eingangstür. Neben ihnen lief, mit gesenktem Kopf, Dr. Putney. Thomas Sandford kam in einigem Abstand hinter ihnen her. Er las in einem Buch, als würde ihn das alles gar nichts angehen. Von Edwina Merton und John Hartley war nichts zu sehen. Vielleicht war sie in Ohnmacht gefallen? Ich malte mir aus, wie sie irgendwo im Gras lag und dabei sehr hübsch aussah. Ich war noch nie in Ohnmacht gefallen, stellte mir aber vor, daß es ein schönes Gefühl sein müßte. Jemand würde sich über einen beugen, man würde die Augen aufschlagen und lächeln.

«Na, so was», sagte Vicky und schüttelte den Kopf. «So ein kräftiger Mann. Und nun liegt er da wie ein gefällter Baum. Ist um die ganze Welt gereist, um ausgerechnet hier zu sterben. Das wird unser Lord nur schwer verwinden, sie waren doch wie Brüder. Sie haben zusammen den Kontinent bereist, waren in Afrika und Indien. Haben auf dem gleichen Schiff gedient. Bestimmt werden wir Francis Ruskin hier begraben. Eine Familie hat er nicht. Vor lauter Abenteuerlust hatte er wohl keine Zeit, sich darum zu kümmern. Dem Lord wäre es beinahe auch so gegangen, wenn er nicht die Notwendigkeit empfunden hätte, eine Frau zu heiraten, die ihn vor dem Ruin rettet.»

Vicky lehnte sich noch weiter aus dem Fenster und verlor beinahe das Gleichgewicht. Ich mußte sie an den Hüften festhalten.

Sie drehte sich um und sah mich spöttisch an: «Na na, mein Kleiner, du bist ja schon ein echter Kavalier.»

Charles kam hereingestürzt und rief: «Fort von den Fenstern! Was ist denn das für ein Benehmen!»

Wir zogen uns schnell von der Fensterbank zurück.

Ich sah, daß Pistoux die ganze Zeit seelenruhig an dem Tisch neben seinem Herd gesessen und sich Notizen gemacht hatte. Charles ging zu ihm hin und überreichte ihm einen Brief.

Pistoux sah erstaunt auf: «Was ist das?»

«Ein Brief des Lords.»

«Oh, etwa schon die Kündigung?»

«Das hoffe ich nicht, denn es wäre mein Wunsch gewesen, Seine Lordschaft vorher in dieser Hinsicht zu beraten.»

Pistoux legte den Brief auf den Tisch und sah ihn an.

«Öffnen Sie!» forderte der Butler ihn auf. «Es ist ein Brief des Lords.»

Pistoux nickte und winkte mich heran.

Ich zog mein Officemesser aus dem Etui, schnitt den Brief fein säuberlich auf und übergab ihn meinem Chef.

Pistoux nahm den Brief aus dem Umschlag und faltete ihn umständlich auf. Seine Stirn legte sich in Falten, als er sich daranmachte, die krakelige englische Handschrift zu entziffern. Dann hellte sich seine Miene wieder auf.

Charles trat ungeduldig von einem Fuß auf den anderen.

«Es ist nicht weiter von Bedeutung», erklärte Pistoux. «Der Lord will mehr Suppen.»

«Mehr Suppen?»

«Ja, mehr Suppen. Im übrigen wünscht er, daß ich mich gänzlich auf die Traditionen meiner Heimat konzentriere.»

«Traditionen?» Charles schien nicht glauben zu können, daß es so etwas auch außerhalb von England gab.

«Die kulinarische Tradition der Provence. Er habe nie so gut in seinem Leben gegessen wie damals, als er in den Süden Frankreichs gereist ist. Wo war er überall?» fragte Pistoux.

Charles zuckte mit den Schultern: «Ich weiß nur, daß Mylady es nicht begrüßt hat, daß er sich so lange dort herumgetrieben hat – bitte verzeihen Sie diesen Ausdruck.»

«Aber Charles!» Elly war hereingekommen und hatte seine letzten Worte gehört.

«Es war Mylady, die darunter gelitten hat», erklärte er, drehte sich um und ging würdevoll davon. Seine Frau folgte ihm.

Nachdem er die Tür hinter sich geschlossen hatte, erklärte Vicky mit gesenkter Stimme: «Auf Mylady hält er große Stücke, unser Charles.»

«Das ehrt ihn sicherlich», sagte Pistoux.

«Er und seine Frau sind mit Lady Eugenia hierhergekommen. Seit über zwanzig Jahren leben sie hier. Der Lord hat sich wohl nur ab und zu mal blicken lassen. Die Lady hat Weald Manor vor dem Verfall bewahrt. Ohne ihr Vermögen wäre dieses schöne Haus nur noch eine Ruine.»

«Zumindest», sagte Pistoux, der immer noch den Brief in der Hand hielt, «ist der Lord ein passionierter Feinschmekker.»

«Ist das etwa eine Tugend?» fragte Vicky skeptisch.

«In Frankreich schon.»

«Seltsames Land.»

«Aber Vicky, du ißt doch selbst gerne», sagte Pistoux augenzwinkernd.

«Aber deswegen bin ich doch kein besserer Mensch.»

«Vielleicht doch.»

«Es ist nicht recht, daß Sie so reden.»

«Entschuldige, ich scherze nur.» Pistoux blickte sich in der Küche um: «Wo ist denn mein Rivale?»

«Dilke? Keine Ahnung. Vielleicht vergräbt er gerade alte Suppenknochen.»

Pistoux lachte, Vicky stimmte ein, und sogar ich mußte losprusten. Langsam mochte ich die dicke Vicky.

«Also dann», sagte Pistoux feierlich, als wir uns wieder beruhigt hatten, «her mit dem Fleisch, her mit dem Gemüse, wir machen eine Suppe!»

Ein neuer Ehrgeiz hatte ihn gepackt.

« *Cervelles en caisses!* » rief er aus. « *Terrine de poulet aux herbes!* »

Er wollte es dem unverschämten Canon Dilke zeigen. Ich muß zugeben, daß es auch mir etwas mulmig wurde, als ich die vielen kleinen Kalbshirne vor mir auf dem Tisch aufgereiht hatte.

«Frisch ans Werk!» forderte Pistoux mich auf. «Die Hirne müssen zerteilt werden!» Mit glänzendem Gesicht strich er die Klinge seines Filetiermessers über den Wetzstahl. Und wenig später glitt das Messer durch die weißgraue Hirnmasse wie durch weiche Butter. Ob ich wollte oder nicht, ich mußte damit weitermachen, denn Pistoux montierte seine Sauce gratin, die über die Hirnteile gegossen wurde, nachdem ich sie in kleine Papierförmchen plaziert hatte. Danach durfte ich mich wieder einer appetitlicheren Tätigkeit widmen, dem Entbeinen des Hühnchens für die Pastete. Pistoux setzte eine feierliche Miene auf, als er den Cognac entkorkte und mir Instruktionen erteilte, wie ich das Kalbfleisch zerkleinern sollte. «Eine solche Pastete zu bereiten ist eine hohe Kunst», sagte Pistoux. «Das Würzen erfordert Fingerspitzengefühl und die Konsistenz der Masse ist eine äußerst heikle Angelegenheit.»

Ich nickte und sah ihm aufmerksam zu, wie er den Fleischteig mehrmals probierte, um ihn mit den Kräutern abzuschmecken. Anschließend schichtete er die Hühnchenteile sorgfältig in die Form. Währenddessen bereitete ich ein Wasserbad vor. Und nach einer Stunde Garzeit trug ich die Terrine stolz zum Kühlschrank, in dem sie mindestens zwölf Stunden lang ruhen mußte.

Auch Canon Dilke tauchte schließlich wieder auf, warf uns einen abschätzigen Blick zu und stocherte in irgendeinem Ragout herum, dem ein strenger Geruch entströmte.

Später, als wir alle erschöpft auf unsere Stühle sanken, stand plötzlich Mark, der Stallknecht, in der Küche. Normalerweise kam er zu den Mahlzeiten der Dienerschaft und nahm sich ein paar Happen mit, die er dann im Stall bei seinen Pferden verzehrte. Aber diesmal war er nicht gekommen. Offenbar hatte er es vorgezogen, sich zu betrinken. Er schwankte wie ein schwerbeladenes Dampfschiff bei Windstärke acht.

Aber er war gekommen, uns etwas zu erzählen. Reden konnte er noch, jedenfalls besser als stehen. Wir gaben ihm einen Lehnstuhl, von dem er nicht so leicht herunterkippen konnte. Leider lallte er ziemlich. Berücksichtigt man noch die sporadischen Aussagen verschiedener anderer Personen, die zugegen gewesen waren, schien sich das tragische Ereignis während der Jagd etwa folgendermaßen zugetragen zu haben: Francis Ruskin und Thomas Sandford hatten gleich zu Beginn entdeckt, daß sie Rivalen um die Gunst der schönen Edwina waren. Edwina schien es nicht weiter zu stören, von zwei Kavalieren begleitet zu werden. Schwierig wurde es wohl erst, als Ruskin sich im Vergleich mit Sandford als der bessere Gentleman beweisen wollte. Das tat er auf durchaus unelegante Weise, indem er auf seine Abstammung aus einer noblen Familie hinwies.

Sandford hatte dafür nur Spott übrig. Seiner Meinung nach waren Dinge wie Abstammung und Klassenzugehörigkeit altmodische Begriffe, die ins «industrielle Zeitalter» nicht mehr hineinpaßten. «Dies alles hier», soll er ausgerufen haben, wobei er ungestüm auf die Ländereien des Lords deutete, «dies alles hier ist passé! Grundbesitzer werden bald enteignet, Fabrikbesitzer ebenso. Dann wird es keine Reichen mehr geben. Genießen Sie, solange Sie können. Nehmen Sie Abschied von Ihren Privilegien! Schon morgen kann es soweit sein.»

Lord Anthony und auch Edwina schienen diesen Ansichten durchaus Interesse entgegenzubringen. Francis Ruskin hingegen hatte sich offenbar vorgenommen, den Rivalen aufs Glatteis zu führen. Er argumentierte ganz entgegen seinen sonstigen Überzeugungen. Dr. Putney, John Hartley und William St. Simon schlugen sich erstaunt auf seine Seite. Edwina hingegen war von Sandfords Ansichten über die Gleichberechtigung der Geschlechter fasziniert. Zwar teilte Sandford nicht ihre Begeisterung über Florence Nightingale, ermutigte sie aber, sich selbst als vollwertigen Menschen mit Seele und Wahlrecht zu betrachten. «Wenn Frauen in Fabriken arbeiten können, können sie auch regieren», sagte Sandford. «Und jeder, der essen will, muß arbeiten», fuhr er fort und sah seine Gegner dabei listig an: «Sie werden noch früh genug erfahren, was es heißt, in einer Fabrik zu schuften.»

Dr. Putney verwies darauf, daß auch in Sandfords Zukunftswelt Ärzte gebraucht würden. William St. Simon wollte nicht glauben, daß es, wenn es erst mal so weit gekommen sei, was Gott verhüten möge, keine Priester mehr geben könnte. John Hartley pochte darauf, daß ihm gehöre, was er als Kaufmann verdient habe. Der finstere Ruskin führte Darwins Theorie vom Überleben des Stärkeren an. Sandford konterte mit Kropotkins Lehre von der gegenseitigen Hilfe.

Dann mußte das Streitgespräch abgebrochen werden, denn das Wildbret pflegt sich bekanntlich nicht selbst zu erlegen.

Wie kam es nun zum Todesfall? Der einzige, der in der Nähe war, als der Schuß abgefeuert wurde, der Francis Ruskin direkt in die Brust traf, war Mark, der Stallknecht. Er hatte Stimmen gehört, sich durchs Unterholz gepirscht und gesehen, wie Ruskin von der Gewalt des Schusses nach hinten geworfen wurde, sich aufbäumte und zu Boden ging. Was hatte Mark noch gesehen, wovon er dem Lord zunächst noch nichts erzählt hatte, was sein Gewissen aber so stark belastete, daß er trinken mußte, um nicht vor Angst zu zittern?

Er hatte gesehen, daß der unglückliche Ruskin keineswegs aufrecht gestanden hatte. Gekniet hatte er auf dem Waldboden, und unter ihm hatte sich ein anderer Körper gewunden.

«Ich sage nur soviel», lallte der Stallknecht mit brüchiger Stimme: «Es war kein Mann, der unter ihm lag.»

Alle, die ihm zuhörten, sahen sich betreten an. Schließlich war es kein Geheimnis, daß von den Damen allein Edwina Merton mit auf die Jagd gekommen war.

Er habe sich zu Boden geworfen, als das Furchtbare geschehen sei, erklärte der Stallknecht, und als er aufgeblickt habe, sei niemand mehr dagewesen bis auf den toten Ruskin, über dessen Brust ein dünnes Rinnsal Blut lief.

Dann habe er Krach geschlagen, und nach und nach seien alle Mitglieder der Jagdgesellschaft erschienen. Dr. Putney konnte nur noch den Tod von Francis Ruskin feststellen. Man fand sein Pferd in der Nähe und legte den Leichnam quer darüber. Aus der Jagdgesellschaft war ein Trauerzug geworden.

Der Stallknecht schwieg. Er sah jetzt noch unglücklicher aus, als zu Beginn seiner Erzählung.

Plötzlich stand der Butler auf, blickte nervös in die Runde der Dienerschaft und rief drohend: «Sollte irgendeiner von euch es wagen, eine Respektlosigkeit zu äußern, so wird er es bitter bereuen!»

Alle sahen ihn erschrocken an.

«Nun geht, geht!» Charles klatschte in die Hände: «Was für eine Schande, daß wir dies mit anhören mußten, was für eine Schande.»

Wir standen auf und verließen die Küche. Niemand stellte eine Frage über den Verbleib der geheimnisvollen Frau mit der schwarzen Haut. Sie war ganz einfach vergessen worden.

⁓ 9 ⁓ TRÄUME SIND SCHÄUME   Ich schlief unruhig. Mein Herz pochte. Ich wälzte mich auf meinem Lager
hin und her. Ab und zu fiel ich in einen unruhigen Halbschlaf,
der eher einer Lähmung glich. Vielleicht hatte ich Fieber. Ich
träumte davon, bekleidet mit einem weißen Kittel durch einen großen, hellen Saal zu laufen, und alle sahen mich höhnisch an. Plötzlich waren überall Blutflecken. Menschen deuteten mit dem Finger auf mich, und ich wußte, daß ich das
Blut überall hingeschmiert hatte. Plötzlich erkannte ich die
Menschen, die auf mich zeigten: Lord Anthony, Dr. Putney
und Francis Ruskin, auch John Hartley und Canon Dilke waren dabei. Sie bekamen Angst und wichen vor mir zurück. Ich
merkte, daß ich in jeder Hand ein Messer hielt. Von den Klingen tropfte das Blut. Ich sah an mir herunter und merkte, daß
ich mich mit den Messern selbst verletzt hatte. Dann wachte
ich schweißgebadet auf.

Eine Weile blickte ich zur Decke und wartete verzweifelt,
daß mein Herz sich beruhigen würde. Mir war furchtbar
warm. Ich schlug die Decke zurück und stand auf.

Ich wusch mir Hände und das Gesicht, trocknete mich ab
und atmete tief und langsam. «Ich bin Claude, ich bin
Claude, ich habe keine Angst», versuchte ich mich zu beruhigen.

Ich schlich über die knarrenden Dielen zum Fenster und
blickte hinaus. Ich öffnete die kleinen Fensterflügel und
lehnte mich auf die Fensterbank. Es war eine klare Nacht. Der
Küchenhof lag verlassen und friedlich da. Es war sehr ruhig.
Ich hörte meinen eigenen Atem.

Dann vernahm ich ein leises Quietschen. Wie von einer
Tür. Ich zuckte zurück. Es mußte die Tür zum Garten sein.
Jemand zog sie auf. Ich fürchtete, entdeckt zu werden. Dann
siegte die Neugier. Ich spähte nach draußen in den dunklen
Hof.

Jetzt sah ich sie. Sie trug ein schwarzes Gewand und eine weiße Haube auf dem Kopf. Sie ging über den Hof zum gegenüber liegenden Gebäudetrakt. Die schwarzhäutige Frau. Sie ist zurück! dachte ich erschrocken.

Sie schloß die Tür auf und verschwand. Wenig später bemerkte ich, wie in ihrem Zimmer eine Kerze angezündet wurde. Ging sie jetzt zu Bett? Aber woher kam sie? War sie nicht krank?

Während ich darüber nachgrübelte, sah ich, wie der Lichtschein im Fenster sich wieder bewegte. Dann wurde es dunkel, so als habe jemand die Kerze weggetragen. Kam sie wieder zurück? Ich wartete.

Ich war so neugierig, daß ich den Stuhl holte und mich vor das Fenster setzte, um bequemer nach draußen blicken zu können. Nichts geschah. Ich schlief ein.

Als ich fröstelnd aufwachte, war der Lichtschein verschwunden. Das gegenüber liegende Fenster war dunkel. Plötzlich wurde die Tür aufgeschoben, und ein Schatten erschien. Es war der Lord. Er verschloß sorgfältig die Tür, überquerte den Hof und verschwand aus meinem Blickfeld.

Ich spürte, daß mir schrecklich kalt war, und huschte ins Bett. Eine Weile noch lag ich wach und starrte in die Dunkelheit, dann schlief ich endlich ein ...

... Francis Ruskin warf mich zu Boden, stürzte sich auf mich, mit seinem ganzen Körpergewicht, und meine Messer, mit denen ich ihn durchbohrte, nützten nichts, denn er würgte mich mit seinen riesigen Händen, und ich bekam keine Luft mehr, konnte nicht mal schreien und wollte es doch tun, und dann wurde ihm der Kopf abgerissen, aber seine Hände wollten nicht loslassen ... dann sah ich ein anderes Gesicht, es war das von Jacques Pistoux. Er lachte und rief: «Aufstehen! Der neue Tag beginnt.» Dann sah er mich neugierig an: «Was siehst du mich so entgeistert an? Schlecht geträumt? Träume sind Schäume, mein lieber Claude. Steh auf, wir haben viel zu tun.»

Er ging in die Küche.

Ich stieg aus dem Bett und sah durch das Fenster nach draußen. Es regnete. Das Wetter hatte sich geändert. Bestimmt hatte ich nur deshalb so schreckliche Träume gehabt. Als ich in die Küche kam, klatschte Pistoux in die Hände.

«Na, endlich!» rief er aus. «Schärfe deine Messer, mein Kleiner, jetzt geht's an die Knochen. Heute wollen wir Fonds zubereiten. Denn wie mein alter Freund Auguste richtig bemerkte, sind die Fonds die Grundlage jeder guten Küche.» Dann lächelte er listig und sagte: «Diese seltsamen Tinkturen, die Canon Dilke in seinen Apothekergläschen aufbewahrt, sind unter medizinischen Gesichtspunkten sicherlich wertvoll, aber wohl kaum unter kulinarischen.»

Ich verstand, was er meinte. Einmal, in einem unbeobachteten Moment hatte ich eins von Dilkes Heiligtümern geöffnet. Es war ein grüner Brei aus Zitronen und Pfeffer gewesen, bitter, sauer und scharf. Einen Moment lang hatte ich es für Gift gehalten. In einem anderen Glas hatte ich schwarze, verschrumpelte, in Essigkonzentrat eingelegte Walnüsse entdeckt. In anderen Gläsern schienen sich harmlose Extrakte zu befinden, aber mit den meisten Sachen wußte ich nichts anzufangen. Wofür waren sie bloß da?

Wir machten uns an die Arbeit, und bald schon brodelten mehrere riesige Töpfe mit Knochen und Fleischstücken vor sich hin. Zwischendurch gingen wir in den Küchengarten, um Kräuter zu ernten. Vicky kam und begann, das Gemüse für Canon Dilke vorzubereiten. Wir widmeten uns einer Vanillesauce. Am Vortag hatte Pistoux es mit einiger Mühe geschafft, Löffelbiskuits zu backen. Nachdem er im Garten Himbeeren entdeckt hatte, wollte er mit ihnen, der Crème und den Biskuits eine *Charlotte* herstellen.

Ich fragte mich, ob die Herrschaften überhaupt in der Stimmung sein würden, etwas zu essen. Schließlich befand sich ein Toter im Haus. Würden jetzt alle Schwarz tragen und trauern? Würde William St. Simon ein Messe abhalten? Würde es ein Begräbnis geben? Vicky klärte uns auf: Der Lord wollte seinen alten Freund und Mitstreiter auf dem Landsitz beisetzen. Aber Mylady hatte heftig protestiert, und man war übereingekommen, den Leichnam des Unglücklichen nach Royal Tunbridge Wells zu bringen, wo er mit einer kleinen Zeremonie auf dem dortigen Friedhof begraben werden sollte. Charles, der Butler, so erzählte Vicky, hatte sich über den Lord empört, weil er es tatsächlich in Erwägung gezogen hatte, auf ein christliches Begräbnis zu verzichten. Thomas Sandford, der Unruhestifter, der seltsamerweise immer so aussah, als würde er Trauer tragen, hatte den Lord dazu überreden wollen.

«Wir werden uns noch leibhaftige Gespenster hierherholen, wenn der Lord so weitermacht», hatte Charles kopfschüttelnd geklagt.

Pistoux fragte Vicky, ob denn niemand daran interessiert sei, festzustellen, wer den tödlichen Schuß auf Francis Ruskin abgegeben hatte. Darüber habe noch niemand gesprochen, sagte Vicky. Pistoux schüttelte den Kopf: Immerhin wisse ja niemand, ob hinter dem tödlichen Schuß Absicht gesteckt habe, oder ob es nur ein Unfall gewesen sei. Absicht? Vicky sah Pistoux erschrocken an.

«Ja, natürlich», sagte mein Chef, «nach allem, was wir gehört haben, muß der Schuß gezielt abgegeben worden sein. Außerdem ist Ruskin nicht mit Schrot erschossen worden, was ohnehin sehr schwierig gewesen wäre. Die Jagdgewehre, so nehme ich doch an, waren aber alle mit Schrot geladen. Wer hatte andere Munition bei sich? Wer hatte unbemerkt auf das Opfer anlegen können? War es jemand aus der Jagdgesellschaft gewesen oder jemand ganz anderes? Hatte Ruskin Feinde gehabt?

Vicky sah Pistoux entgeistert an.

«Ja, aber», plapperte sie dann, «wollen Sie denn etwa damit sagen, daß Thomas Sandford ... wegen Miss Edwina ...?»

«Ich will gar nichts sagen, ich meine nur, daß Fragen gestellt werden müssen. Wenn Ruskin erst einmal unter der Erde liegt, werden alle schnell vergessen.»

Vicky schien überhaupt nichts mehr zu verstehen. Sie starrte ihn aus ihren wässerigen Augen an und vergaß, den Mund zu schließen. Die Tür wurde aufgestoßen, und Canon Dilke trat ein. Ohne uns zu beachten, schlurfte er in seinen Arbeitsbereich und begann mit Töpfen und Blechschüsseln herumzulärmen. Vicky biß sich auf die Unterlippe und entfernte sich hastig.

«Was ich mich frage», murmelte Pistoux noch, während wir uns wieder der Charlotte widmeten, «ist, ob es hier in England auch eine Polizei gibt. Mir scheint, der Lord kann ganz nach Gutdünken verfahren. Das ist eigenartig.»

Ich strich Crème auf eine Marmorplatte, damit sie auskühlen konnte, und zuckte mit den Schultern. Mir fiel wieder ein, was ich in der letzten Nacht erlebt hatte. Oder geträumt? War der Lord wirklich durch den Küchenhof geschlichen?

Ich erschrak, als plötzlich die Tür aufgerissen wurde und Charles, der Butler, hereingestürzt kam, ganz außer Atem.

«Achtung, der Lord kommt!» zischte er und lief im Zickzack herum wie ein aufgescheuchtes Huhn, weil er nicht wußte, wohin er sich wenden sollte.

Da stand auch schon Lord Anthony in der Tür und lächelte freundlich. Ich wäre vor Schreck am liebsten unter den Küchentisch gekrochen. Canon Dilke glotzte ihn dumpf an. Pistoux nahm Haltung an, Vicky drückte sich in eine Ecke. Ohne sich weiter umzusehen, schritt der Lord gemächlich in unsere Ecke. Weder Dilke noch Vicky noch Charles schien er wahrzunehmen. Da ich nicht annahm, daß er mich begrüßen wollte, rückte ich zur Seite.

Der Lord blieb vor Pistoux stehen, sah ihn einen Moment lang ernst an und lächelte: «Bravo. Weiter so, Franzose.» Pistoux nickte und verbeugte sich andeutungsweise, um sich für diese anerkennenden Worte zu bedanken. Der Lord drehte sich um, legte mir die Hände auf die Schultern, sah mich durchdringend an und verschwand wieder. Charles atmete hörbar aus. Vicky japste, als hätte sie einen Schluckauf bekommen.

Dann fiel ein schwerer Topf zu Boden. Es war der, den Dilke in den Händen gehalten hatte, er polterte laut und rollte in eine Ecke. Alle schreckten zusammen.

«Er hat mich ignoriert», stellte Dilke empört fest.

«Wie konnte er nur hierherkommen», murmelte Charles.

«Er hat mich ignoriert!» wiederholte Dilke, aber diesmal lauter. Und dann schrie er: «Zur Hölle mit ihm! Zur Hölle mit dir, du Franzose!» Seine Augen blitzten, als er Pistoux ansah.

«Es ist vorbei!» schrie er. «Ich gehe.» Er riß sich die Schürze vom Leib und rannte aus der Küche.

Charles sah hilflos hinter ihm her, die eine Hand flehentlich nach ihm ausgestreckt. Vicky sank seufzend auf einen Schemel. Pistoux nahm sich eine Himbeere und aß sie.

Ich war noch völlig perplex. Der Lord hatte mich so angesehen, als wüßte er, daß ich ihn in der Nacht beobachtet hatte. Ich hatte dieses unangenehme Gefühl, daß er vielleicht sogar wußte, was ich geträumt hatte.

Ob er sich auf Wein verstehe, wurde Pistoux tags darauf von Lord Anthony gefragt, der immer mal wieder ganz zufällig in der Küche vorbeikam, was Charles sehr verunsicherte.

«Wie sollen wir unserer Arbeit nachgehen, wenn Seine Lordschaft uns ständig unterbricht?» fragte der Butler verärgert. Er fand es unverzeihlich für einen Lord, sich in den Bereich der Dienerschaft zu begeben.

Aber der Lord ließ sich von den empörten Blicken, die ihm der Butler zuwarf, nicht stören. Immer wieder fand er einen Vorwand, die Küche oder einen anderen Raum im Trakt der Dienerschaft zu betreten. Mal sah er interessiert bei der Zubereitung eines *Daube d'Avignon* zu, mal ließ er sich das Rezept von *Hühnchen in Essig* erklären oder wie man eine Vinaigrette komponiert. Er philosophierte mit Pistoux darüber, ob Salate, Gemüse oder Obst für den Menschen gesünder seien. Sie einigten sich auf Obst, obwohl Pistoux dafür plädierte, den Salat nicht zu geringzuschätzen, weil er «das Blut flüssiger» mache. Auch die Funktionsweise des neu angeschafften Kühlschrankes ließ er sich demonstrieren.

Ich stand daneben und merkte, daß der Lord mich gelegentlich mit diesem unruhigen Blick ansah, den ich überhaupt nicht mochte. Ich beschloß, ihm aus dem Weg zu gehen, zumal er immer wieder versuchte, mit mir zu reden. Er stellte Fragen über mein Alter, meine Herkunft und meine Arbeit. Es behagte mir nicht, von einem Lord angesprochen zu werden. Noch weniger gefiel mir, daß er immer wieder versuchte, mir die Wangen zu tätscheln.

Wenn er in die Küche kam oder wenn Charles händeringend und mit sorgenvollem Gesicht sein Kommen ankündigte, verzog ich mich in die Spülküche oder in die Speisekammer. Dort stand ich fröstelnd, um mich herum hingen das tote Wildbret und große Teile vom Rind, aber sie schützten mich nicht vor der Aufmerksamkeit des Lords, der sich plötzlich für die Fleischvorräte interessierte und mit Pistoux hereintrat und dann zu allem Überfluß auch noch ein besonderes Interesse für den Kühlschrank entwickelte. Bald rang ich schon wie Charles die Hände, wenn jemand das Kommen des Lords ankündigte.

Dann fragte der Lord meinen Chef, ob er etwas von Wein verstünde. Mir schien das beinahe eine Beleidigung zu sein, aber Pistoux antwortete mit einem Lächeln, er hoffe, den feinen Geschmack des Lords auch in dieser Hinsicht zufriedenstellen zu können. Der Lord entschied, daß wir nach Canterbury fahren sollten, um einige Fässer mit Wein, Port, Sherry und Brandy abzuholen, die dort bei einem Händler warteten.

Der beste Tag für diese Exkursion war der, an dem die gesamte Herrschaft nach Royal Tunbridge Wells aufbrach, um den unglücklichen Francis Ruskin unter die Erde zu bringen. Mark überließ uns einen Zweispänner, und wir fuhren am frühen Morgen los, denn es war ein weiter Weg.

Es war ein seltsamer Tag. Zuerst schien die Sonne, dann regnete es, dann schien die Sonne wieder und so fort. Wir begegneten anderen Kutschen. Den Menschen schien das wechselhafte Wetter nichts auszumachen. Sie trugen leichte Kleidung und waren gut gelaunt. Sogar die Frauen, das hatte ich ja schon bemerkt, saßen hier auf dem Dach der Postkutschen und ließen jeden Regenguß über sich ergehen. Ich konnte mich nicht daran gewöhnen und zog ständig den Regenumhang an und aus.

Wir fuhren über grüne Hügel durch Weiden und Hopfenfelder, manchmal durch ein lichtes Wäldchen. Gelegentlich sahen wir Schafe weiden. Immer wieder gelangten wir auf Hügel, die einen wunderbaren Blick auf weite Täler und mäandernde Flußläufe freigaben. Die Orte bestanden aus kleinen pastellfarbenen Häuschen, die manchmal mit Holz verkleidet waren und sehr hübsch aussahen. Es gab auch uralte Fachwerkhäuser oder ganz neue aus Ziegelstein. Gelegentlich entdeckten wir eine Burg oder ein einsam gelegenes Landhaus.

Schließlich erreichten wir die Stadt, passierten die Stadtmauer und fuhren in die engen Gassen, in denen sich kleine Häuser mit spitzen Giebeln dicht zusammendrängten. War man erst mal mittendrin, konnte man die Kathedrale, die alles überragte, kaum noch sehen. Doch dann standen wir direkt davor, und ich stellte erstaunt fest, daß sich die riesige Kirche mitten auf einem grünen Rasenteppich befand.

Pistoux lenkte die Pferde zum Buttermarket, in dessen Mitte ein Kreuz stand, und lenkte unsere Kutsche behutsam durch das Menschengewirr vor ein kleines, schiefes Fachwerkhaus, über dessen Tor ein kleines Weinfaß hing.

Wir stiegen ab. Ich blieb neben der Kutsche stehen. Pistoux trat durch das Tor, erschien kurz darauf wieder im Eingang und winkte mich herein. Das Lager war niedrig, aber groß genug, um unzähligen Fässern Platz zu bieten.

Pistoux versuchte, sich mit dem Weinhändler zu verständigen, der eine Lederschürze trug, zottelige weiße Haare hatte und so sehr nuschelte, daß ich ihn kaum verstand. Schließlich erkannte der Weinhändler, daß wir die Franzosen waren, die die bestellte Ware abholen sollten. Wir folgten ihm in ein Kellergewölbe.

Der Weinhändler eilte voraus, mit gebeugtem Oberkörper. Er sah aus wie ein Kobold mit spitzer Nase. Als wir ihn eingeholt hatten, stand er vor einem kleinen Faß und hielt uns zwei Becher hin. Wir mußten sie unter das Faß halten, und er füllte sie mit einer Flüssigkeit, die wie Wein aussah, und forderte uns auf, davon zu trinken.

Wir tranken. Es war Wein. Er schmeckte nach unreifen Birnen und war trotzdem ein bißchen süß. Pistoux sah mich erstaunt an. Aus Höflichkeit nahmen wir noch einen Schluck.

Der Mann lachte meckernd und begann zu erklären, daß dies echter englischer Wein sei, seiner Meinung nach besser als alles, was aus Übersee kam. Ich sah Pistoux an. Diplomatisch versuchte er die Qualität des Weins zu loben.

Glücklicherweise wartete der Kobold nicht, bis wir den Wein ausgetrunken hatten. Er ging weiter und winkte uns, mitzukommen. In einer Ecke des Kellers lagerten die Fässer, die Lord St. Simon bestellt hatte. Wir hatten nun die Aufgabe, zuerst zu probieren, ob Wein, Sherry, Port und Brandy von guter Qualität waren.

Jedes Faß wurde einem Test unterzogen. Pistoux und der Weinkobold tranken, schmeckten und spuckten dann alles in einen Eimer. Ich versuchte, es ebenso zu tun, aber jedesmal rutschten mir ein paar Tropfen oder ein Schlückchen oder ein ganzer Schwall die Kehle hinunter.

Ich glaube, es waren sehr gute Weine, denn ich fühlte mich plötzlich am ganzen Körper sehr wohlig. Es machte mir nichts aus, daß wir nun die vielen Fässer nach oben und auf die Kutsche rollen und schleppen mußten. Ich fühlte mich stark wie lange nicht mehr.

Kaum hatten wir alle Fässer auf dem Wagen verstaut, rutschte ich plötzlich aus und fiel zu Boden. Dort lag ich und blickte in den Himmel. Es gefiel mir, einfach so dazuliegen. Ich war nicht müde. Nur meine Knochen schienen plötzlich weich geworden zu sein. Auch die Pflastersteine waren weich wie Kissen. Der Weinkobold kicherte. Pistoux beugte sich über mich. Er machte ein sorgenvolles Gesicht. Es gefiel mir, daß er sich Sorgen machte. Ich sah, wie er die Arme ausstreckte, und bemerkte einen Anflug von Zorn in seinem Gesicht. Er wollte mich wach rütteln. Aber dann erkannte er, daß ich wach war, und er hob mich einfach hoch, ganz sanft. Ich fühlte mich wie eine schwebende Wolke. Er setzte mich auf den Kutschbock, wo mir augenblicklich schwindelig wurde.

Ich schloß die Augen und sank zur Seite. Dann spürte ich, wie er mich wieder aufrichtete, als er auf seinen Sitz kletterte. Ich lehnte mich an ihn und spürte den Ruck, als die Kutsche losfuhr. Ich hörte das Trappeln der Hufe und die Stimmen der Menschen um uns herum.

Und plötzlich hörte ich einen Schrei von einer Frau und dann einen Fluch und noch einen Fluch, und wir blieben ruckartig stehen. Ich fiel um, als meine Stütze plötzlich verschwand. Irgend etwas rumpelte, fiel zu Boden und rollte herum. Ich rappelte mich auf.

Pistoux war vom Kutschbock hinuntergeklettert. Mit viel Mühe gelang es mir, meine schweren Augenlider zu bewegen. Wir standen in einer engen Gasse. Einige Menschen starrten uns an. Ich fragte mich, wo wir eigentlich waren. Die Gasse war sehr schattig. Nur ganz weit oben an den Hausgiebeln, wo die Sonnenstrahlen noch hinreichten, glänzte es warm und golden. Ich wußte gar nicht, wo ich hinsehen sollte. Unten war es zu dunkel, oben zu hell.

Dann hörte ich Stimmen und wunderte mich. Hier wurde Französisch gesprochen! Endlich gelang es mir, mich aufzurichten. Kein Zweifel, da waren zwei Franzosen, und sie stritten sich. Ein Mann und eine Frau. Sie trug ein hellgrünes Kleid und einen Hut, der mir seltsam geformt vorkam. Sie hatte einen amüsierten Gesichtsausdruck, obwohl sie schimpfte. Sie beklagte sich über den Zustand ihres Kleides. Es war schmutzig.

Pistoux hielt das kleinste unserer Fässer, in dem sich ein ganz besonders kostbarer Portwein befand, in den Armen wie ein kleines Kind. Vor ihm stand die Frau und gestikulierte. Um sie herum Leute aus der Gasse, die nichts verstanden. Endlich fiel mir ein, woher ich sie kannte. Es war die Dame, die wir auf dem Schiff vor dem zudringlichen Kerl gerettet hatten. Sie schimpfte, wir hätten sie beinahe überfahren. Pistoux schimpfte auch, aber langsam verwandelte sich seine Tirade in eine komplizierte Entschuldigung.

Wie ich so dasaß und ihnen beim Streiten zusah, merkte ich, daß ich hin und her schwankte. Mein Kopf war plötzlich sehr schwer und mein Hals viel zu dünn und schwach, um ihn zu halten. Er fiel mal hierhin, mal dorthin, und ich kippte zur Seite.

Ich glaube, die Frau mit der spitzen Nase stieß einen Schrei aus. Ich weiß nicht mehr genau, was geschah. Aber ich erinnere mich noch, daß wir wieder losfuhren und daß ich plötzlich zwischen ihnen saß. Ich bemerkte ihr Parfüm. Es roch wie etwas, das verboten ist. Mir kam der Gedanke, daß diese Frau selbst eigentlich gar nicht existieren durfte. Irgend etwas an ihr war viel zu aufregend. Das mußte wohl auch Pistoux bemerkt haben. Er wollte nicht mit ihr reden, das hatte ich bemerkt. Aber nun saß sie hier neben ihm.

«Sie haben mein Kleid ruiniert, Monsieur, und Sie benehmen sich nicht sehr galant.»

«Ich werde Sie in die Nähe Ihres Hauses bringen, Madame.»

«Mademoiselle. Nur in die Nähe?»

«Ja.»

«Schämen Sie sich etwa?»

«Sie wissen, warum.»

«O Gott!» rief sie aus. «Sind Sie sicher, daß Sie Franzose sind?»

Keine Antwort.

«Was ist mit dem Jungen? Ist er krank?»

«Er hat zuviel getrunken.»

«Getrunken? Mit Ihnen? Also wirklich! Der arme Kleine ist völlig krank, sehen Sie nur.»

«Berühren Sie seine Messer nicht, da versteht er keinen Spaß.»

«Was seid ihr nur für seltsame Leute», murmelte die Frau.

Sie versuchte, den Kragen meines Hemdes zu lösen, meine Jacke aufzuknöpfen. Aber ich wollte nicht, daß sie mich anfaßte. Dann war sie plötzlich verschwunden, und wir befanden uns auf dem Weg über die Landstraße nach Hause.

«Claude, Claude», hörte ich Pistoux irgendwann murmeln, «auch du bist nichts anderes als eine Kerze im Wind, wie man hierzulande sagt.»

Als wir spätabends ankamen, herrschte eine seltsame Ruhe. Die Herrschaften waren noch nicht von der Beerdigung zurückgekehrt. Pistoux befahl mir, ins Bett zu gehen. Mark sollte ihm dabei helfen, die Fässer zu verstauen. Auf meinem Kopfkissen fand ich ein seltsames Gedicht:

> *«Welcher Natur bist du, woraus gemacht,*
> *Du heimlich huschend Schatten in der Nacht?*
> *Wie gern würd' ich den meinen mit dir tauschen,*
> *doch fern bist du wie sanftes Blätterrauschen.*
> *Säh ich Adonis neben dir, ich müßt' ihn lassen,*
> *und er dich dann für deine Schönheit hassen.»*

Ich verstand nicht, was es bedeuten sollte. Hatte der Lord es geschrieben? Ich ekelte mich und zerriß das Papier.

∾ II ∾ DER LACHENDE SCHATTEN Wer früh zu Bett geht, wacht früh auf, sagte mein Vater immer. Ich hatte selten die Gelegenheit gehabt, früh schlafen zu gehen. In Restaurants arbeiten vor allem die Küchenjungen immer bis Mitternacht. Der Abwasch muß erledigt werden und anschließend alles geputzt und gefegt.

Wenn ich älter gewesen wäre, hätte ich den Gasthof meines Vaters übernehmen können. Wenn er nur etwas später gestorben wäre ... Ich hätte nicht nach Nizza zu meinem Onkel gehen müssen. Wären nicht die Schulden gewesen, hätte mein Onkel seinem Bruder Geld geliehen ... hätte sich mein Vater nicht auf dem Dachboden aufgehängt ... mein ganzes Leben wäre anders verlaufen.

Ich lag hellwach auf meinem Bett und starrte in die Dunkelheit. Claude war ein seltsamer Name. Pistoux hatte mir diesen Namen gegeben. Ich war zwölf Jahre alt, hieß Claude und war Küchenjunge auf dem Landsitz eines Lords in England. Wirklich?

Ich tastete mit der Hand unter das Kopfkissen. Die Messer in ihren Lederetuis waren da. Mein Vater hatte sie neben die Leiter zum Dachboden gelegt. Ich weiß noch, daß ich mich fragte, warum er das wohl getan hatte. Wieso hatte er sich nicht mit einem seiner Messer ... Sie waren scharf wie Rasierklingen.

Ich hatte Durst. Mein Mund war trocken. Ich stand auf und trank einen großen Schluck aus dem Wasserkrug. Ich wusch mir das Gesicht mit dem kalten Wasser. Draußen war Wind aufgekommen. Ein kalter Lufthauch wehte durch das offene Fenster. Ich bekam Gänsehaut. Ich fühlte mich krank.

Ich hörte ein Schnarchen aus dem Nebenzimmer. Mein Chef hatte einen guten Schlaf. Es beruhigte mich immer, wenn ich ihn schnarchen hörte. Es war ja nicht laut, es störte mich nicht, im Gegenteil, es gab mir das Gefühl, daß da noch jemand war, zu dem ich gehörte.

Ich bemerkte, wie eine Tür sich bewegte. Ganz leise quietschte und knarrte es, regelmäßig, als würde jemand eine Tür hin und her bewegen. Ich ging zum Fenster und starrte hinaus.

Es war wieder die Tür, die gegenüber ins Haus führte. Sie war offen. Der Wind bewegte sie hin und her. Wieso war ich plötzlich so aufgeregt, ich sah doch keine Menschenseele? Wer sollte denn jetzt mitten in der Nacht dort drüben etwas zu suchen haben? Die schwarze Frau war doch gar nicht mehr da. Bildete ich mir ein, daß dort in dem Fenster, das zu dem Zimmer gehörte, in dem die Dunkelhäutige gelegen hatte, ein Licht schimmerte? Eine Kerze? War dort jemand?

Kein Zweifel, dort flackerte eine Kerze. Nein, es mußte mehr als eine Kerze sein. Schatten bewegten sich hin und her, aber ich konnte niemanden erkennen.

Dann ging das Licht aus, und wer auch immer es war hatte das Zimmer jetzt verlassen. Ich wartete. Es dauerte nicht lang, da wurde die quietschende Tür aufgestoßen, und eine Gestalt mit einer Blendlaterne in der Hand erschien. Ich hielt den Atem an. Es war die schwarze Frau. Allerdings konnte ich ihr Gesicht nicht erkennen, denn sie trug eine weiße Haube. Ansonsten wurde ihr ganzer Körper von einer schwarzen Kutte verhüllt. Sie sah aus wie eine Nonne. Ich starrte gebannt nach draußen.

Meine Hände krampften sich um die Fensterbank. Ich konnte es einfach nicht glauben. Sie war wieder da! Aber wer war sie eigentlich? War sie nicht krank? Wieso konnte sie jetzt schon wieder gehen?

Sie lief über den Küchenhof in Richtung Garten. Ich huschte zum Bett, griff nach dem Gürtel mit den Messeretuis unter dem Kopfkissen und war schon, ehe ich überhaupt weiter nachgedacht hatte, auf dem Weg zum Hof. Als ich unten ankam, entdeckte ich den schwarzen Schatten am Tor zum Garten. Ich lief hinterher, folgte dem Schatten und dem Schein der Blendlaterne. Meine nackten Füße verursachten kein Geräusch. Ich spürte den kühlen Wind und fror, denn ich trug nichts weiter als das Nachthemd, das Vicky mir gegeben hatte.

Die dunkle Gestalt lief über einen Weg aus Steinplatten

zwischen den Eibenhecken hindurch zum Rosengarten. Sie wandte sich nach rechts und schritt unter einer mit wildem Wein bewachsenen Pergola hindurch und erreichte eine Rasenfläche. Sie lief darüber auf die Weiden zu, zwischen denen, wie ich wußte, das Wasserbecken lag. Auf meinem Weg in den Obstgarten war ich dort schon vorbeigekommen. Es war ein hübscher, schattiger Platz. Am Bassin standen Bänke, auf denen die Damen gern saßen, und mitten im Wasser befand sich die Statue einer Nymphe. Jetzt in der Dunkelheit, im kalten Schein des Mondlichts, sah alles sehr unwirklich düster und schemenhaft aus.

Ich folgte der dunklen Gestalt und verbarg mich hinter einem Baum. Von dort aus beobachtete ich, wie sie am Rand des Wasserbeckens stehenblieb. Ich wartete und wagte kaum zu atmen. Was tat sie da? Ich war so neugierig, daß ich von einem Baum zum nächsten huschte.

Die Nonne mit der weißen Haube stand eine ganze Weile regungslos da. Plötzlich drehte sie sich um, breitete die Arme aus, deutete auf mein Versteck und sagte: «Komm raus!»

Ich war wie vom Donner gerührt. Wie hatte sie mich bemerkt? Ich war so erschrocken, daß ich gar nicht darüber nachdachte, daß hier etwas ganz und gar nicht stimmte.

Ich trat wie hypnotisiert aus dem Dunkel der Weiden heraus. Die dunkle Gestalt breitete die Arme aus: «Komm her zu mir!» Die Stimme! Erst jetzt, während ich wie verhext auf sie zuging, bemerkte ich, daß mit der Stimme etwas falsch war. Die Frau sprach in tiefem Bariton.

Schon stand ich vor ihr, zitternd, ängstlich, gebannt. Und da erst merkte ich, daß die Gestalt keine dunkle Haut hatte. Es war auch keine Frau! Es war Lord Anthony, der sich die Nonnentracht angezogen hatte! Vor Schreck wie gelähmt, starrte ich ihn an. Der Lord hob die Laterne hoch und leuchtete mir ins Gesicht.

«Sieh da, mein kleiner Claude. Ich dachte mir doch, daß wir uns einmal ganz persönlich begegnen würden.» Er musterte mich von oben bis unten: «Ist dir kalt, mein Kleiner? Du zitterst ja.»

Ich konnte weder sprechen noch mich bewegen. Er machte einen Schritt auf mich zu und breitete wieder die Arme aus: «Ich werde dich vor der Kälte schützen, mein Kleiner. Ich werde dich einmummen und wärmen. Komm her, mein Süßer!»

Er hob die Kutte an und wollte sie über mich stülpen. Ich stieß einen Schrei aus. Ohne nachdenken zu müssen, aus reinem Reflex, hatte ich blitzartig das Tranchiermesser aus dem Etui gezogen. Mit einer schnellen Bewegung stieß ich zu und schlitzte ihm die Kutte auf. Es wäre besser gewesen, ich hätte gezielter zugestoßen, denn nun sah ich, daß er unter der Kutte ganz nackt war. Er lachte laut auf. «Komm her, komm her!» rief er. «Komm her mit deinem scharfen Messer.» Und wieder breitete er die Arme aus, und ich fürchtete, er würde sich auf mich stürzen und mich einfangen, überwältigen, zu Boden stoßen.

Ich stieß wieder zu und erwischte seinen Arm. Er stöhnte, aber er kam weiter auf mich zu. Ich wich einige Schritte zurück. Dann bekam er ein Stück meines Nachthemds zu fassen und zerrte daran. Die Laterne blendete mich. Ich wußte nicht, wohin ich stieß, aber ich traf ihn irgendwo. Er schrie auf, wich zurück und zerrte mit aller Kraft an meinem Nachthemd. Es zerriß. Die Blendlaterne fiel zu Boden, das Glas zersplitterte, Öl lief aus und fing Feuer.

Wir standen im Feuerschein. Der Lord starrte mich einen Augenblick lang erstaunt an. Dann zuckte wieder dieser höhnische Ausdruck über sein Gesicht, und er lachte.

Er lachte mich aus. Ich konnte nicht anders, ich stach zu und stach noch mal und brachte ihm Schnittwunden bei. Er wich zurück, er blutete – und er lachte dröhnend. Ich konnte nicht aufhören und trieb ihn mit meinem Messer zum Rand des Wasserbeckens. Ein letztes Mal stach ich zu, und der Lord taumelte rückwärts über den Beckenrand und fiel mit einem lauten Schreckensschrei ins Wasser.

Ich drehte mich um und rannte davon. Über den Rasen, durch den Rosengarten zum Küchenhof, dorthin, wo ich hingehörte. Ich hastete die Treppen hinauf. Mit der linken Hand hielt ich mein blutverschmiertes, zerrissenes Nachthemd zu, in der rechten noch immer das Messer.

In meinem Zimmer angekommen, zog ich das Nachthemd aus, stopfte es unter die Matratze, wusch das Messer ab, dann mich selbst von oben bis unten mit dem kalten Wasser aus der Waschschüssel. Als ich fertig war, zog ich mir meine Arbeitskleidung an, schob den Gürtel mit den Messern unter das Kopfkissen und legte mich ins Bett. Ich zitterte am ganzen Körper. Aber irgendwann schlief ich doch ein.

~ 12 ~ DIE FRUCHT DES TODES   Pistoux stand neben meinem Bett, und es war heller Morgen. Als ich sein sorgenvolles Gesicht sah, fiel mir wieder ein, was in der Nacht passiert war. Ich lag angezogen im Bett, die Decke bis unter das Kinn gezogen.

Pistoux blickte mich durchdringend an. Er sah schrecklich ernst aus. Dann trat er zum Tisch, auf dem die Waschschüssel stand. Er drehte sich abrupt um und sah mich böse an.

«Steh auf!» befahl er. «Nimm die Schüssel, bring sie nach unten und gieß sie aus, ohne daß dich jemand dabei sieht.»

Ich starrte ihn an.

«Los, schnell!»

Ich stieg aus dem Bett und trat zu ihm an den Tisch. Er wandte sich ab. Ich sah die Schüssel an. Das Wasser war rot. In der Nacht hatte ich es nicht bemerkt. Ich sah meine Hände an. Sie waren sauber. Ich strich mit den Händen über das Gesicht. Es fühlte sich sauber an.

«Geh!» sagte Pistoux. «Ich warte hier.»

Ich nahm die Schüssel und stieg die Treppe hinunter. Wahrscheinlich hatte er recht. Es wäre unvorsichtig gewesen, das rotgefärbte Wasser einfach aus dem Fenster zu kippen. Wer weiß, ob es nicht irgendwelche Spuren hinterlassen hätte. Ich schüttete das Wasser in der Nähe des Gartentors aus und rannte mit der leeren Schüssel zurück ins Haus.

«Zeig mir deine Messer!» verlangte Pistoux.

Ab und zu mußte ich meinem Chef meine Arbeitsgeräte zeigen. Die Messer mußten immer scharf sein und glänzen, die Griffe gut gesäubert, und alle Geräte in einer ganz bestimmten Reihenfolge im Lederetui stecken. Ich zog das Etui unter dem Kopfkissen hervor und führte ihm die Messer vor. Er prüfte die Klingen und sagte: «Du mußt sie schärfen und putzen.»

Vor seinen Augen zog ich die Messer am Wetzstahl ab, polierte sie mit meinem Messertuch und steckte sie wieder zurück.

«Es ist sehr früh», sagte Pistoux. «Die Küche ist noch leer. Wir gehen jetzt in den Garten. Du holst den Gemüsekorb und den Obstkorb aus der Küche.»

Ich holte die Körbe aus der Küche. Wir gingen über den Küchenhof, durch die Gartentür und dann einen Weg links entlang, der hinter der Mauer an den Blumengärten entlang zum Küchengarten führte. Dies war der Weg, der für die Bediensteten vorgesehen war.

Am Küchengarten angekommen, befahl Pistoux mir, den Gemüsekorb bei den Tomatenstauden an der Südwand abzustellen. Wir gingen weiter an der Mauer entlang und traten durch einen Durchgang auf die große Obstwiese, wo vor allem Apfel- und Birnbäume standen, weiter hinten auch Pflaumen. Wir schritten über die Wiese mit dem hohen saftigen Gras. Was wollten wir hier? Pflaumen pflücken?

Plötzlich blieb Pistoux abrupt stehen. Im Gras lag eine Leiter.

«Du hast laut gestöhnt heute nacht», sagte Pistoux. «Ich bin davon aufgewacht und konnte nicht mehr schlafen. Also habe ich mich angezogen, um einen kleinen Spaziergang zu machen. Zu so früher Stunde kann man sich in Ruhe den Garten ansehen. Schließlich ist die Natur nicht nur für die Herrschaft geschaffen worden. Auch unsereiner hat ein Recht darauf. Ich bin durch den Rosengarten geschlendert und dann über die Wiese zum Wasserbecken.»

Ich sah ihn erschrocken an.

«Dort wollte ich mich auf eine Bank setzen und nachdenken. Seit Canon Dilke weg ist, habe ich eine große Verantwortung. Noch immer fällt es mir schwer, mich an die seltsamen Sitten dieser Engländer zu gewöhnen, auch wenn der Lord selbst ein Mann von Welt ist, der begriffen hat, daß die beste Küche die der Franzosen ist.»

Er stieg über die Leiter hinweg und zog mich ein Stück weiter nach links. «Ich wollte nachdenken, aber es kam nicht dazu. Beim Wasserbecken angekommen, sah ich eigenartige Spuren.»

Ich erstarrte vor Schreck. Ich war kurz davor, in Tränen auszubrechen und alles zu gestehen.

«Überall war es naß. Als hätte sich ein Tier im Bassin gewälzt und sei dann herausgestiegen und über den Steinboden gekrochen. Was für ein Tier konnte das gewesen sein? Ein Hund, der sich mit nassem Fell auf den Steinen gewälzt hat? Ein verirrtes Schaf? Meine Neugier war geweckt. Ich suchte

89

die Umgebung ab. Als ich schon aufgeben wollte, kam ich auf die Obstwiese, entdeckte die Leiter im Gras, fragte mich, warum sie wohl da lag, und blickte nach oben zu diesem hohen Birnbaum.» Ich folgte seinem Blick und schwankte. Mir wurde schwarz vor Augen.

«Da entdeckte ich diese seltsame Frucht», sagte Pistoux.

Ich holte tief Luft und starrte hinauf. Oben im Birnbaum hing Lord Anthony. Er war vollkommen nackt. Ich konnte die blutigen Wunden erkennen, die ich ihm beigebracht hatte. Seine Augen waren weit aufgerissen, und mit seinen nassen zotteligen Haaren und dem wirren Bart, den Kopf müde zur Seite geneigt, sah er aus wie der Gekreuzigte, vielleicht auch wie der Teufel.

Seine Hände waren zusammengebunden und mit einem Seil an einem dicken Ast festgemacht worden. Er hing da, die Blätter raschelten unschuldig im Wind, die ersten Strahlen der aufgehenden Sonne ließen sie in zartem Grün leuchten, und die Leiche des Lords bewegte sich ganz leicht hin und her. Aber wo waren seine Kleider?

Das war die letzte Frage, die mir durch den Kopf schoß, bevor ich halb ohnmächtig auf die Wiese sank. Mein Magen krampfte sich zusammen, und ich mußte mich zur Seite drehen, um mich übergeben zu können. Ich wollte heulen und schreien, aber ich konnte nicht. Ich konnte nur röcheln. Schließlich blieb ich ruhig liegen. Pistoux setzte sich neben mich ins Gras.

«Ich will nur eins von dir wissen, Claude. Weißt du, wie Lord Anthony dort oben in den Baum gekommen ist? Ich kann mir nicht vorstellen, daß du es allein geschafft hast, ihn dort hinzuhängen, aber ich habe die Schnittwunden gesehen. Deshalb frage ich dich. Hast du etwas damit zu tun?»

Ich sah ihn völlig verstört an. Seine Frage verstand ich nicht. Wollte er die Wahrheit wissen, oder wollte er eine Lüge hören, die ihn beruhigte? Pistoux schüttelte mich leicht: «Weißt du etwas von dieser schrecklichen Sache?» Ich schüttelte den Kopf, so heftig ich konnte.

«Gut», sagte Pistoux. «Jetzt steh auf, geh los und hol den Butler. Er muß sofort herkommen. Ich werde mich unterdessen hier noch etwas umsehen. Vielleicht kann ich eine Spur entdecken.» Er blickte suchend umher: «Es ist doch merkwürdig, daß seine Kleider verschwunden sind.»

Wo ist die Kutte? fragte ich mich, als ich mit zitternden Knien über die Wiese stapfte. Und was ist mit meinem Nachthemd? Was würde ich Vicky sagen, wenn sie es zurückverlangte oder in die Wäsche geben wollte? Vielleicht sollte ich einfach weglaufen. Nicht Charles, den Butler, alarmieren, sondern einfach davonrennen. Aber wo sollte ich denn hin, hier mitten in einem fremden Land? England war eine Insel. Auf einer Insel konnte ein flüchtiger Verbrecher schnell gefunden werden.

Aber hatte ich nicht einen Verbündeten? Pistoux würde mich retten. Ich atmete auf. Dennoch blieb eine schreckliche Ungewißheit: Wer hatte den Lord im Baum festgebunden? Hatte derjenige meine Auseinandersetzung mit dem Lord am Wasserbecken beobachtet? Wieder spürte ich, wie mein Magen sich zusammenzog.

Ich erreichte die Tür des Butlers und klopfte.

Noch bevor ich richtig laut werden mußte, ging die Tür auf, und der Butler stand komplett angekleidet vor mir.

«Ist etwas passiert, mein Junge?»

Ich nickte heftig.

Er seufzte, schüttelte den Kopf, murmelte: «In diesem Haus ist etwas ganz und gar nicht in Ordnung» und folgte mir.

ᴠ **13** ᴠ *DIE SCHWARZE TRACHT*   Von nun an

mußten wir für zwei Personen weniger kochen. Was die Arbeit betraf, fiel das natürlich nicht weiter ins Gewicht. Noch heute sehe ich die dicke Vicky vor mir, wie sie mit flinken Fingern das Gemüse säuberte und zurechtschnitt. Und noch heute kann ich jenes beklemmende Gefühl nachempfinden, das ich damals hatte, wenn ich in ihr lachendes Gesicht sah und hoffte, daß sie mich niemals nach dem Verbleib ihres Nachthemdes fragen würde.

Der tote Lord lag im Haus in seinem Zimmer. Charles berichtete, daß er sehr schön aufgebahrt worden sei. Würdevoll, wie er im Leben nur selten gewesen sei, liege er da, mit gefalteten Händen, neben sich die trauernde Frau Eugenia. Der gute Charles wirkte erleichtert, jetzt wo der Lord tot war. Für die Lady schien er geradezu mütterliche Gefühle zu hegen. Er sprach nur noch mit gesenkter Stimme von ihr, folgte genauestens ihren Bewegungen im Haus und analysierte sogar ihre Eßgewohnheiten. Auf seine Anweisung hin mußten wir vermehrt Fisch zubereiten, vor allem Austern.

«*Austern* werden lebendig verzehrt und beleben den Menschen von innen», war die seltsame Theorie des alten Butlers.

Ich fragte mich allerdings, ob die Art des Verzehrs nicht jede belebende Wirkung der Auster zunichte machte: Die Herrschaften aßen sie nämlich zusammen mit *Chesterkäse und Schwarzbrot.*

Elly schien die übertriebene Verehrung ihres Mannes für Lady Eugenia zu teilen. Beide waren jedenfalls sehr besorgt, ob die Lady dieses schreckliche Erlebnis verkraften würde, und beobachteten alle Geschehnisse im Haus genauestens.

Außerdem stand da ja noch die entscheidende Frage im Raum: Wer hatte den Lord umgebracht?

Die Gäste auf Weald Manor reagierten auf den Tod des Lords ganz unterschiedlich. Nach allem, was Charles und seine Frau gelegentlich berichteten, ergab sich folgendes Bild: Lady Eugenia trauerte in Würde und Schönheit; John Hartley, der Bruder der Lady, schwieg verbissen, aber gelegentlichen Bemerkungen von seiner Seite konnte man entnehmen, daß er den schrecklichen Tod des Lords als gerechte Strafe für ein liederliches Leben empfand; seine Frau Emily weigerte sich, über den «Vorfall», wie sie es nannte, zu sprechen, sie befaßte sich intensiv mit Handarbeiten; unterstützt wurde sie in beiderlei Hinsicht von Cressida Merton, der Witwe, der aber erstaunlicherweise einmal die Bemerkung herausrutschte, daß Mylady ja nun endlich mit ihrem Vermögen tun und lassen könne, was sie wolle.

Ihre Tochter Edwina schien durch den Tod des Lords schwer erschüttert zu sein. Sie blieb die meiste Zeit auf ihrem Zimmer. Nur manchmal schlich sie durchs Haus und wurde öfter in der Nähe des Küchentraktes gesehen. Ab und zu ritt sie alleine aus. Mehrmals hatte sie versucht, von den Bediensteten eine genaue Beschreibung des Leichenfunds zu bekommen. Da Pistoux knapp berichtet hatte, was passiert war, bildeten sich alle ein, genau Bescheid zu wissen.

William St. Simon, der Bruder des Ermordeten, bemühte sich, gefaßt zu bleiben. Seine Stellung als Pfarrer ermöglichte es ihm ganz gut, den Tod seines Bruders als Teil seiner christlichen Mission zu bewältigen. Dr. Putney schien ziemlich nervös zu sein.

Der eigenartige Thomas Sandford hatte sich von der Familie seines ermordeten Freundes distanziert. Er blieb auf seinem Zimmer und schrieb angeblich an einem Buch. Ab und zu beauftragte er Mark, den Stallknecht, einen Brief nach London aufzugeben. Beim Abendessen, der einzigen Gelegenheit, zu der er erschien, versuchte er, die Thesen des russischen Anarchisten Kropotkin zu referieren und ihre Bedeutung für das Werk, das er gerade schrieb, hervorzuheben.

Es war Vicky, die eines Abends, als zu später Stunde die Dienerschaft am großen Küchentisch zusammensaß, etwas zur Sprache brachte, an das niemand mehr gedacht hatte. Alle redeten von dem schrecklichen Jagdunfall, durch den der rauhbeinige Francis Ruskin zu Tode gekommen war. Alle stellten indirekte Fragen über das gräßliche Ableben des Lords und wagten nicht, offen zu reden. Aber niemand erinnerte sich mehr daran, womit das ganze Unheil begonnen hatte.

«Was ist eigentlich aus der schwarzen Nonne geworden?» fragte Vicky.

Das Gespräch erstarb, alle sahen sie erstaunt und irritiert an.

«Canon Dilke hatte mittags und abends immer einen Teller mit Essen bereitgestellt, Elly brachte ihn nach drüben in ihr Zimmer.»

Alle Augen richteten sich auf die Frau des Butlers.

«Ich durfte nie hinein», sagte sie. «Ich habe das Essen Dr. Putney gegeben. Er und Mr. Hartley haben sich um die Frau gekümmert.»

«Zwei Männer?» fragte Vicky.

«Aber er ist doch Arzt!»

«Dennoch finde ich es sehr eigenartig.»

«Mich hat niemand darauf aufmerksam gemacht, daß ich einen Teller mit Essen bereitstellen sollte», sagte Pistoux.

«Es war ja dann auch nicht mehr nötig. Die Frau ist fort», sagte Elly.

«Ich verstehe nicht ganz», sagte Pistoux, «von welcher Frau wir hier sprechen.»

«Von der schwarzen Nonne», sagte Vicky.

«Eine Nonne?»

«Ja, sie kam hier in einer Kutsche an», erklärte Elly.

«Eines schönen Tages wie aus heiterem Himmel», murmelte Charles.

«Sie war krank und mußte gepflegt werden», fügte Elly hinzu.

«Verletzt», warf Vicky ein. «Und außerdem von dunkler Hautfarbe, seltsam, nicht?»

«Von dunkler Hautfarbe?» fragte Pistoux und blickte mich erstaunt an, denn ich war unruhig geworden und wußte nicht mehr, wohin ich meinen Kopf drehen sollte. Ich wußte mehr als er. Ich hatte die Frau gesehen.

«Vielleicht kam sie aus Afrika?» vermutete Charles.

«Wir sollten nicht mehr darüber sprechen», sagte Elly mit bedrücktem Gesicht. «Es wird schon alles seine Ordnung haben. Dr. Putney wird wissen, was er tut.»

«Aber er ist doch kein Zauberer. Wie kann er die Frau denn einfach so verschwinden lassen?» fragte Vicky.

«In diesem Haus gehen seltsame Dinge vor sich», sagte Pistoux. «Eine dunkelhäutige Frau taucht auf und verschwindet wieder, ein Freund des Lords erleidet einen Jagdunfall, der Lord wird ermordet und an einen Baum gehängt ... was wird als nächstes passieren?»

«Sie sollten so etwas nicht sagen», flüsterte Elly. «Wollen Sie ein Unheil heraufbeschwören?»

«Aber wir müssen diese Fragen stellen», sagte Pistoux.

«Es ist nicht unsere Aufgabe», stellte Charles kategorisch fest.

«Wessen Aufgabe ist es denn?»

«Es steht uns nicht zu, uns in die Angelegenheiten der Herrschaft zu mischen.»

«Nein?» fragte Pistoux.

«Mit dem Unfall von Mister Ruskin und dem anderen tragischen Geschehen haben wir nichts zu schaffen.» Charles blieb unerbittlich. Pistoux sah ihn mit spöttischem Lächeln an. Wir anderen blickten gespannt von einem zu anderen.

«Das andere tragische Geschehen?» fragte Pistoux.

«Das Ableben Seiner Lordschaft.»

«Er ist doch nicht einfach nur gestorben.»

«Nein», gab Charles kleinlaut zu.

«Jemand hat ihn getötet und in den Baum gehängt.»

«Wir sollten nicht so darüber sprechen.»

Vielleicht hat ihn auch eine Person getötet, dachte ich, und eine andere in den Baum gehängt.

«Wir sollten uns fragen, warum jemand unseren Lord umgebracht hat.»

«Es steht uns nicht zu, darüber zu urteilen, ob es ein Verbrechen oder ein Unfall war.»

«Ein Unfall? Sollte der Lord etwa in den Baum gestiegen sein, sich beim Birnenpflücken mit dem Messer geschnitten und sich dann versehentlich aufgehängt haben?»

«Ich möchte Sie doch sehr bitten, diesen spöttischen Ton zu unterlassen!»

«Sie zwingen mich ja dazu, so zu sprechen.»

«Ich bitte Sie lediglich, die Regeln zu beachten.»

«Zwei Menschen sind tot, eine Frau ist verschwunden, und Sie sprechen von Regeln?»

«Genau das tue ich, denn wenn es keine Regeln mehr und keine Grenzen gibt, dann werden solche nichtsnutzigen Heißsporne wie dieser Thomas Sandford uns terrorisieren.»

«Mein lieber Charles», stellte Pistoux triumphierend fest, «jetzt haben Sie aber Ihre eigene Grenze überschritten.»

Charles senkte den Kopf: «Unsinn. Sandford gehört nicht hierher. Ihn einzuladen war eine verrückte Idee von Lord Anthony. Wir sehen ja, was dabei herausgekommen ist.»

«Wollen Sie ihn etwa beschuldigen?»

«Er hat hier für Unruhe gesorgt.»

«Glauben Sie, daß er so weit gehen würde, seinen Gastgeber zu morden?»

Vicky stieß einen Schreckensschrei aus.

«Was wissen wir über diesen Mann? Nichts. Er hat sich das Vertrauen des Lords erschlichen und bleibt sogar nach seinem Tod ein Schmarotzer», stieß Charles hervor. «Ich verstehe nicht, wie Lady Eugenia das dulden kann.»

«Sie sollten sich nicht zu sehr auf Ihre persönliche Antipathie versteifen», gab Pistoux zu bedenken. «Was ist mit Miss Edwina? Auch sie benimmt sich eigenartig. Außerdem war sie als einzige dabei, als Francis Ruskin erschossen wurde.»

«Hören Sie auf!» schaltete sich Elly ein. Man sah ihr an, daß es ihr furchtbar unangenehm war, über diese Dinge zu sprechen.

«Ja, hören wir lieber auf», stimmte Charles ihr zu. «Es ist eine Sünde.»

Aber Pistoux blieb unerbittlich: «Eine Sünde war vielleicht das, was Ruskin im Augenblick seines Todes begehen wollte.»

«Sie gehen eindeutig zu weit, Mister Pistoux!»

«Ich spreche nur aus, was alle denken.» Pistoux blickte ihn finster an.

«Das ist ja Ihr Problem. Sie sind Franzose, Sie wissen ja gar nicht wie groß die Fehler sind, die Sie begehen.»

Pistoux' Miene hellte sich auf: «Sehen wir es doch einmal so: Ich bin ein Franzose und mißachte bestimmte Gepflogenheiten. Stellen Sie sich vor, Sie haben es bisher versäumt, mich auf diese Gepflogenheiten hinzuweisen. Solange kann ich frei sprechen. Später können Sie mich dann darauf aufmerksam machen, daß ich einen unverzeihlichen Fehler begangen habe.»

Der Butler sah ihn mit großen Augen an.

«Charles, jetzt ist es genug», rief Elly mit dünner Stimme. «Hört auf, euch zu streiten.»

Charles hob die Hand. Er sah etwas verwirrt aus: «Einen Moment. Das habe ich nicht verstanden.»

Vicky sah Pistoux mit offenem Mund an. Ehrlich gesagt wußte auch ich nicht, worauf er eigentlich hinauswollte.

«Ich mache es kurz und versuche, mich vorsichtig auszudrücken», sagte Pistoux: «Miss Edwina hatte während der Jagd ein Techtelmechtel mit Francis Ruskin. Wir wissen nicht, ob dieses Techtelmechtel zufällig oder geplant, freiwillig oder erzwungen stattfand. Aber wir wissen, daß zwei Dinge geschahen, die nicht hätten geschehen dürfen. Das eine war die Art und Weise der Begegnung, das andere der Tod von Ruskin, der von einer Kugel durchbohrt wurde. Möglicherweise hat beides ja miteinander zu tun.»

Charles sah den Koch mit verkniffener Miene an.

«Sandford», hauchte Vicky, «er hat die Art und Weise dieses Zusammentreffens nicht gutheißen können ...»

Pistoux nickte: «Das wäre möglich.»

«Aber was hat das Ganze mit dem Tod unseres Lords zu tun?» wollte Charles wissen.

«Ich weiß es nicht.»

«Und mit der schwarzen Nonne?» fragte Vicky.

«Wer weiß, was es mit dieser Frau auf sich hat.»

Charles erhob sich ruckartig: «Halt! Das genügt, ich will kein weiteres Wort hören.»

Auch seine Frau stand auf.

Plötzlich wurde die Tür aufgerissen, und George, der Gehilfe des Gärtners, stand da. Er war ziemlich aufgeregt. In der einen Hand hielt er einen nassen dunklen Lappen, in der anderen ein weißes Stück Stoff.

«Was ist jetzt los?» fragte der Butler erbost.

«Das hier habe ich im Wasserbecken gefunden», sagte George.

«Was ist das?»

«Die Kleider der schwarzen Nonne», stellte Vicky fest.

«Im Wasserbecken.»

Ich spürte, wie mir das Blut in den Kopf schoß. Mein Herz machte einen Sprung und begann wild zu pochen.

Pistoux stand auf: «Das hat im Wasserbecken gelegen?»

«Ja, in einer Ecke. Ich habe es erst bemerkt, als ich die Blätter mit dem Netz herausfischte.»

Mein Magen rumorte, ich mußte würgen und tat, als hätte ich einen Hustenanfall.

«Wie kommen diese Kleider dahin?» fragte Charles.

«Ist das nicht wieder so eine Frage, die wir besser unterdrücken sollten?» warf Pistoux ein.

Elly rang die Hände: «O Gott, wen sollen wir denn nur damit belästigen?»

«Wir sollten die Tracht erst mal trocknen», schlug Pistoux vor. «In diesem Zustand können wir sie nicht den Behörden übergeben.»

«Hängen wir sie dort neben dem Ofen auf», stimmte Charles zu. «Ich brauche jetzt erst mal Zeit zum Nachdenken.»

Vicky nahm dem Gehilfen des Gärtners das Kleidungsstück ab. «Es ist ganz zerrissen», stellte sie fest.

Pistoux trat zu ihr: «Zerschnitten, würde ich sagen.» Sein Blick streifte mich kurz. Ich wäre am liebsten auf der Stelle im Boden versunken.

⌁ 14 ⌁ DER BÖSE BAUM   Oft war ich nach einem anstrengenden und scheinbar endlosen Arbeitstag so müde, daß ich am Küchentisch einschlief. Manchmal lag ich unter dem Tisch, hörte zu, was die anderen sprachen, und döste vor mich hin. Im Grunde genommen waren wir in der Küche bis kurz vor Mitternacht im Einsatz. Schließlich mußte nicht nur die Küche wieder auf Hochglanz gebracht werden, auch das ganze Geschirr der Herrschaft wurde gespült. Einige Gerichte für den nächsten Tag mußten vorbereitet werden: Fleisch kam in die Marinade, Gemüse und Früchte wurden eingelegt, Dessert-Crèmes hergestellt, Kekse und Petits Fours gebacken.

Am Ende des Arbeitstages saßen wir wie immer um den Küchentisch herum. Charles und Pistoux planten den nächsten Tag und delegierten die Arbeiten. Dann bekam jeder ein Gläschen Port, und man ging ins Bett. Pistoux war stets der letzte, denn er saß noch da und rechnete.

Wenn ich ihn, am Küchentisch sitzend, so rechnen sah, wünschte ich mir nichts mehr, als bei ihm bleiben zu dürfen. Manchmal, kurz vor dem Einschlafen, stellte ich mir vor, wie es sein würde, wenn ich plötzlich ganz allein wäre. Dieser Gedanke versetzte mich jedesmal in panische Angst. Was würde passieren, wenn Pistoux einfach wegging, wenn er eine Frau traf, die ihm gefiel, wenn er ermordet würde wie der Lord oder durch einen Unfall starb wie Francis Ruskin? Ich würde verzweifeln, da war ich mir ganz sicher.

Allzu lange malte ich mir diese schrecklichen Dinge normalerweise nicht aus, denn bald schon fielen mir die Augen zu, und ich schlief ein. An diesem Abend jedoch hielt ich mich wach, schärfte und polierte meine Messer, bürstete und flickte meine Kleider. Später spritzte ich mir das kalte Wasser aus der Waschschüssel ins Gesicht, um wach zu bleiben.

Ich hatte genau darauf geachtet, in welcher Verfassung die dicke Vicky gewesen war. Sehr müde hatte sie am Tisch gesessen. Blaß war sie gewesen, denn die Vorfälle auf Weald Manor hatten sie sehr mitgenommen. Früher als sonst hatte sie sich verabschiedet, um auf ihr Zimmer zu gehen.

Ich hatte mich ausgezogen, um ins Bett huschen zu können, wenn Pistoux noch mal an meine Tür geklopft hätte, und horchte nach draußen. Nichts rührte sich. Der Himmel war besonders dunkel von den Wolken, die sich schon am späten Nachmittag zusammengeballt hatten. Ein kühler Wind wehte, vielleicht würde es bald regnen.

Ich zog mich wieder komplett an und band mir meinen Messergurt um. Dann hob ich die Matratze hoch und zog das zerrissene Nachthemd hervor, das Vicky mir geliehen hatte, faltete es zusammen und schlich zur Tür. Vorsichtig drückte ich die Klinke herunter, zog die Tür auf und horchte. Nichts. Nur das beruhigende Geräusch des schnarchenden Pistoux im Nebenzimmer. Ich schlich nach draußen, schloß ganz langsam die Tür und eilte auf nackten Füßen den Gang entlang.

Ich lief die Treppe hinunter zum Küchenhof, schob die Tür auf, horchte, ob jemand zu hören war, und trat hinaus. Dann ging ich nach rechts zum Gartentor und blieb zögernd davor stehen. Ich blickte zurück. Ich hatte dieses seltsame Gefühl, daß der Lord jeden Moment hinter mir stehen könnte. Mich fröstelte. Ich schreckte davor zurück, den gleichen Weg zu benutzen wie in der Nacht, als ich dem Lord in der Nonnentracht bis ans Wasserbecken gefolgt war. Ich legte die Hand auf die Klinke der Gartentür und zögerte. Dann holte ich tief Luft, schob die Tür auf und lief nach links, um den Weg hinter der Gartenmauer Richtung Küchengarten einzuschlagen.

Bis heute weiß ich nicht, was mich getrieben hat, aber ich erinnere mich noch ganz genau, daß ich zielstrebig losging, ohne vorher darüber nachgedacht zu haben. Ich lief immer schneller, schließlich trabte ich die Mauer entlang, durch den Küchengarten hindurch und dann hinaus auf die Obstwiese, wo ich trotz der Dunkelheit keinerlei Schwierigkeiten hatte, den Birnbaum zu finden, in dem der Lord wie eine überreife Frucht gehangen hatte. Mitten in der Nacht wirkte der Baum noch viel mächtiger und unerbittlicher als im Tageslicht. Tatsächlich war er ja nur ein Schatten unter anderen Schatten, in Wahrheit bloß ein Baum unter anderen Bäumen auf einer harmlosen Wiese. Aber dieser hohe Schatten breitete seine Arme aus, als wolle er mir drohen, ihm nicht zu nahe zu kommen.

Charles hatte berichtet, die Hartleys hätten Lady Eugenia vorgeschlagen, den Baum zu fällen, um die Erinnerung an den schrecklichen Vorfall auszumerzen. Lady Eugenia hatte dies jedoch abgelehnt mit den Worten: «Der Baum trägt keine Schuld.»

Als ich jetzt vor ihm stand, war ich mir da nicht so sicher. Wieso hatte der tote Lord gerade in diesem Baum gehangen? Vielleicht war der Baum dazu da, böse Dinge geschehen zu lassen. Es war doch möglich, daß bestimmte Bäume oder andere Pflanzen und Tiere, Menschen natürlich auch, dazu da waren, dem Bösen zu dienen. War nicht jedem Menschen von Anfang an ein Schicksal bestimmt, auf das er keinen Einfluß hatte? War ich gut oder böse? Ich wußte es nicht. Ich wußte nur, daß ich bestimmte Dinge tun mußte. Es wäre auch egal gewesen, ob sie gut oder schlecht waren, mir blieb ja nichts anderes übrig.

Ich sank auf die Knie, beugte mich nach vorn und begann ein Loch zu graben. Der Boden war härter und steiniger, als ich gedacht hatte. Ich scharrte mit meinen Händen in der Erde und riß mir die Fingerkuppen auf. Aber ich ließ nicht nach.

Als das Loch tief genug war, warf ich das zerrissene Nachthemd in das Loch. Dann schob ich die Erde darüber, stand auf und trat alles mit den Füßen fest. Ich wollte mit dem Festtreten gar nicht mehr aufhören. Wenn das Nachthemd erst mal verschwunden war, würde mich nichts mehr an den gräßlichen Vorfall erinnern. Und wenn ich nichts mehr davon wußte, würde auch niemand sonst jemals etwas davon erfahren. Wenn man etwas Böses getan hat und es vergißt, dann ist es so, als hätte man es nie getan, davon war ich überzeugt.

Ich blickte ein letztes Mal hinauf zu dem Baum, der böse genug gewesen war, diese schreckliche Frucht zu tragen. Ich konnte nur seine Umrisse erkennen.

Dann drehte ich mich um und lief durch den Küchengarten hindurch und wieder an der Mauer entlang zurück. Mir war kalt. Ich rannte längsseits der Mauer, so schnell ich konnte, denn mir war plötzlich aufgefallen, daß ich keine Möglichkeit hatte, mich zu verstecken, wenn ich jemandem begegnen würde.

Ich bog nach links auf den Steinweg zum Küchentrakt ein und trat durch die Gartentür auf den Hof. Ich horchte kurz und überquerte den Hof, huschte durch die Tür und lief die Treppen hinauf, aber an meinem Zimmer vorbei. Vor Pistoux' Tür hielt ich an und lauschte. Er schnarchte immer noch.

Ich ging weiter. Das Zimmer der dicken Vicky war im vorderen Gebäudeteil über der Speisekammer. Sie hatte sich schon manchmal darüber beklagt, daß die verführerischen Düfte von Würsten und Schinken sie nachts aus dem Schlaf holten. Einmal schon, so hatte sie behauptet, sei sie nachts bis hinunter vor die Tür zur Speisekammer schlafgewandelt. Ich war mir nicht ganz sicher, ob sie nur scherzte, denn die Menschen in diesem Land liebten es, seltsame Späße zu machen. Aber Pistoux hatte es ernst genommen. Jeden Abend kontrollierte er, ob die Tür zur Speisekammer gut verschlossen war.

In Wirklichkeit war es natürlich gar nicht schwierig, das Schloß zu öffnen. Man benötigte nur einen kleinen Fleischspieß, dessen Spitze man umbiegen mußte. Einen solchen Spieß holte ich aus meiner Hosentasche, als ich vor der Tür von Vicky angekommen war.

Einen Augenblick lang blieb ich stehen und horchte. Und ich schnupperte. Aber den Geruch von Würsten und Schinken bemerkte ich nicht. Ich schob meinen Dietrich ins Schloß, stellte erleichtert fest, daß kein Schlüssel von innen steckte, und probierte herum. Es dauerte eine Weile, dann glitt die Tür geräuschlos auf. Ich drückte sie einen schmalen Spalt weit auf und schob mich hinein.

Vicky hatte mehr Möbel als ich. Das Zimmer wirkte sehr eng. Über die Tischplatte war eine Decke geworfen worden, darauf stand ein Blumenstrauß. Auf dem Boden lag ein Teppich, und überall waren Kleidungsstücke verstreut. Neben dem Kleiderschrank stand eine Kommode, auf der ein Spiegel war und viele Fläschchen und Tiegel. Wer hätte gedacht, daß die dicke Vicky so eitel war?

Ich konnte alles im Zimmer gut erkennen, denn der Mond war zwischen den Wolken hervorgekommen und schien durch das kleine Fenster herein. Vicky hatte ein viel größeres Bett als ich, was mir normal vorkam, denn sie war ja auch eine viel größere Person. Sie lag unter einer dicken Daunendecke und atmete schwer. Ein Streifen des Mondlichts beleuchtete ihr Gesicht, ihre dicken weißen Arme und ... ihren Oberkörper. Ich war erstaunt. Sie war nackt. Kein Wunder, daß es ihr nichts ausmachte, mir eines ihrer Nachthemden zu überlassen, dachte ich noch.

Dann trat ich fasziniert näher. Sie hatte ungeheuer dicke Brüste mit erstaunlich großen Brustwarzen. Ich stand neben ihrem Bett und sah sie an. Wie sich das wohl anfühlte, wenn man solche schweren Brüste hatte? Was für ein Gewicht lastete auf ihr, jetzt wo sie da so schnaufend schlief? Ich beugte mich nach vorn. Mich überkam ein ganz seltsames Gefühl, ein Drang, diese Brüste mit der Hand zu berühren, um herauszufinden, wie sie sich anfühlten. Die Haut, das Fleisch. War das alles Fleisch? So weiß und glatt. Bis auf diese merkwürdigen dicken Punkte, diese Nippel, die recht häßlich wirkten.

Ich riß mich von dem Anblick los und drehte mich zur Kommode um. Es war nicht ganz einfach, die Schubladen lautlos zu öffnen und zu durchstöbern. Zumal es mich sehr interessiert hätte, ihre Wäsche zu studieren. Aber ich durfte nicht leichtsinnig werden. In der unteren Schublade fand ich die Nachthemden. Sie besaß viele davon. Da sie offenbar nie eins davon anzog, würde sie den Verlust eines weiteren sicherlich gar nicht bemerken. Ich holte ein weißes Nachthemd hervor, das genauso aussah wie mein zerrissenes, und steckte es in meinen Gürtel. Die Schublade verschloß ich wieder und kontrollierte, daß alles wieder so war wie vorher.

Ich schlich noch mal auf Zehenspitzen zum Bett und warf einen Blick auf diese faszinierenden Brüste. Vorsichtig ging ich zur Tür, zog sie ganz langsam auf und verließ das Zimmer. Ich schaffte es sogar, wieder abzuschließen. Dann eilte ich den Korridor entlang und verschwand in meinem Zimmer.

Kaum war ich drinnen, warf ich das Nachthemd auf das Bett und zog mich hastig aus. Dann schlüpfte ich in das Gewand, das so groß und weit war, daß ich darin beinahe verlorenging. Ich nahm ein paar Kleidungsstücke und rollte sie zusammen. Dann steckte ich sie dahin, wo eigentlich Vickys große Brüste hingehörten. Ich wollte wissen, wie es sich anfühlte, wenn man einen solchen Körper hatte. Ich lief im Zimmer auf und ab und tat so, als sei ich eine Frau. Ich versuchte, meine künstlichen Brüste wippen zu lassen, so wie ich die Brüste von Vicky hatte wippen sehen, wenn sie aufgeregt in die Küche gerannt kam. Ich war enttäuscht. Es war bestimmt ein ganz anderes Gefühl. Die zusammengerollten Kleidungsstücke fielen nach und nach durch das Nachthemd zu Boden. Es war zwecklos. Ich würde nie so dick werden wie Vicky.

Ein trauriges Gefühl der Enttäuschung machte sich in mir breit und mischte sich mit der bleiernen Müdigkeit, die mich plötzlich erfaßte. Auf einmal kam ich mir ungeheuer lächerlich vor. Ich schämte mich.

Mit einem Gefühl unendlicher Schwermut legte ich mich ins Bett. Ich lag da, hörte das Schnarchen aus dem Nebenzimmer und spürte, wie dieses bekannte Gefühl von Einsamkeit und Verzweiflung in meiner Kehle würgte.

Das Bild von Lord Anthony tauchte vor mir auf. Warum

hatte der Lord die Nonnentracht getragen? Hatte er sich nur verkleiden wollen, oder steckte ein beschämendes Geheimnis dahinter?

~ 15 ~   DAS VERBOTENE ZIMMER   «Ach wie furchtbar», jammerte Elly, «jetzt traue ich mich nicht mehr in den Dining Room.»

«Wir müssen Haltung bewahren», sagte Charles zu seiner Frau. «Wir müssen unsere Pflicht erfüllen. Wir müssen unsere Arbeit tun, als sei nichts gewesen.»

Elly war den Tränen nahe: «Ich weiß nicht, ob ich das noch lange aushalte. Als mir die Suppenterrine zu Boden fiel, wäre ich am liebsten weggelaufen.»

«Niemand hat dich deswegen getadelt. Wir sind alle nervös. Den Herrschaften geht es nicht anders.»

«Ich fühle mich so schwach, ich werde krank.»

«Beruhige dich doch. Es wird alles wieder in seine Bahnen kommen, wenn wir nur Haltung bewahren.»

Elly sah ihren Mann an. Sie war blaß, ihre Hände zitterten.

«Mein armes Herz macht das nicht mehr mit», klagte sie.

Alle hatten gespannt darauf gewartet, daß der Butler und seine Frau vom Servieren zurückkamen. Wir wollten hören, wie die Stimmung unter den Gästen war.

Nachdem er seine Frau wieder beruhigt hatte, erstattete Charles Bericht. Er war froh, sich alles von der Seele reden zu können.

Wir saßen um den Küchentisch herum und hörten gebannt zu. Hin und wieder sah ich verstohlen zu Vicky hinüber. Ob sie nicht doch etwas von meinem nächtlichen Besuch in ihrem Zimmer mitbekommen hatte?

«Sie sitzen alle da mit einer Leichenbittermiene, was nur allzu natürlich ist», sagte der Butler. «Lady Eugenia ist äußerst gefaßt, geradezu bewundernswert meistert sie ihren Schmerz. Und selbst die grauenerregende Entdeckung vom heutigen Tag hat sie ertragen, ohne in Tränen auszubrechen.»

«Eine grauenerregende Entdeckung?» fragte Pistoux.

Der Butler blickte betreten zu Tisch.

«Es wäre wirklich besser, wir würden nicht darüber sprechen», warf Elly ängstlich ein.

Der Butler zuckte mit den Schultern: «Es ist nun mal geschehen, was können wir schon dagegen tun? Schlimme Dinge haben sich die ganze Zeit ereignet, ohne daß wir davon wußten.»

«Noch schlimmer als Mord?» fragte Pistoux.

«Vielleicht noch schlimmer, wer weiß das schon zu beurteilen.»

«Charles!»

«Ich kann solche Nachrichten nicht geduldig mit mir herumtragen wie ein Esel einen Sack Stroh. Es lastet auf meinem Gewissen. Wenn ich es erzähle, weiß ich wenigstens, daß ich nicht der einzige bin, den es quält.»

«Was ist geschehen?» fragte Vicky. «Ich habe nur gesehen, wie die Herren ganz aufgeregt aus dem Vorratstrakt gekommen sind.»

Charles sah wirklich sehr verzweifelt aus.

«Nun?» forderte Pistoux den Butler auf.

«Es geschah nach dem Lunch. Die Herren saßen beim Port im Rauchsalon und rauchten mehr als sonst. Auch sie sind nervös und aufgeregt, selbst wenn die Damen nicht zugegen sind. Sie versuchen sich in allerlei Mutmaßungen und geraten darüber immer wieder in Streit. John Hartley glaubt seine Schwester in Schutz nehmen zu müssen und besteht darauf, daß sie unwissend einen verbrecherischen Menschen geheiratet hat. Er ist der eigenartigen Idee verfallen, Lady Eugenia solle nachträglich die Ehe mit dem unseligen Lord Anthony annullieren lassen. William St. Simon hält dies für einen lächerlichen Gedanken. Die Kirche werde einer solchen Bitte niemals nachgeben, meint er, und als Pfarrer wird er ja wohl wissen, wovon er spricht. Außerdem legt er Wert darauf, den Ruf seiner Familie zu schützen, was ihm sicherlich zur Ehre gereicht.»

«Niemand scheint sich dafür zu interessieren, wie der Lord zu Tode gekommen ist», murmelte Pistoux.

Charles sah ihn nachdenklich an: «Wie soll jemand denn über den Tod des Lords sprechen, ohne das Undenkbare heraufzubeschwören.»

«Aber jemand muß ihn doch ermordet haben!»

«Ermordet. Wissen wir das denn so sicher?»

«Sie glauben doch nicht etwa, daß er sich selbst ...» Pistoux schüttelte mißbilligend den Kopf.

«Seien Sie still! Das sind ketzerische Gedanken!» zischte Elly empört. Sie rang die Hände mit einer Hingabe, als wolle sie einen zähen Teig kneten.

«Ach was», sagte Pistoux. «Wie soll er denn in den Baum gekommen sein?»

«Ich bitte Sie», sagte Charles streng.

«Was ist mit Dr. Putney?» wollte Pistoux wissen. «Zumindest er muß doch ein wissenschaftliches Interesse haben, die Todesursache zu ergründen.»

«Mr. Putney hält sich sehr bedeckt. Er wurde ausgelacht, als er seine Vermutung äußerte. Seitdem ist er den anderen Herren gegenüber sehr zurückhaltend, um nicht zu sagen feindselig eingestellt.»

«Er hat eine Vermutung geäußert? Was die Todesursache betrifft?» Pistoux hatte plötzlich diesen stechenden Blick, den er immer bekam, wenn seine Neugier angestachelt war. «Und

Sie lassen uns im unklaren. Charles, ich muß Sie wirklich bitten, etwas vertrauensseliger zu sein. Es geht uns schließlich alle an. Wer weiß, ob nicht einer von uns des Mordes verdächtigt wird.»

Ich zuckte zusammen und spürte, wie mir das Blut ins Gesicht schoß. Auch Charles war sichtlich erschrocken: «Einer von uns? Was für ein Gedanke!»

Die Blicke der Anwesenden wanderten zwischen dem Butler und dem Koch hin und her.

«Wie verhält es sich nun also mit der Todesursache?»

Charles zögerte. Dann sagt er langsam: «Mr. Putney vermutet, daß Lord Anthony ertrunken ist.»

Alle starrten ihn entgeistert an. Ich spürte, wie mir die Luft wegblieb.

«Ertrunken im Baum?» platzte Vicky heraus. «Das ist ja total verrückt.»

«Mr. Putney», fuhr Charles fort, «hat den Leichnam untersucht und kam zu diesem Ergebnis. Er wurde von den anderen Herren deswegen ausgelacht. Alle haben gelacht, bis auf diesen Freidenker Sandford.»

«Er hat nicht gelacht?»

«Nein. Er hat nur eine merkwürdige Bemerkung gemacht. Er sagte: ‹Es gibt eben Tiere, die können schwimmen und fliegen, und es gibt andere, die beides nicht können.›»

«Was hat er denn damit gemeint?»

«Das haben ihn die anderen Herren auch gefragt, und ich muß hinzufügen, daß sie die Frage mit Empörung gestellt haben, denn niemand ist auf diesen Sandford besonders gut zu sprechen. Alle sind der Auffassung, daß er nach dem Tod des Lords so viel Anstand haben sollte, Weald Manor auf dem schnellsten Weg zu verlassen.»

«Sie sollten ihn nicht gehenlassen.»

«Nicht?»

«Er könnte der Mörder sein.»

«Um so besser wäre es, er würde verschwinden.»

«Soll er etwa straflos davonkommen?»

Charles blickte Pistoux mutlos an: «Ich möchte nur, daß das alles ein Ende findet.»

«Wie hat Sandford also seinen seltsamen Ausspruch begründet?»

«Mit einer weiteren rätselhaften Bemerkung. Er hat gesagt: ‹Manch einer wäre gerne etwas, das er nicht ist, und andere halten ihn für etwas, das er nie sein wollte.› Daraufhin hätte sich William St. Simon beinahe auf ihn gestürzt. Wenn Mr. Putney ihn nicht festgehalten hätte, wäre es zu einer Schlägerei gekommen.»

«Nur wegen Worten», murmelte Vicky.

«Wegen Worten werden mitunter Kriege geführt», sagte Pistoux.

«In diesem Fall», fuhr Charles fort, «konnte Schlimmeres verhindert werden. Sandford verließ mit höhnischem Gesichtsausdruck den Rauchsalon. Anschließend kam es zu einem vergleichsweise harmlosen Wortwechsel zwischen John Hartley und William St. Simon, nachdem Johan Hartley unvorsichtigerweise bemerkt hatte, die Ehre seiner Schwester sei von Lord Anthony für immer befleckt worden, worauf William St. Simon sich bemüßigt fühlte, über die Erschleichung von Adelstiteln zu sprechen, und alles gipfelte in einem Streit über Erbangelegenheiten.»

«Hätten wir da nicht ein Motiv?» mutmaßte Pistoux.

Aber da hatte Elly schon das Wort ergriffen: «Dieser Sandford kennt wirklich keinen Anstand. Stellen Sie sich nur vor, was er tat, nachdem er den Rauchsalon verlassen hatte.» Sie hielt sich die Hand vor den Mund und blickte erschrocken in die Runde. Ganz offensichtlich hatte das Klatschbedürfnis ihre Ideale von Anstand und Verschwiegenheit besiegt.

«Nur zu», ermunterte sie Pistoux. «Wir alle haben das Recht zu erfahren, was hier vor sich geht.»

Elly sah ihn zweifelnd an: «Aber ich darf nur Andeutungen machen, alles andere wäre zu schrecklich.»

Pistoux nickte. Charles nickte. Alle anderen kamen beinahe um vor Neugier.

«Dieser Sandford», fuhr Elly fort, «stolzierte schnurstracks in den Salon, wo die Damen gerade ihren Mokka tranken.»

«Die Damen waren alle anwesend?» fragte Pistoux.

«Alle bis auf Miss Edwina, die sich noch immer weigert, ihr Zimmer zu verlassen. Ich habe ihr das Essen und den Mokka vor die Tür stellen müssen, denn sie will niemanden sehen. Sie ist zwar furchtbar traurig, wie es scheint, speist aber mit großem Appetit. Die Teller sind stets blankgeputzt.»

«Kummer macht hungrig», sagte Vicky. «Ich kenne das.»

«Also gaben sich Lady Eugenia, Emily Hartley und Cressida Merton im Salon ein Stelldichein beim Mokka?» Pistoux wurde allmählich ungeduldig.

«Ja, ganz recht», fuhr Elly fort. «Die Türen zum Garten waren geöffnet. Die Damen wollten anschließend einen Spaziergang unternehmen.»

«Aber dann trat plötzlich Mr. Sandford ein.»

«Dann stolzierte dieser Sandford herein mit einem höhnischen Gesichtsausdruck und verbeugte sich, was die Sache noch viel schlimmer machte, denn er meinte es gegenteilig.»

«Gegenteilig?»

«Es war ganz und gar nicht ehrerbietig gemeint.»

«Aha.»

«Und dann sagte er: ‹Meine Damen, ich möchte Ihnen ein Rätsel aufgeben. Die anderen Herren haben mich rausgeworfen, weil ich sie mit meiner Intelligenz beleidigt habe. Jetzt ist es an Ihnen, zu beweisen, daß Ihnen mehr zusteht als das Erbrecht und das Wahlrecht.›»

«Was hat er denn damit nun wieder gemeint?» fragte Vicky.

«Eine unsinnige politische Bemerkung», erklärte Charles verächtlich.

«Die Damen», fuhr Elly fort, «bewiesen Haltung und ließen sich nicht aus der Ruhe bringen. Lady Eugenia sagte würdevoll: ‹Gibt es einen besonderen Anlaß für Ihre eigenartige Rede, oder belieben Sie zu scherzen, Mr. Sandford?› Er sah sie daraufhin finster an und wiederholte das Rätsel, das er schon im Rauchsalon gestellt hatte. Lady Eugenia ließ sich nicht aus der Ruhe bringen und sagte: ‹Sie waren der Gast meines Mannes, Mr. Sandford, nicht der meine. Sollten Sie darauf hoffen, von mir ebenso bevorzugt behandelt zu werden wie von ihm, dann nehmen Sie bitte zur Kenntnis, daß ich die eigenartigen Ideale meines Mannes nie geteilt habe. Ich lege Wert auf Sitte und Anstand. Sie ganz offensichtlich nicht. Ich bedaure das zutiefst.›»

«Eine wahrhaft würdevolle Dame», stellte Charles fest.

«Leider ließ sich dieser Sandford nicht in Verlegenheit bringen. Er grinste nur höhnisch und sagte: ‹Des Rätsels Lösung, Mylady, finden Sie dort, wo ihr verstorbener Gatte sich seine Nonnentracht geholt hat. Verzeihen Sie ihm, er konnte nicht anders. Nein besser gesagt: Er wollte nicht anders.› Damit verbeugte er sich wieder auf seine unverschämte Art und verließ den Salon.»

Charles erzählte weiter: «Sofort ließ Lady Eugenia nach mir klingeln. Sie beauftragte mich, herauszufinden, was es mit der eigenartigen Bemerkung dieses Herrn auf sich hatte. Also holte ich den Schlüsselbund aus meinem Zimmer und ging über den Hof in den Vorratstrakt, wo sich im ersten Stock das Zimmer befindet, in dem die unglückliche Frau gelegen hatte, die eines Tages in einer Kutsche hier auftauchte.»

Ich merkte, wie ich einen roten Kopf bekam.

«Und?» fragte Pistoux.

«Nichts. In dem Zimmer fand sich nichts Ungewöhnliches, nichts, was nicht dort hingehört hätte. Aber ...»

Alle hielten den Atem an.

«... im Nebenzimmer. Man gelangt durch eine Verbindungstür hinein. Und dort ...»

«Charles, es reicht», warf Elly ein.

Der Butler zuckte mit den Schultern.

«Was denn nur?» rief Vicky.

«Das Fenster war mit einem dunklen Vorhang verdeckt worden. Im Zimmer gab es unzählige Leuchter und Kerzen und zahllose Spiegel.» Charles stockte.

«Was ist daran schlimm?» fragte Pistoux.

«Es war das Zimmer, in das noch nie jemand von uns gegangen ist», erklärte Elly. «Es ist uns verboten worden.»

«Und nun wissen wir auch, warum», sagte Charles niedergeschlagen.

«Also?»

«Dort stehen Truhen. Sie sind vollgestopft mit Frauenkleidern.»

«Oh», sagte Vicky.

«Das genügt, Charles», sagte Elly.

Aber Charles konnte nicht mehr aufhören: «Außerdem ein Koffer, den der Lord immer auf seine Reisen mitzunehmen pflegte, den er immer selbst packte. Ebenfalls gefüllt mit Frauenkleidern.»

Vicky kicherte leise.

«Und ein Holzkästchen. Darin befanden sich Fotografien.»

«Charles!»

«Von Frauen?» fragte Vicky.

Charles schüttelte betrübt den Kopf: «Von Männern, aber sie waren wie Frauen angezogen.»

«O Gott!» Vicky beugte sich so weit über den Tisch, daß ich auf ihre großen Brüste starren mußte.

«Und es waren auch Fotografien von Lord Anthony darunter», stellte Pistoux trocken fest.

Charles sah ihn verzweifelt an: «Nun ist es raus.» Er warf einen traurigen Blick auf seine Frau, die sich die Hände vors Gesicht hielt.

«Es ist eine Schande», jammerte sie. «Wir hätten es nicht erzählen dürfen.»

«Was ist denn daran so schrecklich?» fragte Pistoux.

Alle schwiegen betreten.

Vicky glotzte mich durchdringend an: «Du hast ganz schön rote Ohren bekommen, kleiner Claude. Hast du überhaupt verstanden, um was es hier geht?»

Ich schüttelte den Kopf. Ich hatte plötzlich einen unglaublichen Durst.

⁓ 16 ⁓ DIE FRAU IN WEISS Werden wir eines Tages wegen Speisen und Getränken Kriege führen? Es ist schon seltsam, wie Menschen darauf beharren, nur bestimmte Nahrung zu sich zu nehmen. Jetzt, nachdem der Lord, also der Mann, der uns aus Frankreich geholt hatte, gestorben war, wurden plötzlich Zweifel an der Qualität unserer Arbeit laut. Ich sage «unsere Arbeit», aber natürlich meine ich die Arbeit meines Chefs Jacques Pistoux.

Er gab sich alle erdenkliche Mühe, berücksichtigte die Vorlieben der englischen Herrschaften für Rindfleisch und Hammelkeulen und ging dazu über, so rustikale Leckereien wie *Alouette sans tête* oder geschmorte *Lammschulter mit Kartoffeln* zu kochen. Gelegentlich versuchte er es mit Fisch, der an der Küste gekauft werden mußte. Aber nicht mal die *Seezunge Normandie* kam gut an. Sogar *Omelettes* und *Soufflés* wurden unangetastet in die Küche zurückgeschickt.

Man verlangte nach Roastbeef und Kidney Pie, nach Nieren und Pudding, sogar nach in salzlosem Wasser gegartem Gemüse und diesen scharfen Saucen aus den Kolonien. Der Butler, der Pistoux inzwischen als einen anständigen Menschen und zuverlässigen Mitarbeiter zu schätzen gelernt hatte, war untröstlich.

«Ich fürchte beinahe, die Herrschaften sehnen sich nach der englischen Kost unseres alten Dilke zurück. Es ist mir peinlich, dies zu sagen», sagte er.

«Aber in ganz England wird französisch gekocht», brummte Pistoux mißgelaunt.

Charles sah ihn erschrocken an: «Sie belieben zu scherzen!»

«In allen Hotels von London, das wurde mir von vielen Kollegen bestätigt, arbeiten Franzosen. Und sie kochen französisch! Auf höchstem Niveau! Ich gebe zu, daß ich mich mehr der traditionellen Rezepte unserer Küche bediene, aber das wurde vom Lord so gewünscht.» Er sah Charles auffordernd an: «Wenn die Herrschaften es wünschen, werde ich von dieser Linie abweichen. Auch ich bin in der Lage Nymphes à l'aurore oder eine *Mousse froide d'ecrevisses* oder eine *Timbale de ris de veau* anzufertigen.»

Charles sah den Koch ratlos an.

«Froschschenkel, Krebsmousse und Kalbshirn in …»

«Um Himmels willen, Pistoux! Das ist doch genau der falsche Weg. Machen Sie sich und uns nicht unglücklich. Wir sind nicht in London. Die Menschen hier achten auf Tradition.»

«Aber genau dies habe ich getan, auf Tradition geachtet.»

«Auf Ihre eigene.»

«Nun ja, es wurde mir ja so befohlen.»

Charles nickte bedächtig: «Ja, ja, es ist immer schwierig,

einen Herrn zu verlieren. Es fehlt plötzlich die Orientierung, das Zentrum ...»

«Ich würde eher sagen, es ist schwierig, vielen Herren zugleich zu dienen.»

«Kurioserweise haben Sie ausgerechnet in diesem lästigen Aufrührer Thomas Sandford einen Bewunderer gefunden.»

«Tatsächlich?»

«Als einziger bei Tisch ißt er mit Genuß und macht einen zufriedenen Eindruck. Es kann natürlich auch am Wein liegen.»

«Vielleicht sollten wir eine Revolution machen.»

«Das sollten Sie als Ausländer noch einmal überdenken, mein Guter.»

«Eine Revolution in der Küche wenigstens.»

«Sagten Sie nicht, daß viele Ihrer Landsleute und Kollegen schon hergekommen sind?»

«Das ist richtig.»

Charles blickte seinen Gesprächspartner listig an: «Nun, bei der letzten Invasion vom Kontinent, zur Zeit der Normanneneroberung, kamen auch viele Franzosen auf die Insel, habe ich recht?»

«Ich denke schon.»

«Wie mir scheint, ist es ihnen nicht gelungen, die hiesigen Ernährungsgewohnheiten nachhaltig zu beeinflussen.»

«Sind Sie sicher?»

«Behaupten Sie das Gegenteil?»

«Sie haben keine Beweise. Es mag durchaus etwas gegeben haben.»

«Wollen Sie etwa behaupten, daß der Plumpudding eine Erfindung der Normannen ist?»

Pistoux gab sich geschlagen.

Charles lachte freundlich: «Nichts für ungut. Nehmen Sie es mir nicht übel, ich bin ein bißchen rechthaberisch heute.

Entschuldigen Sie mich jetzt, ich habe noch einiges zu erledigen.»

«Monsieur Charles ...»

«Ja?»

«Eine Frage müssen Sie mir noch beantworten.»

«Mit Vergnügen.»

«Schmeckt Ihnen mein Essen?»

Charles sah den Koch verblüfft an.

«Nun? Ich will eine ehrliche Antwort.»

Charles zögerte: «Sehen Sie mal, ich bin ein alter Mann, geprägt von vielen Gewohnheiten ... meine Frau hat einmal gesagt ...»

Pistoux hob eine Hand: «Genug, ich habe verstanden.»

Charles blickte ihn verlegen an und verließ kopfschüttelnd die Küche. Pistoux sah traurig zu mir herüber. Ich war gerade dabei, weiße Bohnen zu verlesen: «Mein armer Claude», sagte er bitter, «du hast es nicht leicht in diesem seltsamen Land.»

Ich dachte nur: Wieso ich? Und wurde rot im Gesicht.

Die Kette der überraschenden Ereignisse riß nicht ab. Zunächst sorgte Miss Edwina für großes Aufsehen, als sie plötzlich ihr Zimmer verließ und sich an den Frühstückstisch setzte. Dem Bericht des Butlers und seiner Frau zufolge reagierten die anderen Damen erschrocken und die Herren erstaunt. Alle waren neugierig, denn mit der Art und Weise, wie sie erschien, gab sie zu verstehen, daß sie beabsichtigte, eine Erklärung abzugeben. Da es sich nicht schickte, allzu auffällige Neugier zu zeigen, beobachteten alle mit angespannten Gesichtern die junge Dame beim Verzehr eines ausgiebigen Frühstücks.

Genußvoll verschlang Miss Edwina Haferschleim, Eier mit Speck, gebackene Bohnen und Würstchen. Als sie fertig war, griff sie zur Serviette, tupfte sich damenhaft das Fett von den Lippen und blickte lächelnd in die Runde.

Ausgerechnet der unbeliebte Sandford brach als erster das Schweigen: «Ich bewundere Ihren Appetit, Miss Edwina», säuselte er ungewohnt sanft, «doch nicht nur dies.» Was natürlich wieder einmal eine bodenlose Frechheit war, wie Charles feststellte.

Dr. Putney, in seiner Rolle als Arzt, fühlte sich bemüßigt einzugreifen: «Nun mein Kind», fragte er hölzern, «mir scheint, es geht dir schon viel besser.»

«Ja, in der Tat», sagte Edwina noch immer lächelnd, «meine nächtlichen Spaziergänge haben mir gutgetan.»

Alle blickten sie erstaunt an.

«Nächtliche Spaziergänge, mein Liebes?» fragte Cressida, ihre Mutter, und räusperte sich nervös.

Edwina setzte eine schwärmerische Miene auf: «Ach, ich liebe das Mondlicht, es ist so sanft.»

Emily Hartley schüttelte verständnislos den Kopf. Auch ihr Mann schien mit den geheimen Eskapaden der jungen Dame keineswegs einverstanden zu sein: «Es ist gefährlich dort draußen nach alldem, was passiert ist. Wer weiß, welches Gesindel sich da herumtreibt.»

«Ach was, es ist ganz friedlich.»

«Ich hoffe nur, du hast dich warm genug angezogen, mein Kind?» fragte Dr. Putney.

«Natürlich», entgegnete die junge Dame fröhlich.

«Glücklicherweise hast du des Nachts niemanden dort draußen getroffen», sagte John Hartley. Es klang halb wie eine Frage, halb wie eine Feststellung. Er wurde enttäuscht.

«Doch», sagte Edwina, «ich habe jemanden getroffen.»

Sogar Thomas Sandford sah sie jetzt sorgenvoll an.

«Ach», stellte Emily Hartley fest, und ihre Oberlippe versteifte sich. Cressida Merton sah ihre Tochter böse an: «Mir scheint, du bist uns eine Erklärung schuldig, mein Kind.»

Edwina lehnte sich auf ihrem Stuhl zurück und legte die

hübschen Hände auf ihren zweifellos gut gefüllten Bauch: «Ich bin durch den Rosengarten gegangen, ich bin über den Rasen spaziert, durch Heckenspaliere gewandelt. Ich habe den Duft der Blumen in mich aufgesogen, das sanfte Nachgeben des Rasens unter meinen Füßen gespürt ... das Mondlicht rieselte über meine Schultern, als ich an den Teich trat ... die Weiden neigten sich mir zu und flüsterten ... und auf dem Wasser kräuselte sich der sanfte Windhauch der Sommernacht ...»

Edwina macht eine Pause und blickte, offenbar stolz über ihre poetischen Formulierungen, in die Runde.

«Also, was?» schnarrte William St. Simon ungeduldig.

«Eine Frau.»

«Bitte?» Das war Lady Eugenia, die nun auch gänzlich undamenhaft erfahren wollte, um was es hier eigentlich ging.

«Ich sah eine Frau», wiederholte Edwina, «eine unbekannte Frau in einem weißen Kleid.»

«O Gott», stöhnte Cressida Merton, «ist diese unselige Nonne etwa wieder da?»

«Eine Frau in einem weißen Kleid?» John Hartley schien wenig erfreut über diese Mitteilung.

«Was soll das heißen?» wollte Dr. Putney wissen.

«Die schwarze Nonne ist wieder da?» hauchte Emily Hartley.

«Nein, es war eine Frau mit heller Haut, da bin ich mir ganz sicher.»

«Eine Fremde?» William St. Simon zog die Augenbrauen zusammen.

«Es war keine der hier anwesenden Damen, falls das die Frage gewesen sein soll», erklärte Miss Edwina schnippisch. «Ich bemerkte sie zwischen den Bäumen des Obstgartens. Sie trug ein weißes Kleid, dessen Bänder im Wind flatterten, einen weißen Hut und einen Sonnenschirm.»

«Mitten in der Nacht?» Cressida Merton schüttelte den Kopf.

«Wie schrecklich», flüsterte Emily Hartley.

«Also», verlangte William St. Simon mit lauter Stimme: «Wer war es?»

Miss Edwina sah ihn tadelnd an. «Aber ich konnte ihr Gesicht nicht erkennen. Sie verschwand zwischen den Bäumen. Ich lief ihr nach, aber ich konnte sie nicht wiederfinden.»

«Eine Erscheinung irrealer Art», kommentierte John Hartley.

Dr. Putney nickte: «Zweifellos eine Halluzination, die durch eine Überreizung der Nerven hervorgerufen wurde. Sie mag durchaus auch einen heilenden Charakter haben. Wie mir scheint, hat diese ganz und gar unnatürliche Erscheinung bewirkt, daß Miss Edwina sich wieder ganz natürlich verhält. Ein interessanter Fall, medizinisch betrachtet. Und ein Glück für uns alle.»

«Aber nein!» wehrte sich Miss Edwina. «Ich habe sie wirklich gesehen.»

Ihre Mutter machte eine abschätzige Handbewegung: «Ach was, du solltest dich nicht auf solche Capricen einlassen, mein Kind.»

Miss Edwina sprang von ihrem Stuhl auf: «Ich bin nicht krank! Ich habe keine Halluzinationen! Aber bitte, wenn es sich so verhält, werde ich mich wieder in mein Zimmer einschließen.»

Sie rannte aus dem Speisesaal in die Halle und die Treppen hinauf. Cressida Merton wandte sich mit müdem Gesichtsausdruck an Dr. Putney: «Meinen Sie, es ist etwas Ernstes?»

«Nur eine Nervenreizung. Aber wir sollten darauf achtgeben, daß sie nicht mehr in der Nacht durch den Garten wandelt.»

«Wir schließen sie ein», entschied Cressida Merton.

«Das halte ich für eine vernünftige Idee», sagte John Hartley.

Thomas Sandford blickte die Herrschaften finster an und drehte sich zu Lady Eugenia um: «Wie können Sie es nur zulassen, daß ein armes Mädchen in Ihrem Haus wie eine Gefangene gehalten wird?»

Lady Eugenia stand auf: «Sie übertreiben, Mr. Sandford. Es handelt sich hier nur um eine medizinische Maßnahme. Nicht wahr, Doktor?»

«Zweifellos», erklärte Dr. Putney.

⌁ 17 ⌁ DIE RÜCKKEHR DER NONNE

Regenschauer folgte auf Regenschauer, dazwischen schien die Sonne. Ein unsteter Wind blies die Wolken über das Land. Dieser ständige Wechsel machte mich nervös. Ging ich bei Sonnenschein nach draußen, wußte ich nicht, ob ich naß oder trocken zurückkommen würde. Ich versuchte, herauszufinden, wie groß die Abstände waren, in denen die Regenschauer aufeinanderfolgten. Mein ganzer Ehrgeiz war es, eine Pause zwischen zwei Güssen so zu nutzen, daß ich den Gang von der Küche in den Gemüsegarten und zurücklegen konnte, ohne vom Regen überrascht zu werden. Ich schaffte es nicht. Es hätte mich nicht gewundert, wenn sich grüne Patina auf meiner Haut gebildet hätte.

Auch die anderen waren nervös. Man konnte es hören. Die Töpfe klapperten lauter, Blechschüsseln fielen öfter zu Boden, Messer wurden stumpf gewetzt, Teller gingen zu Bruch, Gläser bekamen Risse.

Pistoux war mißgelaunt. Er wußte nun, daß sich der Lord gegenüber allen anderen rücksichtslos durchgesetzt hatte. Charles vermutete, daß Lady Eugenia nur einverstanden gewesen war, einen französischen Koch zu engagieren, wenn sie auch weiterhin einen englischen beschäftigen konnte. Die entstehende Konkurrenzsituation und die dadurch provozierte Abdankung von Canon Dilke hatte niemand bedacht.

Natürlich hätte Pistoux anfangen können, englisch zu kochen. Er hatte ja bewiesen, daß er auch diese Küche beherrschte. Außerdem besaß er noch immer sein Nachschlagewerk über Sitten und Gebräuche der Briten. Doch statt klein beizugeben, entwickelte er einen beängstigenden Ehrgeiz. Er wollte bekehren. Er wollte seinen Nationalstolz nicht unterdrücken. Er gebärdete sich wie ein Priester, der auf Mission in ein unzivilisiertes Land mit heidnischer Bevölkerung geschickt worden ist. Vielleicht übertreibe ich, aber manchmal kam es mir wirklich so vor.

Charles rang die Hände und versuchte, Pistoux zum Einlenken zu bewegen. Aber solange die Herrschaften sich nicht offen beklagten, wollte der nicht aufgeben. Alle rätselten, warum Lady Eugenia kein Machtwort sprach und Pistoux befahl, zu Steak and Kidney Pie zurückzukehren.

Pistoux hatte sich in die Sache verbissen. Vicky nannte ihn heimlich William, weil er sich wie ein Normanne gebärdete, der die englische Insel ein zweites Mal erobern wollte, diesmal mit dem Soßenlöffel statt mit dem Schwert.

Wenn ich mit Vicky allein war, scherzte sie mit mir. Das zweite Nachthemd, das ihr abhanden gekommen war, erwähnte sie nie. Ich hatte manchmal große Lust, nachts noch einmal in ihre Kammer zu schleichen. Aber ich traute mich nicht. Ich malte mir heimlich aus, wie Vicky mit ihren großen nackten Brüsten ins Bett steigen würde und ich schon darin auf sie lauerte. Ich hätte mich an sie geschmiegt, und sie hätte mir eine Gute-Nacht-Geschichte erzählt. Vicky war wirklich gutmütig. Einmal fiel mir der verbogene Fleischspieß aus der Tasche. Direkt vor ihre Füße. Sie hob ihn auf, sah ihn erstaunt an und sagte nur: «Mit dem hier wirst du wohl nicht mehr viel anfangen können.»

Gelegentlich fragte ich mich, wie lange wir wohl noch auf Weald Manor bleiben würden. Jeden Tag konnte es passieren, daß Lady Eugenia sich gezwungen sah, uns zu entlassen. Aber wer würde dann kochen? Es müßte natürlich ein neuer Koch gefunden werden. Irgend jemand könnte auf den Gedanken kommen, nach Canon Dilke zu schicken. Wir hatten von ihm gehört. Er hauste gar nicht weit entfernt in Staplehurst in einem heruntergekommenen Gasthof, trank und erzählte allen, die ihm einen großen Krug Cider oder ein Bier spendierten, schaurige Geschichten, die er angeblich auf Weald Manor erlebt hatte. Möglicherweise war dies auch Lady Eugenia zu Ohren gekommen. Unter diesen Umständen konnte sie auf ihren ehemaligen Koch natürlich nicht mehr zurückgreifen.

Was hätte es für ein schönes Leben sein können, dachte ich manchmal, wenn ich im Küchenhof hockte und Kartoffeln schälte, Tomaten entkernte, Bohnen auspulte oder Linsen verlas. Mit meinem Chef und Vicky hätte es so schön zugehen können. So schlimm war der Regen nun auch wieder nicht. Der Butler und seine Frau waren recht umgänglich, und die anderen Bediensteten gingen ihrer Arbeit nach und belästigten uns nicht weiter. Sie aßen alles, es war ihnen egal, was auf den Tisch kam.

Die Herrschaften sah ich nur von weitem, wenn sie ausritten, durch die Küchenfenster oder gelegentlich auf dem Weg in den Gemüsegarten oder zur Obstwiese, wenn sie die Rosen betrachteten oder über die Steinwege spazierten. Einmal, hörte ich, war es Thomas Sandford gelungen, Miss Edwina zu einem neuartigen Spiel namens Badminton zu überreden. Zu diesem Zweck hatte er ein Netz über den Rasen gespannt und zur Verwunderung aller einen weißen Anzug angezogen. Aber dann hatte es wieder angefangen zu regnen. Sandford wurde in der Gesellschaft von Miss Edwina sanfter. Es gelang ihm, die junge Dame ab und zu aus ihrem Zimmer zu locken. Gelegentlich ließ er sich sogar zu Höflichkeiten und Komplimenten hinreißen.

So vergingen die Tage, und über allem lag eine düstere Schwermut. Immer wieder schimpften die Bediensteten wegen irgendwelcher Lappalien miteinander. Warteten wir darauf, daß etwas passierte? Waren wir empört, daß niemand sich darum kümmerte, den beiden mysteriösen Todesfällen auf den Grund zu gehen? Genügte es, wenn Dr. Putney die Totenscheine ausstellte? Wie auch immer, das war die Sache der Herrschaft, genauso wie die Beerdigung des Lords.

Sie fand in der kleinen Kapelle hinter den Ställen statt. Dort lagen auch die anderen St. Simons begraben. Ein Priester mußte nicht bemüht werden, denn William, der Bruder des Ermordeten, hielt selbst die Totenmesse ab. Die Dienerschaft saß auf den hintersten Bänken in der Kapelle und ließ die Prozedur über sich ergehen. Vicky und Elly weinten ein bißchen, die anderen blickten starr auf den Sarg. Draußen regnete es wieder. Thomas Sandford, der sich geweigert hatte, an der Messe teilzunehmen, war immerhin bereit, mitzuhelfen, den Sarg in das Grab hinabzulassen. Parker, der Gärtner, und George, sein Gehilfe, schaufelten das Grab zu. Dann verbreitete sich das Gerücht, ein Kriminalist von Scotland Yard würde kommen, um einige Untersuchungen durchzuführen.

Niemand wußte etwas Genaues. Charles hielt Augen und Ohren offen und kam schließlich nach dem Fünfuhrtee mit dem Tablett zurück, auf dem zu meiner großen Freude noch einige *Muffins* übrig waren, die Elly gebacken hatte. Während ich mir einen Muffin stibitzte, erzählte Charles aufgeregt, er habe gehört, der Polizeibeamte würde am nächsten Tag eintreffen. Nach langem Überlegen, so sagte er weiter, sei Lady Eugenia entgegen dem ausdrücklichen Rat von Dr. Putney und John Hartley und entgegen den Zweifeln von William St. Simon zu dem Entschluß gelangt, die Polizei zu informieren. Alles andere, meinte Charles, hätte sie auf Dauer ohnehin nur in Schwierigkeiten gebracht. Cressida Merton, die sich in der Londoner Gesellschaft etwas besser auskannte, hatte ihr empfohlen, Inspektor Octavius Gray den Fall vorzutragen, der in der Hauptstadt einen ausgezeichneten Ruf genoß.

«Octavius Gray!» rief Charles aus und blickte Pistoux herausfordernd an: «Wissen Sie, wer das ist?»

«Ist das nicht der Kriminalist, der den Fall um den Nebelmörder aufgeklärt hat?»

Charles war erstaunt: «Woher wissen Sie das?»

«Aber Charles, über diesen spektakulären Fall wurde natürlich auch in der französischen Presse berichtet.»

«Ach so, in der Tat, so läßt sich das natürlich erklären.»

«Wann soll der berühmte Mann denn hier eintreffen?»

«Oh, schon morgen, wenn alles gutgeht.»

Pistoux nickte nachdenklich: «Das ist gut, aber es wird unangenehm für uns alle werden.»

«Zweifellos wird er Befragungen durchführen», stimmte der Butler zu.

«Es wird Verdächtigungen geben.» Pistoux warf mir einen warnenden Blick zu.

Ich merkte, wie es mir kalt den Rücken hinunterlief. Ein Inspektor von Scotland Yard! Zweifellos würde er alles herausfinden. Bei dieser Vorstellung wurde ich starr vor Angst.

Aber das war noch gar nichts gegen den brutalen Schrekken, der uns am nächsten Morgen in die Glieder fuhr.

Noch am Abend waren alle guten Mutes zu Bett gegangen.

Ein Polizist ist dazu da, die Unschuldigen zu entlasten, die Schuldigen zu überführen und auf diese Weise die menschliche Gesellschaft vor Krankheitskeimen zu reinigen, hatte Charles uns während des Abendessens erklärt. Die Gesellschaft ist ein Organismus, Verbrechen sind fiebrige Erscheinungen, Kriminelle zerstörerische Bakterien.

Ich wurde immer nervöser. Würde mir der Polizist die Messer wegnehmen? Würde Vicky ihm den Verlust eines Nachthemds melden? Ich war so verwirrt, daß ich die ganze Nacht nicht schlafen konnte. Allzugern wäre ich zu Vicky ins Bett gekrochen und hätte mich ihr anvertraut.

Am nächsten Morgen war ich am Boden zerstört. Im Halbschlaf hatten mich Alpträume heimgesucht, und nun wurde ich die Bilder vom im Baum hängenden Lord, der mit mir sprach, während Blut aus seinem Mund tropfte, nicht mehr los.

Pistoux schickte Vicky und mich in die Speisekammer, um Leber und Trüffel für eine Pastete zu holen. Ich folgte Vicky durch die Tür in den kühlen Raum, wo Schinken und Würste hingen, die Vögel und das Wild darauf warteten, gerupft und gehäutet zu werden, und ein halbes Kalb auf das Zerteilen. Noch bevor ich mich zwischen all dem Fleisch hindurchgeschlängelt hatte, um in den zweiten Raum zu gelangen, wo der große Kühlschrank stand, hörte ich ein markerschütterndes Geschrei. Es war Vicky. Sie schrie wie ein Schwein, wenn der Schlachter kommt. In einem hysterischen regelmäßigen Rhythmus kreischte sie sich die Seele aus dem Leib.

Ich hastete durch die Tür und blieb wie angewurzelt stehen. Es war ein Anblick wie aus einem Alptraum: Vicky kniete vor dem riesigen, geöffneten Mahagoni-Kühlschrank wie vor einem kalten, bösen Altar. Ihre dicken Beine spreizten sich. Ihr ganzer Körper zuckte, und sie schrie immer weiter. Abwechselnd raufte sie sich die Haare, fuhr sich mit den Händen über das Gesicht und streckte sie aus, als wolle sie um Erbarmen flehen.

Einen Moment lang dachte ich, sie sei verrückt geworden, einfach so. Mein Blick fiel auf den geöffneten Kühlschrank. Er war voller Fleisch, wie es sein sollte.

Aber dann sah ich die Ursache ihres hysterischen Anfalls. Zwischen den Fleischteilen entdeckte ich einen Kopf. Und dann erst wurde mir klar, daß es sich nicht um normales Fleisch handelte. Das Fleisch war mit einer dunklen Haut überzogen. Menschlicher Haut. Ich kannte diese Haut. Jetzt lagen Unterarme, Oberarme, Schenkel, Schienbeine, Rippen, Schultern, Füße, der ganze Mensch, zerteilt im Kühlschrank.

Ich weiß noch, daß ich dastand und mich instinktiv fragte, wo denn wohl die Innereien waren. Und dann entdeckte ich sie auf einer Servierplatte und konnte Leber, Magen, Herz und Lunge erkennen. Alles lag wie bereit für eine Pastete aus Menschenfleisch. Ich stand wie angewurzelt da und merkte nicht, daß ich selber schrie.

Und während ich schrie, starrte ich wie gebannt auf den toten Kopf, der neben der Platte mit den Innereien lag und mich aus leeren Kratern anglotzte, weil die Augen fehlten, und dachte wieder an die Pastete und schrie so lange, bis jemand mir einen Schlag versetzte und ich mit der Stirn voran auf den Steinboden prallte. Dann war ich ruhig.

Ich kam wieder zu mir, als sie mich auf die Bank neben dem Küchentisch hoben. Elly legte mir eine kalte Messerklinge an die Beule auf meiner Stirn. Ich konnte gerade noch rechtzeitig verhindern, daß sie mein Hemd aufknöpfte.

Vicky bekam Baldrian und wurde ins Bett gebracht. Dr. Putney kümmerte sich um sie. Pistoux schloß die Tür zur Speisekammer ab und übergab Charles den Schlüssel.

Wir sprachen nicht über das, was Vicky und ich gesehen hatten.

ERMITTELT Wir sahen ihn durch die Küchenfenster, als er zur Teezeit in seinem Tilbury vorfuhr. Wir hielten gespannt den Atem an, als der Mann von Scotland Yard aus seiner Kutsche stieg.

Inspektor Gray war eine beeindruckende Erscheinung mit Backenbart, Spazierstock und Gamaschen. Er übergab dem Butler seine Reisetasche, überließ die Kutsche dem Stallknecht und stieg würdig die Treppen hinauf.

Nachdem Charles dem neuen Gast sein Zimmer gezeigt hatte, sprach Gray zunächst mit Lady Eugenia unter vier Augen. Was die beiden miteinander vereinbart hatten, erfuhr niemand. Dann machte es sich der Ermittler in einer Nische der Gallery bequem und ließ nach und nach alle anwesenden Personen zu sich kommen.

Charles hatte die Aufgabe, ihm den jeweils nächsten zuzuführen, und mußte deshalb direkt hinter der Tür auf Instruktionen warten. Elly kümmerte sich darum, daß genug Tee und Kekse für den Inspektor da waren. Er hatte einen enormen Bedarf, weshalb sie immer wieder gerufen werden mußte.

Mit dem Polizisten von Scotland Yard fand ein neuer Ton Einzug in Weald Manor. Der Mann war in offizieller Mission hier, außerdem auf Wunsch von Lady Eugenia, und diente darüber hinaus den höheren und unangreifbaren Prinzipien der Aufklärung und Gerechtigkeit. Er glaubte an die Wichtigkeit seiner Aufgabe und ließ dies seine Gesprächspartner spüren.

John und Emily Hartley wollten sich nur gemeinsam befragen lassen, aber Inspektor Gray lehnte dieses Ansinnen entschieden ab.

John Hartley spielte den empörten Puritaner. Seiner Meinung nach war es kein Wunder, daß es mit dem Lord so gekommen sei, denn er sei kein gläubiger Mensch gewesen, sondern ein Abenteurer, der in den Kolonien und auf dem Kontinent sein Unwesen getrieben habe.

Unwesen getrieben? hatte der Inspektor gefragt.

Nun ja, war Hartley ins Stottern geraten, seine Zeit bei der Marine sei für den Lord ja auch nicht besonders erfolgreich gewesen. Als Offizier sei er niemals positiv in Erscheinung getreten. Er habe weder neue Länder erobert noch irgendeinen Feind bekämpft. Bevor es so weit kam, daß sein Schiff nach jahrelangem Herumkreuzen in Südseegewässern zwischen Indien und Australien in Kampfhandlungen mit Piraten verwikkelt wurde, hatten er und sein Freund Francis Ruskin es schon verlassen.

Wolle er etwa unterstellen, daß der verstorbene Lord ein Feigling gewesen sei? hatte der Inspektor nachgehakt.

Das wisse er nicht, meinte Hartley, aber es stehe nun mal fest, daß er als Soldat nie so viel Mut gezeigt habe wie als Abenteurer. Oft genug sei er in irgendeinem Hafen verlorengegangen und dann in einem zweifelhaften Etablissement aufgefunden worden. Immer sei dieser Ruskin bei ihm gewesen, und immer hätten seltsame Sitten und Gebräuche der Asiaten eine Rolle gespielt.

«Vergleichen Sie meine Rolle mit der eines Arztes», sagte der Inspektor, «und erzählen Sie mir alles, was Sie wissen.»

Hartley zögerte, dann deutete er etwas mehr an. Es sei mitunter vorgekommen, daß Lord Anthony betrunken an Bord getragen werden mußte. Gelegentlich seien auch größere Geldbeträge gezahlt worden, um den Lord aus bestimmten, nicht sehr angesehenen Häusern holen zu können.

«Diese Art von Abenteuern meinen Sie also», stellte der Inspektor fest.

Hartley sah ihn nervös an und bat, nicht weiter ins Detail gehen zu müssen, denn als frommer Christenmensch seien ihm diese Dinge fremd und zuwider.

Der Inspektor nickte verständnisvoll und fragte nach den eben erwähnten größeren Geldbeträgen.

Die habe selbstverständlich Lady Eugenia aufbringen müssen, denn der Lord und seine Angehörigen verfügten ja über keinerlei finanzielle Mittel. Weald Manor sei alles, was vom Reichtum der St. Simons übriggeblieben sei. Natürlich habe seine Schwester Eugenia einiges an Vermögen in die Familie gebracht, und er und seine Frau seien manchmal empört gewesen, zu welchen Zwecken das schwer erarbeitete Vermögen der tugendhaften Kaufmannsfamilie verwendet worden sei.

Zu Francis Ruskin konnte Hartley nicht viel sagen. Er sei wohl das gewesen, was man einen «Gentleman-Zigeuner» nennen könnte. Er habe auf Kosten von Lord Anthony gelebt, und wo er herkomme, wisse man nicht, was wirklich bezeichnend und sehr schlimm sei.

Als John Hartley in die Halle trat, bemerkte Charles, daß er sich den Schweiß von der Stirn wischte. Er warf seiner Frau einen scharfen Blick zu, als sie durch die Tür in die Gallery trat. Sie sah ihn kaum an und trippelte mit gewissenhaftem Gesichtsausdruck zum Inspektor.

Der hatte sich inzwischen eine Tabakspfeife angesteckt und entschuldigte sich dafür. Lady Eugenia hätte ihn dazu ermuntert, deutete er rätselhaft an, nachdem er sich erhoben hatte.

Emily Hartley setzte sich, faltete die Hände im Schoß zusammen und wußte nichts.

Wie das Wetter gewesen sei an jenem Tag, als Francis Ruskin erschossen worden war? Schön, sagte sie. Wer sich im entsprechenden Moment in der Nähe des Ermordeten befunden habe? Miss Edwina und Mark, der Stallknecht, sagte sie, jedenfalls habe sie das gehört, sie sei ja nicht dabeigewesen. Ob Miss Edwina am Tod von Francis Ruskin schuld sein könnte? O nein, wehrte Emily Hartley ab, das sei jenseits des Denkbaren. Der Stallknecht? Dazu könne sie nichts sagen.

Mehr wußte sie nicht.

Inspektor Gray hielt ihr zum Abschied die Schale mit den Keksen hin und entließ sie.

William St. Simon weigerte sich entschieden, über den, wie er sich ausdrückte, «Kontakt» von Edwina Merton zu Francis Ruskin zu sprechen. Der Inspektor möge ihm verzeihen, aber als Priester sei es nicht seine Aufgabe, die Verfehlungen anderer Menschen öffentlich zu kommentieren.

Was denn sonst seine Aufgabe sei, fragte der Inspektor.

Wie bitte?

Genau das sei doch die Aufgabe eines Priesters, oder etwa nicht?

William St. Simon blickte ihn verwirrt an.

Im übrigen, so der Inspektor, sei dies hier keine öffentliche Veranstaltung.

William St. Simon blickte ihn noch verwirrter an. Dann sprach er plötzlich über den Erzbischof, in dessen Diensten er stand, für den er in der bischöflichen Residenz in Canterbury als Archivar arbeite. Ihn müsse er erst fragen, bevor er Aussagen machen könne.

Dem Inspektor gefiel das gar nicht: «Was hat denn der Erzbischof mit den Morden auf Weald Manor zu tun?»

Jetzt war William St. Simon sehr erregt. Natürlich nichts! Man müsse aber vielleicht die Frage stellen, woher die Morde kämen.

«Woher die Morde kommen?» Inspektor Gray legte erstaunt die Pfeife beiseite und griff nach einem Keks.

Es könne doch wohl kaum sein, meinte William St. Simon sichtlich empört, daß jemand der hier Anwesenden etwas damit zu tun habe.

«Das also glauben Sie nicht?» fragte Gray und griff wieder nach seiner Pfeife.

Aber das sei doch unmöglich.

Ob er etwa glaube, daß Francis Ruskin einem Jagdunfall zum Opfer gefallen sei.

Selbstverständlich.

«Warum hat sich dann aber niemand als der Unglücksschütze gemeldet?»

«Aus Angst.»

«Vor was?» Der Inspektor klopfte die Pfeife aus und sah William St. Simon durchdringend an.

Vielleicht sei es Miss Edwina gewesen, spekulierte Gray.

William St. Simon hob abwehrend die Hände.

Nun, fügte der Inspektor beschwichtigend hinzu, ihre Kräfte werden wohl kaum genügt haben, den Lord in den Baum zu hängen.

William St. Simon war kurz davor, empört aufzustehen.

Zwei Männer werden wohl nötig gewesen sein, den armen Mann dort hinaufzuziehen, mutmaßte der Inspektor.

St. Simon sah ihn böse an: «Fragen Sie doch diesen Sandford. Er ist der einzige, der hier nicht hergehört.»

Inspektor Gray stopfte sich erneut die Pfeife. St. Simon sah ihm nervös dabei zu. Das Streichholz flammte auf, der Tabak glühte auf, Rauch stieg nach oben.

«Wer erbt?» fragte Gray unvermittelt und sah seinen Gesprächspartner dabei unschuldig an.

William St. Simon war wie vom Donner gerührt. Er streckte hilflos seine Hände aus und zog sie dann an sich, als wolle er auf sich selbst deuten, dann breitete er sie aus: «Das alles hier gehört Lady Eugenia.»

Gray schüttelte den Kopf: «So einfach ist es nicht.»

«Ein Testament?»

«Sie sollten den Notar aufsuchen», regte der Inspektor an. «Wirklich, Sie sollten es bald tun.»

«Ich werde nach Canterbury fahren», entschied William St. Simon.

So endete die Aussprache.

Peter Putney war ganz Mediziner. Er referierte über die Schußverletzung von Francis Ruskin, über die Schnittverletzungen bei Lord Anthony und über den Zustand der Leichenteile im Kühlschrank.

«Ja», murmelte der Inspektor, «die Leichenteile im Kühlschrank. Mysteriöse Geschichte. Diese fremdländische Frau, wo kam sie eigentlich her?»

«Das wissen wir nicht.»

«Hat sie nicht gesprochen?»

«Ich glaube nicht.»

«Aber Sie haben sie doch behandelt.»

«Ja. Sie hat nichts gesagt. Sie war zu schwach.»

«Und dann ist sie verschwunden?»

«Ja.»

«Obwohl sie so schwach war?»

«Ja.»

«Seltsam, nicht?»

«Ja.»

«Könnte die Dienerschaft etwas damit zu tun haben?»

«Vielleicht.»

«Haben Sie einen Verdacht?»

«Der französische Koch ist ein merkwürdiger Zeitgenosse.»

«Ein Franzose also. Und die Leichenteile wurden im Kühlschrank in der Vorratskammer gefunden?»

«Ja.»

«Die unbekannte Frau hatte im Trakt der Dienerschaft ein Zimmer.»

«Ja.»

«Könnte der Franzose Kontakt zu der Frau gesucht haben?»

«Das würde mich nicht wundern.»

«Wieso?»

«Er schlich immer dort herum, auch sein Küchenjunge.»

«Ein Küchenjunge?»

«Auch Franzose.»

«So, so.»

«Der kleine Kerl läuft immer mit einem ganzen Satz scharfer Küchenmesser herum.»

«Er läuft damit herum?»

«Er trägt sie an seinem Gürtel. Er ist sehr aggressiv, der kleine Kerl, und etwas merkwürdig. Er redet nicht.»

«Ist jemand von ihm verletzt worden?»

«Lord Anthonys Leiche hatte zahlreiche Schnittwunden, wie sie von scharfen Messern herrühren können.»

«Danke, Dr. Putney.»

Erleichtert verließ Dr. Putney den Inspektor.

Cressida Merton trat auf. Sie segelte dem Inspektor entgegen wie eine alte Fregatte und aß ihm die übriggebliebenen Kekse weg. Sie entschuldigte sich für ihre Tochter, die sehr unpäßlich sei, und für sich selbst, weil sie gar nichts wüßte. Wenn sie könnten, würden sie auf der Stelle abreisen, aber sie dürften ja nicht, oder doch?

«Bald», versicherte Gray.

Die Witwe bedauerte ihre Leidensgenossin Lady Eugenia und wies dann lächelnd darauf hin, daß sie nun endlich ein unabhängiges Leben führen könne.

«Hat sie das vorher nicht getan, wenn Lord Anthony auf Reisen war?»

Nun, nicht wirklich, meinte die Witwe, denn da sei ja noch der Bruder des Lords gewesen, William St. Simon. Der habe wohl verhindern wollen, daß Lady Eugenia ihr Vermögen in ungünstige Kanäle leite.

«Ungünstige Kanäle?»

Lady Eugenia sei eine edle Seele und habe sehr viel Sinn für Wohltätigkeiten. Sie selbst übrigens auch, sagte Cressida Merton. Aber William St. Simon habe nicht viel dafür übrig.

«Er ist doch Priester?»

«Archivar beim Erzbischof, das ist keine wohltätige und womöglich auch keine gottgefällige Tätigkeit.»

Was denn daran schlecht sei, wollte der Inspektor wissen.

Es habe Gerüchte gegeben, William St. Simon habe Bücher verkauft, um seine finanzielle Lage zu bessern.

Was schlimm daran sei, Bücher zu verkaufen.

Es seien Bücher gewesen, die man besser nicht verkauft.

«Religiöse Werke?»

«Nein, Bekenntniswerke.»

«Bekenntniswerke?»

«Bekenntnisse privater Natur.»

«Sieh mal an», murmelte Gray und zündete sich zum wiederholten Mal die Pfeife an.

Cressida Merton lichtete Anker und segelte durch das fahle Licht der Gallery davon.

«Haben Sie Ruskin getötet?» fragte der Inspektor, noch bevor Thomas Sandford sich gesetzt hatte.

«Was?»

Gray sagte: «Setzen Sie sich! Einen Tee?»

«Es ist zu spät für Tee.»

«Gut. Sie haben meine Frage gehört.»

«Warum sollte ich …?»

«Miss Edwina.»

«Es gibt bessere Gründe zu töten.»

«Tatsächlich? Nennen Sie Beispiele, Mr. Sandford.»

«Eine Revolution, ein Umsturz, die Exekution der Ausbeuter, der Kampf auf den Barrikaden, der Krieg der Klassen.»

«Sie sind ein Schwärmer, Mr. Sandford. Und, wie mir scheint, ein Kommunarde.»

«Ich verschweige meine Meinung nicht.»

«Gut. Dann verschweigen Sie mir auch nicht, wie Sie zu Miss Edwina stehen.»

«Sie ist schön, aber naiv.»

«Oh. Empfinden Sie das als reizvolle Herausforderung, oder quält es Sie?»

Sandford sah den Inspektor gereizt an: «Reden Sie keinen Unsinn.»

«Sie haben recht. Ich frage also noch mal. Haben Sie Ruskin erschossen?»

«Nein.»

«Sind Sie am Tod von Lord Anthony schuld?»

«Er ist doch ertrunken, oder?»

«Vielleicht auch erstochen worden.»

«Seltsam.»

«Oder gar erhängt.»

«Sie wissen es nicht?»

«Sehen Sie, Mr. Sandford, auch ich bin Idealist. Ich glaube an die Wahrheit und daß sie am Schluß immer zutage tritt. Aber nur, wenn vorher alle Möglichkeiten bedacht wurden.»

Sandford zuckte mit den Schultern.

«Was tun Sie eigentlich hier, Mr. Sandford, als Kommunarde im Landhaus eines Lords?»

«Lord Anthony hat mich eingeladen.»

«Warum sind Sie nicht längst gefahren?»

«Mir fehlt es an Geld. Das Essen hier mundet mir. Der französische Koch ist ausgezeichnet. Wenn ich gehe, wird niemand mehr dasein, der seine Meisterschaft zu würdigen weiß.»

«Deswegen blieben Sie?»

«Auch deswegen.»

«Warum noch?»

«Wie gesagt, ich bin pleite. Ich sollte mich in London zur Zeit nicht blicken lassen.»

Gray nickte, als hätte er es geahnt. «Und Miss Edwina?»

«Ich werde Sie wohl umbringen müssen», sagte Sandford mit ernstem Gesicht.

Diese ironische Bemerkung des schwarzgekleideten Kommunarden brachte den abgebrühten Inspektor von Scotland Yard zum Husten. Er hatte sich vor Erstaunen am Rauch seiner eigenen Pfeife verschluckt.

~ 19 ~ SCOTLAND YARD AM KÜCHENTISCH

«Sie sind also der berüchtigte Franzose», stellte Inspektor Gray fest.

«Berüchtigt, Monsieur?» fragte Pistoux.

Sie saßen spät am Abend in der Küche. Die Fenster waren geöffnet, und ein sanfter Lufthauch wehte herein, angereichert mit den trockenen Düften des Spätsommers.

Ich kauerte in meiner Ecke auf einem Hocker und tat so, als sei ich eingenickt. Der Abwasch war beendet, und alle anderen waren gegangen, nachdem der Mann von Scotland Yard sie knapp und präzise befragt hatte.

«Sie haben in kurzer Zeit Ihr Terrain erobert und herrschen über die Gaumen der Bewohner von Weald Manor», sagte Gray. Er sog an seiner Pfeife. Dünne Schwaden seines würzigen Tabaks krochen zu mir herüber.

«Das klingt interessant, Monsieur, aber ich herrsche nicht.»

«Sie sind sehr kategorisch.»

«Bitte?»

«Sie stellen Behauptungen auf. Aber wo bleiben die Tatsachen? Alle hier sind Ihnen ausgeliefert. Sie kochen, wie es Ihnen gefällt, ohne Rücksicht auf den Geschmack der Menschen, denen Sie dienen sollen.»

«Ich bin Koch, kein Diener.»

«Sehen Sie! Sehr kategorisch. Sie sind ein Eroberer. Den alten Koch haben Sie von seinem angestammten Platz verdrängt, jetzt sind Sie Alleinherrscher in der Küche.»

«Unsinn. Wer sagt so etwas? Der Butler?»

Der Inspektor hustete, offenbar amüsiert: «Ich werde die Quellen meiner Informationen nicht preisgeben.»

«Dann gehe ich davon aus, daß Sie ein Opfer von Vorurteilen und übler Nachrede sind.»

«Mr. Pistoux», die Stimme des Inspektors klang jetzt hart, «Sie können nicht leugnen, daß sich hier seit Ihrer Ankunft seltsame und schlimme Dinge ereignet haben.»

«Das leugne ich entschieden, Mr. Gray», sagte Pistoux herablassend. «Diese eigenartige Geschichte mit der schwarzen Nonne hat sich bereits vor meiner Ankunft ereignet.»

Gray räusperte sich: «So? Aber die Dame ist nach ihrem Verschwinden ausgerechnet in Ihrem Kühlschrank wiederaufgetaucht.»

«Mein Kühlschrank, Mr. Gray? Der Kühlschrank gehörte dem Lord!»

«Ich bitte Sie, Pistoux, das ist geschmacklos.»

«Lord Anthony hat den Kühlschrank angeschafft, mit meiner Person hat es nichts zu tun. Er war genauso für meinen englischen Kollegen gedacht.»

Der Inspektor sog hörbar an seiner Pfeife und schmatzte dabei: «Sie meinen Canon Dilke, den Sie von seinem glänzenden Posten verdrängt haben.»

«Dilke ist freiwillig gegangen, er war mit den Arbeitsbedingungen nicht mehr zufrieden.»

«Tja, warum wohl?»

«Nur weil der Lord mich lobte.»

«Sieh mal an! Tatmotiv Eifersucht, neben Habgier das häufigste.»

«Wenn hier jemand eifersüchtig war, dann Canon Dilke», sagte Pistoux.

«Tatsächlich?»

«Werden Sie ihn befragen?»

«Wenn ich es für nötig erachte.»

Schweigen. Ich hörte nur das Knistern des Tabaks.

Dann die kühle Stimme des Inspektors: «Die arme Frau wurde mit einem scharfen Messer fachmännisch zerlegt.»

«Ich möchte nichts davon hören.»

«Ach nein? Warum nicht? Erinnert es Sie an etwas, an das Sie sich nicht erinnern wollen?»

«Sie versuchen, mich zu provozieren, das ist lächerlich, Mr. Gray.»

«Lächerlich, Pistoux? Meine Versuche, die Wahrheit über ein grausames Verbrechen herauszufinden, sind lächerlich?»

«Sie benehmen sich lächerlich, aber es ist Ihre Sache.»

«Danke für die Belehrung.» Der Inspektor klopfte geräuschvoll seine Pfeife aus. «Ich bestehe darauf, darüber zu reden: Die Frau wurde mit einem scharfen Messer zerlegt. Hier in der Küche sehe ich zahllose Messer, die für einen solchen Zweck geeignet wären.»

«Sie suchen einen Sündenbock.»

«Hier sind die Messer, dort ist die Speisekammer mit dem Kühlschrank. Sie haben als einziger einen Schlüssel zur Speisekammer, Sie wissen, wie man einen toten Körper zerteilt.»

«Das ist absurd, Monsieur!»

«Ja, vielleicht. Das Absurde und das Grausame liegen oft dicht beieinander.»

«Ich glaube nicht, daß Sie diesen Fall mit Philosophie lösen können. Was ist mit den anderen Morden? Wieso sprechen wir nicht auch darüber?»

«Welche Morde?»

«Zum Beispiel der Mord an Francis Ruskin!»

«O ja, die Geschichte mit Francis Ruskin. Ich habe von Vermutungen und Gerüchten gehört, der Mann sei von jemandem absichtlich zu Tode gebracht worden.»

«Vermutungen und Gerüchte?»

«Es war doch wohl eindeutig ein Jagdunfall», stellte der Inspektor hochnäsig fest.

«Haben Sie mit Dr. Putney gesprochen?»

«Selbstverständlich.»

«Dann können Sie unmöglich der Meinung sein, daß Francis Ruskin versehentlich umgebracht wurde.»

«Tatsächlich?» Der Inspektor begann wieder seine Pfeife zu stopfen.

«Ruskin wurde von einer Kugel getroffen.»

«Das ist mir bekannt.»

«Ist Ihnen auch bekannt, daß alle Jagdteilnehmer nur Schrot geladen hatten?»

Das Geräusch des Pfeifestopfens verstummte. Nach einigen Momenten des Schweigens hörte ich die Stimme des Inspektors: «So?»

«Ruskin wurde nicht mit Schrot erschossen.»

«Vermutungen, mein Guter, nichts als Vermutungen.»

«Sie sollten die Tatwaffe suchen, dann finden Sie vielleicht auch den Täter.»

«Angesichts der Lage, in der Sie sich befinden, nehmen Sie sich sehr viele Freiheiten heraus, Mr. Pistoux.» Der Inspektor schnaubte verärgert und steckte sich wieder die Pfeife an.

«Ruskin kann ich nicht umgebracht haben», stellte Pistoux fest, «ich war nicht mit auf der Jagd.»

«Sie sind es ja, der behauptet, Ruskin sei umgebracht worden.»

«Was ist mit Lord Anthony?»

«Was meinen Sie denn?»

«Wollen Sie etwa behaupten», fragte Pistoux, «der Lord habe sich selbst aufgehängt?»

«In der Tat, nein. Laut Totenschein von Dr. Putney ist der Lord ertrunken.»

«Am Baum hängend?»

«Nein, vermutlich im Wasserbassin.»

«Wie kam er dann an den Baum?»

«Das werde ich auch noch herausfinden.»

«Auch noch?»

«Dies wie schon einiges andere.»

«Ich glaube nicht, daß Sie schon etwas herausgefunden hätten.»

«Weil ich es Ihnen noch nicht mitgeteilt habe, Pistoux.»

Der Inspektor sog geräuschvoll an seiner Pfeife. Pistoux schwieg. Eine Weile war nichts anderes zu hören als das schmatzende Paffen des Scotland-Yard-Beamten.

Er brach schließlich das Schweigen: «Gut, nehmen wir einmal an, Sie hätten nichts damit zut un. Was sagen Sie dann hierzu?»

«Was ist das?»

«Ein Beweisstück.»

«Das ist nichts weiter als ein Fleischspieß.»

«Ein seltsamer Fleischspieß. Er ist vorne verbogen.»

Ich zuckte in meiner Ecke zusammen.

«Und?»

«Mit so einem Gerät kann man Schlösser öffnen, wenn man keinen Schlüssel hat.»

«Was soll das beweisen?»

«Es ist ein Fingerzeig. Jemand hat widerrechtlich Türen geöffnet.»

«Das ist eine Vermutung.»

«Eine Vermutung, die direkt in Ihre Speisekammer führt. Raten Sie mal, wo ich diesen Dietrich gefunden habe.»

«In meinem Zimmer natürlich», sagte Pistoux grollend.

Gray lachte laut auf: «Haha! Aber nein! Im Zimmer Ihres Küchenjungen.»

«Was? Das kann doch gar nicht sein. Claude!»

«Lassen Sie den Kleinen weiterschlafen, er wird uns keine

brauchbaren Auskünfte geben können. Wie ich gehört habe, spricht er nicht.»

«Claude ...», murmelte Pistoux.

Mir schlug das Herz bis zum Hals. Am liebsten wäre ich aufgesprungen und fortgerannt. Aber ich blieb regungslos in meiner Ecke sitzen.

«Ich habe alle Zimmer durchsucht», erklärte Gray zufrieden. «Dies ist das Ergebnis. Damit konnte der Junge alle Türen öffnen. Damit konnte er in die Speisekammer und sich in aller Ruhe ans Werk machen.»

«Das ist doch nicht möglich.»

«Ich habe noch mehr Beweisstücke. Was ist dies hier?»

«Ein Lappen.»

«Zweifelos mehr als das. Ein zerfetztes, blutiges Nachthemd. Ich habe es unter dem Baum ausgegraben, an dem Lord Anthony hing. Was sagen Sie nun?»

Mein Herz, mein Magen, alles in mir krampfte sich zusammen.

«Dazu kann ich gar nichts sagen.»

«Ihr Küchenjunge wird von allen hier als sehr eigensinnig und gefährlich beschrieben.»

«Ach was!»

«Er trägt immer diese Messer bei sich.»

«Er ist das Messerset seines verstorbenen Vaters, sein ganzer Besitz.»

«Ein zwölfjähriger Junge, der mit Messern im Gürtel herumläuft, scheint mir nicht normal zu sein.»

«Er will Koch werden, da ist das normal.»

«Er ist aber noch kein Koch. Sie sollten ihm die Messer abnehmen und ihn in sein Zimmer sperren.»

«Das werde ich nicht tun», entgegnete Pistoux ruhig. «Sie sagten doch selbst, daß Lord Anthony durch Ertrinken ums Leben gekommen ist.»

«Und die Wunden? Das blutige, zerrissene Nachthemd?»

«Claude hat ein blütenweißes, völlig intaktes Nachthemd. Vicky hat es ihm überlassen. Ich denke, Sie haben sein Zimmer durchsucht.»

«Das habe ich getan und das Nachthemd gefunden.»

«Wie sollte der Kleine den Lord in den Baum bugsiert haben?»

«Vielleicht hat ihm jemand dabei geholfen.»

«Wer sollte das gewesen sein?»

«Ein guter Freund.»

Pistoux schwieg.

«Ein guter Freund und väterlicher Beschützer, der nicht erkennen will, daß er sich eines irren Jungen angenommen hat.»

«Claude ist ganz normal.»

«Ha!» Gray klopfte erneut seine Pfeife aus. «Was das saubere Nachthemd betrifft, muß ich Ihnen leider sagen, daß Vicky ein zweites der gleichen Sorte vermißt. Es ist offenbar aus ihrem Zimmer gestohlen worden.»

«Das beweist gar nichts.»

«Sie wollen es nur nicht wahrhaben. Vielleicht, weil Sie selbst in die Sache verstrickt sind. Wenn es so ist, werde ich Sie überführen, Pistoux, da können Sie sicher sein!»

Pistoux seufzte resigniert: «Was soll nun also geschehen?»

«Der Kleine wird in sein Zimmer gesperrt, die Messer werden ihm abgenommen.»

«Das werden Sie nicht schaffen.»

«Ich nicht, aber Sie.»

«Unmöglich.»

«Doch, und zwar bis morgen früh.» Der Inspektor stand auf: «Andernfalls werde ich Sie als seinen Vormund für alles zur Rechenschaft ziehen.»

Ich hörte seine Schritte. Er ging zur Tür. Ich haßte diesen höhnischen englischen Polizisten aus vollstem Herzen.

«Ich verstehe Ihre Beweggründe nicht», sagte Pistoux.

«Ich möchte diesen kleinen Teufel nicht anfassen und mich dabei verletzen. Das ist Ihre Aufgabe. Im übrigen ist auch Lady Eugenia dieser Meinung. Ich wünsche Ihnen eine gute Nacht.»

«Sie haben eins vergessen, Mr. Gray.»

«Ach ja, Pistoux, es wäre passend, wenn Sie mich meinem Rang gemäß anreden würden.»

Pistoux ignorierte diese Aufforderung: «Was ist mit der Frau in Weiß, die Miss Edwina gesehen hat?»

«Eine Halluzination, eine optische Täuschung, ein Traum, jedenfalls eine Fiktion.»

«Sie machen sich Ihre Sache sehr leicht.»

«Und Sie vergessen etwas, mein Bester.»

«Bitte?»

«Ich bin der Fachmann! Sie sind nur der Koch.»

Die Tür ging auf, der Inspektor verschwand.

Stille.

Dann die Stimme von Pistoux: «Claude, Claude, mein armer Kleiner. Bis morgen früh müssen wir uns etwas überlegt haben.»

Er weckte mich auf. Ich tat so, als hätte ich von allem nichts mitbekommen. Aber ich hatte mir längst vorgenommen, dem Inspektor die Demütigung, die ich gerade erfahren hatte, heimzuzahlen.

∾ **20** ∾ GEISTERSTUNDE   «So ein Idiot!» stieß Pistoux hervor. Wir saßen in meinem Zimmer. Ich auf dem Bett, die Messer bereits wieder unter das Kopfkissen gelegt, Pistoux auf dem Stuhl neben dem Tisch.

144

«Dieser Polizist sieht nur, was er will, und glaubt nur, was ihm paßt. Wenn das die vielgerühmte Methode der englischen Detektive ist, dann hat hier jemand zu Unrecht Lob verteilt.»

Er schüttelte den Kopf: «Dieser Gray, dessen angeblicher Ruhm bis nach Frankreich gedrungen ist, entpuppt sich als eingebildeter Schwachkopf. Falls das der Normalfall sein sollte, könnte man beinahe zu der Vermutung kommen, daß die Geschichten in der Presse erfunden sind. Und unsere Geschichte hier? Nichts paßt zusammen, alles liegt im Nebel der Intrigen, niemand sagt die Wahrheit. Und leider wird dies bedeuten, daß man eine einfache Lösung bevorzugen wird. Am liebsten ist es den Menschen, das Böse kommt von außen. Wir sind die Fremden, uns wird man verantwortlich machen, ich spüre es deutlich. Wir sind in Gefahr, Claude, und wir haben keine Freunde hier. Wir sind ganz allein auf uns gestellt.»

Pistoux hob den Arm und deutete nach draußen: «Einige hier spielen ein falsches Spiel, das steht fest. Aber Lügen sind nicht von Dauer. Wenn wir einander vertrauen, kann uns nichts passieren. Hast du verstanden?»

Ich spürte, wie mir das Blut aus dem Gesicht wich. Ich nickte.

«Keine Angst, mein Kleiner. Die Macht des Inspektors ist nicht unendlich groß. Gibst du ihm deine Messer?»

Ich schüttelte heftig den Kopf.

«Vielleicht wirst du sie mir geben müssen. Wir wissen, daß der Lord nicht an Messerstichen gestorben ist. Ich kann ebenfalls mit Sicherheit sagen, daß die Leiche im Kühlschrank nicht mit Messern, sondern mit einer Säge und einem Beil zerteilt wurde. Diese Werkzeuge wurden bisher nirgendwo gefunden. Ich habe mich, so gut ich konnte, umgesehen, aber diese Beweisstücke fehlen. Was vor allem fehlt, ist ein Motiv. Wir beide können keinen Vorteil aus den Morden ziehen.

Nein, irgendwo anders sitzt jemand und reibt sich die Hände. Wir sind gezwungen, uns zu verteidigen. Und das werden wir tun.»

Damit stand er auf und verließ das Zimmer.

Er hatte mich nicht nach dem Dietrich gefragt und auch nicht nach dem blutigen Wasser in meiner Waschschüssel. Er vertraute mir. Es war ein schönes Gefühl. Aber es beschämte mich auch.

Es wurde eine unruhige Nacht, was zur Folge hatte, daß die Herrschaften am nächsten Morgen schon recht zeitig zum Frühstück erschienen. Das fiel uns natürlich sofort auf, denn wir mußten plötzlich für alle Personen zugleich das umfangreiche Breakfast servieren. Der Porridge blubberte im Topf, die Spiegeleier brutzelten, der Speck zischte, Tomaten und Pilze schmorten geräuschvoll, und die Würstchen verspritzten Fett. Pistoux' Ehrgeiz war es, die Bohnen in der Tomatensauce zu verfeinern, was ihm aber nicht so recht gelingen wollte, denn Charles hatte ihm verboten, am Grundrezept etwas zu verändern. Es war also nicht möglich, der Sauce mit Kräutern eine besondere Note zu geben. «Die Konsistenz», murmelte Pistoux dann immer, «die Konsistenz ist eine Katastrophe. Es ist schleimig, bestenfalls schmierig.»

Die Zubereitung des Tees war die Aufgabe von Elly, die mit dem ständigen Aufbrühen der unterschiedlichsten indischen und englischen Sorten eine ganze Stunde ausgelastet war. Vicky mußte sich um jene Dinge kümmern, die Pistoux zu so früher Stunde verabscheute: Kippers und Devilled Kidneys. Bei ersterem handelte es sich um geräucherte Heringe, die in einen schmalen Topf mit dem Kopf nach unten hineingegeben und anschließend mit heißem Wasser übergossen und gegart wurden. Sie wurden von den Herrschaften zum Frühstück genauso gerne verspeist wie die Hammelnieren, die mit Pfeffer, Senf und einer mir damals unbekannten exotischen Mixtur namens Chutney mariniert und dann gegrillt wurden.

Manchmal wurde auch Curryreis mit Fisch zum Frühstück verlangt. Dann fluchte Pistoux besonders laut, denn er wußte, daß alles, was er zum Mittagessen vorbereitet hatte, hinfällig war. Wer sollte auch nach alldem und den abschließenden Röstbroten mit Marmelade noch den Appetit haben, mittags ein mehrgängiges Menü mit Suppe und Dessert zu verspeisen? Wurde Curryreis verlangt, so war dies meist ein Hinweis darauf, daß sich dazu herabließ, gemeinsam mit den anderen im Speisesaal zu frühstücken.

So war es auch an diesem Morgen, denn – wie Charles uns berichtete – Miss Edwina wollte sich mitteilen. Pistoux und ich arbeiteten weiter und hörten gespannt zu, was die anderen miteinander sprachen.

«Sie behauptet, einen Geist gesehen zu haben», sagte Charles, während er ein Tablett mit schmutzigem Geschirr ablud und ein anderes mit dem Frühstück füllte. «Einen Geist», wiederholte er kopfschüttelnd. «Erschreckend.»

«Aber Charles!» sagte Elly. «Auf deine alten Tage!»

«Unsinn, ich fange doch nicht an, jetzt an Geister zu glauben. Ich meine nur den Zustand der jungen Dame. Sie ist ganz aufgeregt.»

«Meiner Meinung nach gehört sie in ein Sanatorium», meinte Elly.

«Unter die Haube gehört sie», grummelte Charles.

«Sie will sich wichtig machen», stellte Vicky fest. «Das schickt sich nicht für eine Dame.»

«Rasch», sagte Elly, «geh wieder hin und erzähle uns, was passiert ist.»

Charles balancierte die schweren Tabletts mit den dampfenden, streng riechenden Frühstücksgerichten durch den Korridor in den Dining Room. Als er zurückkam, berichtete er: «Mitten in der Nacht hat sie Schritte gehört. Vor ihrem Zimmer.»

«Schritte?» fragte Vicky. «Kann man denn die Schritte eines Geistes hören, schwebt er nicht?»

«Wie oft soll ich noch betonen, daß ich nicht an die Existenz von Geistern glaube», sagte Charles ärgerlich.

«Aber ich», erklärte Vicky, «ich habe manchmal das Gefühl, daß jemand direkt neben mir im Zimmer steht.»

«Wenn du schläfst, merkst du nichts», sagte Parker, der gerade reingekommen war, «wie willst du dann wissen, ob jemand da ist oder nicht.»

«Ich fühle es!»

«Unsinn», höhnte Parker, «nicht mal ein Geist würde nachts in dein Zimmer schweben.»

Vicky bewarf ihn mit einem Hering, und er rannte nach draußen.

Elly sah sie streng an: «Ich finde es auch keineswegs schicklich, nachts einen Geist in seinem Zimmer zu haben.»

«Vielleicht war es ja ein weiblicher Geist.»

Elly maß den Tee mit einem Löffel ab: «Das will ich für deinen guten Ruf hoffen, mein Kind.»

Vicky kicherte.

Charles blickte die beiden ungeduldig an. Während wir ihm weitere Platten mit schaurigen Zutaten füllten, sagte er: «Sie hat Schritte gehört. Nein, sie sagte, ein Knarren. Die Holzdielen haben geknarrt, als ob jemand darüberlaufen würde. Das Knarren ging an ihrer Tür vorbei. Sie stand auf und horchte. Draußen war es stockdunkel, der Wind raschelte in den Blättern der Bäume vor ihrem Fenster. Sie sah einen schwachen, unregelmäßigen Lichtschein, der durch den Spalt unter ihrer Tür hindurchkroch. Sonst nur Schweigen.»

«Charles, an dir ist ein Romanschreiber verlorengegangen, jetzt komm endlich zur Sache!» rief Elly ungeduldig.

«Sie fröstelte in ihrem dünnen Nachthemd.»

«Charles!»

«Und suchte nach dem Kerzenständer, um eine Kerze anzuzünden. Aber sie traute sich nicht, in den Korridor zu spähen. Sie wartete.» Charles machte eine Kunstpause.

«Das ist langweilig», murrte Vicky.

«Sie hörte, wie ein Türschloß geöffnet wurde. Sie hörte das leise Quietschen einer Zimmertür. Sie hielt es nicht mehr aus, drückte die Klinke ihrer Tür herunter und spähte doch in den Korridor ...»

«Neugierige Person.» Vicky rümpfte die Nase.

«... und wurde von dem grellen Schein einer Lampe geblendet. Dahinter stand der Geist ...»

«Ein Geist mit einer Lampe?» fragte Pistoux skeptisch.

«Weiter!» drängte Vicky.

«Es war die Frau in Weiß. Sie stand vor der Tür des Gästezimmers, in dem der Inspektor untergebracht worden war. In der Hand des Geistes blitzte etwas auf.»

«Ein Messer?» flüsterte Vicky.

«Ein Geist mit einem Messer?» wunderte sich Pistoux.

«Die Frau in Weiß erstarrte vor Schreck, als sie merkte, daß sie ertappt worden war, drehte sich um, rannte den Korridor entlang zur Treppe und verschwand, den schwankenden Lichtschein der Blendlaterne hinter sich herziehend. Miss Edwina lief zu ihrem Fenster, blickte nach draußen und sah die Frau in Weiß über den Rasen eilen und im Garten verschwinden.»

«Hat sie erkannt, wer es war?» fragte Vicky.

«Eine Unbekannte. Ihr Gesicht wurde von einem Schleier verdeckt.»

«Wie sah sie aus?» wollte Elly wissen.

«Miss Edwina sagte: Klein und dünn und durchsichtig wie eine arme Leiche. Das hat sie wörtlich gesagt.»

«Wie schaurig», sagte Vicky.

«So ein Unsinn», sagte Elly.

«Und wie erklärt sich der Inspektor den Sachverhalt?» fragte Pistoux, der auf einmal alle Hände voll zu tun hatte, damit die Eier, Würste und Schinkenscheiben nicht anbrannten.

«Er glaubt nicht an übernatürliche Erscheinungen.»

«Sieh an.»

«Er ist sofort zu einer, wie er sagte, Erkundung des Geländes aufgebrochen. Um Spuren zu suchen oder so etwas.»

«O Gott, was riecht hier so?» fragte Elly.

«Die Nierchen, meine Nierchen!» Vicky rannte zum Grill. «O nein, o nein, o nein!»

Es roch nach etwas, das man besser nicht beschreibt.

«Charles, du verplapperst dich hier», mahnte Elly, «die Herrschaften werden noch verhungern!»

Sie eilten zusammen los, um die Speisen und den Tee in den Dining Room zu bringen.

Als sie wieder zurückkamen, gab es weitere Neuigkeiten: Der Inspektor war von seiner Exkursion zurück. Er hatte im Rosengarten einen weißen Stoffetzen gefunden, den er nun umherreichte. Niemand konnte etwas damit anfangen. Zuletzt übergab der Polizist das mutmaßliche Beweisstück Lady Eugenia. Sie sah den Fetzen eine ganze Weile lang an, wandte sich dann dem Inspektor zu, der sich zu ihr hinunterbeugte, und flüsterte ihm etwas ins Ohr.

Länger konnten Charles und Elly nicht untätig herumstehen, zumal der Tee an diesem Morgen in großen Mengen getrunken wurde und die Kannen schnell leer waren.

Als Charles eine Viertelstunde später wieder den Dining Room betrat, schnappte er nur wenige Worte auf. Es war genug, um zu erkennen, daß über das verbotene Zimmer gesprochen wurde.

Elly bestätigte diesen Verdacht, als sie vom Servieren zurückkam. Lady Eugenia hatte den Stoffetzen erkannt. Er gehörte zu einem Kleid, das sie vor langer Zeit abgelegt hatte, um es im verbotenen Zimmer des Lords wiederzufinden. Es war eines der Kleider, in denen sich Lord Anthony hatte fotografieren lassen. Natürlich wurde darüber nur im Flüsterton gesprochen, aber sie habe ja immer noch gute Ohren, erklärte Elly stolz.

Dann war es wieder an Charles, die weiteren Entwicklungen in Erfahrung zu bringen. Er blieb lange weg. Wir wurden schrecklich ungeduldig. Schließlich kehrte er mit bleichem Gesicht zurück. Alle Lust an der Neugier und dem Erzählen von Geheimnissen war von ihm gewichen. Er ließ sich kraftlos auf seinen Butlerstuhl fallen und sah uns mutlos an.

«Es ist schrecklich», murmelte er schließlich und schüttelte den Kopf, «einfach nur schrecklich.»

Dann schilderte er in wenigen Worten, was geschehen war: Als der allseits unbeliebte Thomas Sandford wie immer zu spät den Dining Room betrat, war irgend jemandem plötzlich aufgefallen, daß William St. Simon noch nicht aufgestanden war. Das kam allen sehr ungewöhnlich vor, denn William St. Simon galt als Frühaufsteher.

Lady Eugenia schickte Charles los, um ihren Schwager fragen zu lassen, ob er etwas wünsche, womöglich krank sei oder sonstwie verhindert. Charles verließ den Dining Room, durchquerte die Hall, stieg die Treppe hinauf in den ersten Stock und klopfte an die Tür des Priesters. William St. Simon antwortete nicht. Charles wagte es nicht, die Tür zu öffnen. Er ging wieder nach unten und erstattete Bericht.

Nun waren alle beunruhigt, aber keiner wollte es sich anmerken lassen. Lady Eugenia entschied, daß Charles gemeinsam mit Inspektor Gray noch einmal nachsehen sollte. Die beiden Männer verließen den Raum, gefolgt von neugierigen Blicken.

Die Zimmertür von William St. Simon war nicht verschlossen. Inspektor Gray trat als erster ein. Charles folgte. Der Bruder des Lords lag in seinem Bett. Zuerst hätte man glauben können, daß er noch schlief, so friedlich sah sein Gesicht aus. Aber es war gelblich blaß und wächsern. Inspektor Gray zog die Bettdecke fort. Das Nachthemd war im Brustbereich blutgetränkt. William St. Simon war tot. Erstochen, stellte Gray fest, mit einem langen Messer.

Pistoux sah mich durchdringend an und nickte mir zu. Ich folgte ihm nach draußen in den Küchenhof.

«Versteck dich», sagte er. «Hinten bei den Ställen. Ich komme dich holen, wenn es soweit ist. Lauf!»

Ich rannte davon.

↢ 21 ↣ DER GESTOHLENE BRIEF Ich fand einen
Unterschlupf in einem Verschlag hinter den Ställen direkt am Wald. In der Bretterbude lagen alte Gerätschaften herum sowie Holz und Stroh. Sie hatte zwei Türen, das gab mir ein sicheres Gefühl. Falls jemand sich näherte, konnte ich in den Wald flüchten.

Aber was nun? Ich setzte mich auf einen Holzblock und grübelte über meine Situation nach. Ich war vom Haus abgeschnitten, wußte nicht, was dort vorging. Eine ungünstige Situation, denn ich war anscheinend der Hauptverdächtige. Pistoux würde mich schützen, so gut er konnte. Aber wieviel Macht hatte er? Eigentlich keine. Der Inspektor war mächtiger. Am besten, so entschied ich, blieb ich unsichtbar. Dann konnte mir nichts passieren. Unsichtbar bleiben und warten, bis mein Chef mich holen kam. Vielleicht würden wir bald abreisen, vielleicht würden wir die Insel wieder verlassen. Ich wäre nicht traurig darum gewesen, obwohl es mir auf Weald Manor ganz gut gefiel. Wenn die Herrschaften nicht dagewesen wären, sondern nur die Diener, hätten wir dort eine sehr angenehme Zeit zubringen können. Aber Charles hatte einmal gesagt, daß Lady Eugenia niemals nach London fuhr und daß sie immer Gäste hatte, die stets auch eine ganze Weile blieben.

Eigentlich schade, daß die Welt so eingerichtet ist, dachte ich, aber das hatte wohl was mit Ordnung zu tun. Aber durfte es nur eine Ordnung der Dinge geben? Mir fiel ein, daß Thomas Sandford gerade dies anzweifelte. Konnte es mehrere Ordnungen geben auf dieser Welt? Konnte es sein, daß die Herrschaften von heute vielleicht morgen Diener waren? Oder war es möglich, die Welt ohne eine Herrschaft zu organisieren, wie es Sandford predigte? Soweit ich gehört hatte, waren alle der Meinung, das sei unmöglich: Charles, Elly, Vicky, Parker, George, Mark wollten keine andere Ordnung. Wieso war Sandford dann dafür? Gerade er würde doch etwas verlieren.

Diese Gedanken verwirrten mich. Ich saß in meinem Verschlag und grübelte darüber und über meine eigene Situation nach. Ich fühlte mich wie ein Hund, der in seiner Hütte darauf wartet, von seinem Herrn gerufen zu werden. Gab es auch Hunde, die ohne Herrchen auskamen?

Ich fand ein paar alte Leinensäcke. Das Stroh stopfte ich in die Säcke und bereitete mir ein Nachtlager. Wahrscheinlich würde ich es brauchen. Wer weiß, wie lange ich mich verstekken mußte.

Als ich damit fertig war, räumte ich alles auf, fegte den Boden, entfernte die Spinnweben und den Staub, baute mir aus Holzblöcken und Latten einen Stuhl und einen Tisch.

Dann setzte ich mich auf meinen Stuhl und sah mir meine neue Behausung zufrieden an. Vielleicht war es das, was die

Herrschaft ausmachte: sich einzurichten und alles nach seinen eigenen Vorstellungen in Ordnung zu bringen.

Meine wirren Gedanken machten mich müde. Inzwischen war es Nachmittag geworden. Niemand kam, um mich zu holen. Keiner brachte mir etwas zu essen. Also kroch ich auf mein neues Bett, legte mein Messeretui griffbereit neben mich und errichtete mit einigen Säcken eine Barriere, damit mich niemand sehen konnte, der zufällig hereinblickte.

Am Abend erwachte ich mit einem Heißhunger. Aber niemand hatte an mich gedacht, mir Essen gebracht, etwas zu trinken, eine Decke. Ich war vergessen worden. Wie konnten sie dort in der Küche überhaupt ohne mich auskommen? Ein erschreckender Gedanke: Wenn sie es konnten, dann brauchten sie mich nicht. Und wenn sie mich nicht brauchten, dann würden sie mich vergessen, ganz so, als sei ich niemals dagewesen. Ich war sehr niedergeschlagen. Der Schlaf hatte nichts genützt, ich grübelte immer noch nach.

Gelegentlich hörte ich die Pferde wiehern. Die Sonne ging unter. Die Fledermäuse flatterten unter den Dächern der Ställe hervor.

Endlich hatte ich eine Entscheidung getroffen.

Ich würde mir mein Essen selbst holen.

Als es ganz dunkel geworden war und die Sichel des Mondes hinter den heranziehenden Wolken verschwand, gab eine Eule im Wald das Kommando.

Um den größtmöglichen Überblick zu behalten, näherte ich mich dem Haus über die Obstwiese und lief dann durch den herrschaftlichen Garten, weil mir der Weg außen an der Mauer entlang zu unsicher erschien. Dort hatte ich keine Möglichkeit zur Flucht, wenn mir plötzlich jemand in den Weg trat. Im Garten konnte ich in jede beliebige Richtung fortlaufen, es gab genug Hecken, Bäume, Sträucher und hochgewachsene Pflanzen, um sich zu verstecken.

Ich kam am Wasserbecken vorbei, in das der Lord gefallen war, und bekam eine Gänsehaut. Ich durchquerte den Rosengarten und schob die Tür zum Küchenhof auf.

Jetzt wurde es heikel. Hier konnte man mich am ehesten in die Enge treiben. Wartete schon jemand auf mich?

Niemand bemerkte mich, als ich die Hauswand des Vorratsschuppens entlangschlich. Ich stand vor der Tür zur Speisekammer und zögerte.

Wollte ich wirklich dort hinein? Mein Magen knurrte, mein Hals war trocken, aber da drinnen im Kühlschrank lagen vielleicht immer noch die Fleischstücke, die einmal eine Frau gewesen waren. Beim Gedanken an das rohe Menschenfleisch drehte sich mir der Magen um. Beinahe hätte ich mich übergeben, aber ich hatte ja gar nichts im Bauch, was ich hätte ausspucken können.

Ich drehte mich um und lief quer über den Hof zum Kücheneingang. Vielleicht war dort ja gerade niemand, und ich könnte mir ein Brot stibitzen oder ein Stück Käse und eine angebrochene Flasche Wein. Ich schlich durch die Tür ins Gebäude und dann die wenigen Steinstufen zur Küchentür hinauf. Sie war einen Spaltbreit geöffnet.

Zu schade! Da war jemand. Ich war enttäuscht, weil ich meinen Plan nicht durchführen konnte. Aber gleichzeitig freute es mich, die Stimme von Pistoux zu hören. Er unterhielt sich mit Charles.

«Ich weiß nicht, wo der Junge ist», sagte er, «aber ich glaube nicht, daß seine Flucht bedeutet, daß er der Schuldige ist.»

«Brauchen Sie noch mehr Beweise, Mr. Pistoux?»

«Er hat Angst vor dem Inspektor, das ist doch nur zu verständlich. Uns allen geht es doch nicht besser.»

«Wer ein reines Gewissen hat, muß keine Angst haben.»

«Nennen Sie mir einen Menschen, auf den dies wirklich zutrifft.»

«Wollen Sie etwa meine Ehrlichkeit anzweifeln?»

«Aber nein, Charles, es war eine allgemeine Frage.»

«Allgemeine Fragen und Antworten helfen niemandem weiter. Wir brauchen konkrete Beweise, klare Fakten, eindeutige Ergebnisse.»

«Der Meinung bin ich auch. Aber all das haben wir nicht.»

«Ihr Junge ist ein gestörtes Kind. Er trägt immer diese Messer bei sich, er spricht nie mit jemandem, er hat diesen seltsamen unruhigen Blick. Meine Frau hat Angst, sich ihm zu nähern. Was ist nur mit ihm los?»

«Er hat es nicht leicht gehabt in seinem kurzen Leben.»

«Sie hätten ihm die Messer wegnehmen sollen, Pistoux.»

«Das ist unmöglich.»

«Sehen Sie, Sie wollen sagen, zu gefährlich.»

«Auch.»

«Dann geben Sie zu, daß der Junge gefährlich ist.»

«Nein, er ist nur etwas eigensinnig.»

Charles lachte: «Sie sind ein Spaßvogel. Es tut mir leid, dies sagen zu müssen, aber wenn ich ihn zu fassen kriege, werde ich ihn einsperren und anschließend dem Inspektor übergeben.»

«Wenn der Inspektor der Meinung wäre, Claude hätte die Morde begangen, wäre er nicht nach Staplehurst gefahren.»

«Glauben Sie ernsthaft, Dilke könnte etwas mit den Todesfällen zu tun haben?»

«Es liegt im Bereich des Möglichen.»

«Aber warum?»

«Vielleicht aus Rache.»

«Aus Rache tötet er den Lord und seinen Bruder? Das könnte ja noch angehen. Aber was hat der Tod von Francis Ruskin damit zu tun? Und dann wäre da noch diese grauenhafte Geschichte mit der schwarzen Frau.»

«Die Leiche wurde in den Kühlschrank gelegt, um den Verdacht auf mich zu lenken. Davon bin ich fest überzeugt.»

«Und Ruskin? Wie paßt sein Tod in Ihr Schema?»

«Ich weiß es nicht. Vielleicht war es ja doch ein Unfall.»

«Meiner Meinung nach steckt dieser Sandford mit seinen verbrecherischen Ideen hinter alldem. Er hat Ruskin aus Eifersucht getötet. Den Lord und seinen Bruder aus verblendetem Haß.»

«So verblendet ist er doch gar nicht. Immerhin hegt er Sympathien für Miss Edwina.»

«Die sie ganz und gar nicht erwidert. Seine Annäherungsversuche werden von ihr mit bewundernswerter Gelassenheit übersehen.»

«Wie erklären Sie sich die Sache mit dem Geist?»

«Das ist doch grober Unsinn.»

«Sie glauben nicht an die Frau in Weiß?»

«Nein. Das ist das Ergebnis einer überspannten Phantasie.»

«Aber auch der Inspektor hat sie gesehen.»

«Eine Illusion.»

«Sehr unkonkret, was Sie da sagen, Charles.»

«Ich gebe zu, daß ich nicht alles erklären kann.»

«Können Sie die Sache mit dem Brief erklären?»

«Der Brief, Sie wissen davon?»

«Es hat sich schon herumgesprochen.»

«Seltsam. Nun gut, Sie haben recht, es wurde etwas gefunden, aber kein Brief, sondern nur ein Briefumschlag.»

«Ohne Inhalt?»

«Ganz recht. Im Zimmer des toten William St. Simon fanden wir einen Briefumschlag. Er lag unter dem Bett des Ermordeten und war an William adressiert, eindeutig in der Handschrift seines Bruders, des verstorbenen Lords. Der dazugehörige Brief aber fehlte. Wir haben das ganze Zimmer akribisch durchsucht und nichts gefunden.»

«Hat der Lord aus dem Jenseits einen Brief geschickt?»

«Unsinn, Pistoux, das ist unmöglich.»

«Es war nur ein Scherz.»

«In der Tat.» Ein Stuhl wurde gerückt. «Ich werde Sie jetzt verlassen. Muß noch mal kurz frische Luft schnappen. Nach alldem, was passiert ist, ist mir gar nicht wohl.»

Der Butler stand auf und lief nun mit langsamen Schritten durch die Küche auf die Tür zu, neben der ich stand.

Ich rannte die Treppen hinunter, auf den Hof hinaus, wandte mich nach rechts und stolperte beinahe über einen Korb, der dort stand und den ich vorher gar nicht bemerkt hatte. Ein Korb mit Lebensmitteln! Für mich bereitgestellt. Als hätte jemand erwartet, daß ich noch vorbeikommen würde. Rasch griff ich nach dem wunderbaren Geschenk und rannte davon. Noch bevor Charles im Küchenhof erschien, war ich im Garten verschwunden.

Erwartungsvoll und glücklich, weil jemand an mich gedacht hatte und ich nun etwas zu essen hatte, eilte ich durch den Garten und über die Obstwiese zu den Ställen zurück.

Als ich an den Ställen vorbeilief, mußte ich mich plötzlich ducken und hinter einem Strauch Schutz suchen. Jemand trat mit einem Pferd aus dem Stall. Die Mondsichel war wieder zwischen den Bäumen erschienen und sandte ein blasses Licht zur Erde. Ich war nahe genug, um den Mann in der Dunkelheit erkennen zu können.

Es war Thomas Sandford. Er stieg auf das Pferd und ritt davon.

Als er hinter dem Stall verschwunden war, rannte ich weiter bis zu meinem Verschlag am Waldrand. Im Korb fand ich eine Kerze und Zündhölzer. Ich machte Licht und untersuchte mein unerwartetes Geschenk: eine Fleischpastete, Käse, Obst, Brot, Tomaten, Wurst, Speck, Räucherfisch, Sandwiches, Wein, Wasser. Für die nächsten paar Tage war ich gut versorgt.

Ich speiste fürstlich zu Abend und legte mich mit vollem Bauch ins Stroh.

~ **22** ~ *SCHWARZ UND WEISS*   Im Morgengrauen wachte ich auf. Ich hörte Pferdegetrappel. Ich erhob mich von meinem Strohlager, spähte aus dem Fenster und sah, wie sich eine Kutsche den Ställen näherte. Inspektor Gray war zurück. Ich zitterte in der kalten Morgenluft.

Wie ich später erfuhr, hatte er den ganzen Tag in der weiteren Umgebung nach Canon Dilke gesucht. Der ehemalige Koch von Weald Manor hatte in Staplehurst ein Zimmer genommen. Sooft er konnte, saß er im Pub und trank. Sein Stolz hatte ihm einen bösen Streich gespielt. Er hatte seine Arbeit weggeworfen und litt nun unter dem Verlust. Aber er wollte nicht zurück, das rief er nach jedem geleerten Pint aus: «Ich werde niemals zurückkriechen!» In kurzer Zeit war aus dem stattlichen Koch ein schäbiger Trinker geworden. Die Leute im Ort mieden ihn, weil er stets laut fluchte.

Als er hörte, daß der Inspektor ihn suchte, lief er davon. Er stahl ein Pferd und flüchtete. Obwohl der Wirt dem Inspektor versicherte, Dilke würde spätestens bei Einbruch der Dunkelheit wieder in seinem Pub sitzen, machte sich Gray mit ein paar Freiwilligen auf die Suche nach dem Entflohenen. Gelegentlich scheuchten sie den Dicken auf und sahen ihn in der Ferne hinter einer Hecke, in einem Wäldchen verschwinden, über eine Lichtung hasten oder durch einen Hopfengarten hetzen. Sie machten ihn mürbe.

Der Wirt behielt recht. Noch bevor die Sonne ganz am Horizont verschwunden war, rutsche Canon Dilke staubbedeckt, verschwitzt und verzweifelt von seinem gestohlenen Pferd und betrat mit hängendem Kopf das Pub. Alle sahen auf, als er eintrat, aber niemand sagte etwas. Die meisten Männer hier hatte er schon einmal angepöbelt oder aber mitten in der Nacht grölend die Frauen der anderen geweckt. Die Bewohner von Staplehurst waren nicht gut auf ihren durstigen Gast zu sprechen.

Alle hielten sein Verhalten für maßlos übertrieben. Er hatte ja nur seine Stellung verloren, das war doch halb so schlimm.

Inspektor Gray glaubte, es sei sein Verdienst, daß der Gesuchte reumütig zurückgekehrt war. Er war ein Menschenjäger, und jeder Jäger gibt nicht gerne zu, daß das Wild oft genug ganz zufällig in die Schußlinie gerät.

Als Dilke ins «The Salt & Vinegar» taumelte, durchquerte er es, ohne von den Anwesenden Notiz zu nehmen, und stemmte schnaufend seine dicken Arme auf die Theke. Der Wirt nickte ihm zu und deutete in eine Ecke neben dem Tresen. Dort befand sich die Einzeltrinkerzelle.

Der Wirt war ein Ire, der eine Engländerin geheiratet und eine merkwürdige Sitte aus seiner Heimat mitgebracht hatte. In den irischen Pubs gab es neben dem Tresen kleine, aus Holz gezimmerte Kabinen, die wie Beichtstühle anmuteten: die Einzeltrinkerzellen. Dort hinein ging ein Mann, wenn er mit sich, seinem Elend und dem Alkohol ganz allein sein wollte. Es gab eine Klappe, durch die hindurch das Bier gereicht wurde, und eine gepolsterte Bank. Die hiesigen Engländer hielten nicht viel von dieser irischen Sitte, die Trinkerzelle blieb so gut wie immer leer.

Der Wirt des «The Salt & Vinegar» hatte sich angewöhnt, Dilke in diese Zelle zu schieben, wenn er sich allzu heftig betrank. An diesem Abend genügte schon ein kurzes Nicken, und der Koch kroch in die Zelle. Als der Inspektor das Pub betrat, hatte der Gesuchte sich bereits selbst eingesperrt.

Gray stellte sich hinter den Tresen vor die Luke, durch die das Bier gereicht wurde, und zog den kleinen Vorhang beiseite. Dilke saß auf der Bank, ein halbleeres Bierglas in der Hand, und stierte vor sich hin.

Der Inspektor schoß seine Fragen auf ihn ab. Dilke schwieg zunächst. Schließlich begann er zu lallen. Er leugnete, er jammerte, er weinte. Aber es führte zu nichts.

Nach einer Stunde gab Gray es auf. Der Wirt, der das Verhör mit angehört hatte, trat auf den Inspektor zu und fragte ihn, was es mit der Geschichte von der schwarzen Nonne auf sich habe. Gray erklärte ihm den Fall.

«Eine Frau mit dunkler Hautfarbe?» fragte er. «Und Sie wissen nicht, wo sie herkam?»

Der Inspektor nickte.

«Es könnte eine Irin sein.»

Der Inspektor blickte ihn finster an: «Wagen Sie es nicht, sich über mich lustig zu machen!»

«Nichts liegt mir ferner, Sir. Ich scherze nicht. Es gibt Iren mit dunkler Hautfarbe, ich weiß, wovon ich rede.»

«Sie haben zuviel getrunken.»

«Die Schlacht von Trafalgar», sagte der irische Wirt.

«Ja, und?»

«Die spanische Armada wurden besiegt.»

«Ist mir bekannt, mein Bester.»

«Es wurden nicht nur Schiffe versenkt, sondern auch Gefangene gemacht.»

«Fassen Sie sich kurz!»

«Einige der spanischen Soldaten hatten eine sehr dunkle Hautfarbe. Nachfahren der Mauren, die einst das Land erobert hatten.»

«Ist mir bekannt.»

«Entschuldigung. Aber einige dieser maurischen Spanier mit der dunklen Hautfarbe sind als Kriegsgefangene in Irland gelandet. Dort haben sie Familien gegründet.»

Inspektor Gray sah den Wirt erstaunt an: «Eine schwarze Irin.»

«Richtig. Das wäre absolut möglich.»

«Aber warum trug sie eine katholische Nonnentracht?»

«Das kann ich Ihnen nicht sagen.» Der Wirt deutete auf die Zelle, in der Canon Dilke saß: «Fragen Sie ihn.»

«Er sagte nichts.»

«Vielleicht weiß er nichts.»

«Er benimmt sich sehr eigenartig, finden Sie nicht?»

«Wenn er ein Ire wäre, würde ich sagen ...»

«Er ist kein Ire.»

«Nein.»

«Ich werde ihn verhaften lassen. Geben Sie ihm noch ein Bier, es wird vorläufig sein letztes sein.»

So ähnlich wird es wohl gewesen sein, als Canon Dilke, der ehemalige Koch von Weald Manor, verhaftet wurde. Er wurde von der einen Zelle in eine andere gebracht. Er wehrte sich nicht, dazu war er schon zu betrunken.

Nachdem Inspektor Gray im «The Salt & Vinegar» zu Abend gegessen hatte, machte er ein Nickerchen und entschloß sich dann, zu später Stunde doch noch den Rückweg nach Weald Manor anzutreten.

Ich wußte nichts von der Verhaftung, und selbst wenn ich es gewußt hätte, wäre ich davon ausgegangen, daß er vor allem wegen mir zurückgekommen war.

Ich blieb also in meinem Versteck. Gegen Mittag, als sich herausstellte, daß es ein wunderbarer Spätsommertag war, steckte ich mir einige Sandwiches und Obst ein, um durch die Umgebung zu wandern. Ich war vorsichtig und versteckte mich immer, wenn mir jemand auf den Feldwegen entgegenkam.

Es war ein schöner Ausflug. Wie lange war es her gewesen, daß ich einmal so frei durch die Welt spaziert war! Ich sah den Bauern bei der Ernte zu, staunte über die seltsamen kegelförmigen Darren, in denen sie den Hopfen trockneten, betrachtete Meiler, in denen früher einmal Holzkohle gebrannt worden war. Ich beobachtete Vögel und Eichhörnchen und lief durch lichte Wälder und über saftige Wiesen. Gern hätte ich in dem Fluß gebadet, den ich irgendwann erreichte, aber ich traute mich nicht. Es hätte ja jemand vorbeikommen können.

Hinter einer großen Eiche versteckt, aß ich meine Brote auf. Dann döste ich ein und machte mich am frühen Abend auf den Rückweg. Zwischendurch hatte ich beinahe schon vergessen, was alles in den letzten Tagen vorgefallen war, und grübelte nicht mehr darüber nach, was wohl gerade auf Weald Manor geschah.

Als ich wieder in meinem Verschlag angekommen war, brach der Abend an, und ich wurde wieder von einem Gefühl tiefer Traurigkeit erfaßt. Was sollte bloß mit mir geschehen? Ich war bereits auf der Flucht. Noch hatte ich Freunde, die zu mir hielten, mir zu essen gaben, mich versteckten. Aber was würde passieren, wenn sie Dinge über mich erfuhren, die ihnen fremdartig und verwerflich vorkämen? Was wäre, wenn ich Pistoux verlieren würde? Wie sollte ich allein in diesem fremden Land überleben? Es wurde dunkel, es wurde Nacht, und meine Traurigkeit wuchs. Auch der Wein, den ich in meinem Korb gefunden hatte und nun in großen verzweifelten Schlucken trank, konnte mir nicht darüber hinweghelfen. Im Gegenteil, er verstärkte nur das Elend.

Aber dann flammte diese verrückte Sehnsucht in mir auf. Wie ein Peitschenhieb durchzuckte mich dieses eigenartige Gefühl. Ich war wehrlos dagegen. Wie von einer unsichtbaren Kraft getrieben, stand ich plötzlich auf, griff nach dem Messergurt, kramte in meinen Hosentaschen nach dem Dietrich, den ich mir unterwegs angefertigt hatte, und verließ meine kleine Hütte. Ich lief durch den Rosengarten und sog den Duft der Blüten ein.

Es war schon so spät, daß niemand mehr in der Küche arbeitete. Alle waren längst schlafen gegangen, in den Fenstern der Zimmer der Dienerschaft und der Butlerwohnung sah ich kein Licht mehr. Ich überquerte den Küchenhof. Ich zog die

Tür des Vorratstrakts auf, stieg die Treppe hinauf und lief auf nackten Fußsohlen den engen Korridor entlang zu dem Zimmer, in dem die schwarze Nonne gelegen hatte.

Ich holte meinen Dietrich hervor und schloß die Tür auf. Im Zimmer zündete ich eine Kerze an, die auf dem Nachtschränkchen stand. Dann ging ich zur Durchgangstür und öffnete sie ebenfalls. Das Nebenzimmer war immer noch in dem gleichen Zustand wie vorher. Niemand hatte sich dazu berufen gefühlt, hier Ordnung zu machen oder die ganzen Frauenkleider, die der Lord gesammelt hatte, fortzubringen.

Das weiße Kleid gefiel mir. Ich nahm es in die Hand und fühlte den weichen, feinen Stoff. Leider war er an einer Stelle zerrissen. Das Kleid war im Rosengarten an den Dornen hängengeblieben, und ein Fetzen des Stoffes abgerissen worden. Der Stoffetzen befand sich jetzt im Besitz des Inspektors und diente ihm als Beweis für etwas, von dem er überhaupt keine Ahnung hatte. Leider war es mir mit meiner Maskerade nicht gelungen, ihn in Verwirrung zu stürzen.

Es wäre mir lieber gewesen, wenn die Frau in Weiß ein Traumgespinst geblieben wäre. Für die anderen und auch für mich. Aber durch den Stoffetzen war der Geist real geworden.

Ich zündete die Kerzen auf dem Leuchter an, der auf dem kleinen Schminktisch mit dem großen Spiegel stand. In dem flackernden Licht sah ich mit meinen roten Wangen und den großen, fiebrigen Augen beinahe selbst schon wie ein Geist aus.

Ich legte meinen Messergürtel ab, warf Jacke, Hemd und Hose zu Boden und zog das Kleid über den Kopf. Dann betrachtete ich mich im Spiegel. Ich hatte noch nie so schön darin ausgesehen wie heute. Bestimmt lag es am Alkohol, aber ich spürte, als ich mich so betrachtete, ein Gefühl von Triumph.

Das brachte mich auf eine neue Idee. Ich setzte mich vor

den Schminktisch und probierte Puder, Rouge und Wimperntusche aus. Immer wieder wusch ich alles mit dem Wasser aus der Waschschüssel ab und begann von neuem. Nach einer Weile war ich mit dem Ergebnis zufrieden. Es hatte eine halbe Ewigkeit gedauert. Ich beugte mich nach vorn zum Spiegel, um mich genauer zu betrachten. Da erst bemerkte ich den Schatten hinter mir. Ich schrie auf und drehte mich um.

Wenn es irgend jemand gewesen wäre, Charles, Vicky oder der Stallknecht, meinetwegen auch Inspektor Gray, ich hätte es vielleicht verkraftet. Aber Pistoux?

«Claude, was machst du da?» rief er aus. «Ich habe ein Licht flackern gesehen, von meinem Fenster aus, und bin herübergekommen, denn dieses Zimmer ... Ich habe es geahnt, aber nicht glauben wollen.» Er stockte und starrte mich verwirrt an.

Alle Gedanken und Gefühle, die ein Mensch in einer solchen Situation nur haben kann, stürzten durch meinen Kopf wie Häuser, die von einem Erdbeben umgestürzt werden. Ich hielt es nicht aus. Ich duckte mich zur Seite, faßte nach Hose, Hemd, Gürtel und Jacke und stürzte an meinem Chef vorbei ins Nebenzimmer und von dort in den Korridor.

Er rief etwas hinter mir her.

Ich polterte die Treppe hinunter, hastete über den Hof, sprang in den Garten und verschwand zwischen den Hecken.

Ich glaube, er hatte gar nicht versucht, mich aufzuhalten. Er hätte es niemals geschafft. Ich lief so schnell wie noch nie. Ich wollte ihn nie mehr wiedersehen.

꙳ **23** ꙳ *AUF DER FLUCHT* Zwei Tage war ich unterwegs, durch Wälder, Wiesen und Felder. Manchmal mußte ich durch einen Bach oder Fluß waten. Ich hielt mich von den Menschen fern, lief über kleine Feldwege. Wenn mir jemand entgegenkam, versteckte ich mich im Gestrüpp oder hinter Bäumen. Ich weiß nicht mehr genau, ob ich besonders viel nachdachte. Ich war ja vor allem damit beschäftigt, nicht entdeckt zu werden. Vor lauter Panik hatte ich vergessen, meinen Korb mit Verpflegung aus dem Verschlag zu holen. Ich war gar nicht mehr dorthin zurückgegangen, weil ich Angst hatte, Pistoux würde mich dort erwischen. Glücklicherweise hatte ich die Geistesgegenwart besessen, Hemd, Jacke, Hose und Gürtel an mich zu reißen, als ich vor ihm davonlief. Als ich mich sicher fühlte, zog ich mich um. Das weiße Kleid vergrub ich.

Es war noch Nacht, als meine Flucht begann. Irgendwann kam ich zur Straße und wandte mich, ohne viel nachzudenken, nach Osten. Ich lief bis zum Sonnenaufgang, dann fand ich eine verlassene Scheune, wo ich mich ins Stroh legen konnte, um zu schlafen. Ich war vollkommen erschöpft. Als ich wieder erwachte, war es bereits Mittag. Die Sonne strahlte vom blauen Himmel, ein sanfter Windhauch strich über die Wiesen und durch die Blätter der Pappeln und Ulmen.

Dieser friedliche Spätsommertag versetzte mich in eine träumerische Stimmung. Ich dachte an das Haus meines Vaters dort unten im Süden, weit weg von hier «auf dem Kontinent». Dort war es im Sommer viel trockener als hier. In den Nächten zirpten die Grillen im Unterholz der Berghänge, quakten die Frösche unten in der Schlucht. Es war viel wärmer als hier, und die Berge waren unendlich höher.

Unser Haus dort lag an einem Berghang direkt an einer Wegkreuzung. Ab und zu machten Reisende dort Station, dann verdienten meine Eltern Geld, mit dem sie auf dem

Markt im nahen Dorf einkaufen konnten, was der Garten nicht hergab. Wenn Gäste kamen, verschwand mein Vater in der Küche, und meine Mutter zog sich etwas Hübsches an, um ihnen zu gefallen. Ich wäre auch gern in der Gaststube dabeigewesen, aber sie hatten es mir verboten. Ich mußte in der Küche arbeiten und durfte nicht hinaus. Das waren jene Tage, an denen ich Angst bekam, denn mein Vater war sehr aufbrausend und neigte dazu, mich grundlos zu schlagen.

Meine Mutter war keine Französin, sie kam aus England. Oft, wenn wir allein waren, sprach sie in ihrer Muttersprache mit mir. So lernte ich Englisch. Mein Vater behauptete immer wieder, ihre ausländische Herkunft sei an ihrer Veranlagung schuld. Ich habe damals nicht verstanden, was er mit «Veranlagung» meinte. Aber ich wußte, daß es etwas mit dem zu tun hatte, was sie mit den Gästen machte.

Ich liebte meinen Vater sehr, auch wenn er nur selten mit mir sprach. Oft saß er einfach nur auf der Veranda und sah zu, wie die Sonne sich über den Himmel bewegte und irgendwann hinter den Berggipfeln verschwand.

Meine Mutter bestellte den Garten. Es machte ihr Spaß, und sie lachte oft, wenn sie uns fröhliche Worte zurief. Nur manchmal verdüsterte sich ihr Gesicht. Vielleicht lag es daran, daß mein Vater nur selten antwortete. Er schwieg meistens. Er hatte große, breite Hände. Wenn er etwas von meiner Mutter wollte, faßte er sie an den Schultern, und dann wußte sie, was er meinte.

Manchmal gingen sie ins Haus und blieben eine ganze Weile verschwunden. Meine Mutter kam dann immer erst am nächsten Tag wieder aus dem Schlafzimmer. Das passierte meistens dann, nachdem Gäste dagewesen waren. Immer wenn sie wieder gegangen waren, trank mein Vater viel Rotwein, und dann faßte er irgendwann meine Mutter an den Schultern und sagte: «Jetzt die Strafe.» Sie nickte immer nur und ging vor ihm her ins Haus. Manchmal setzte ich mich aus Neugier direkt unter das Schlafzimmerfenster. Ich hörte ein klatschendes Geräusch und wie mein Vater stöhnte und meine Mutter schrie. Sie schrie nicht laut. Ich hörte genau hin und hoffte, daß er ihr nicht allzu weh tat. Aber von Mal zu Mal wurde ihre Schreien verzweifelter.

Eines Tages verschwand sie. Von da an mußte ich mich um den Garten und um die Gäste kümmern. Das war klar, auch ohne daß mein Vater es gesagt hatte. Er stand in der Küche, schärfte die Messer und machte sich daran, das Essen zuzubereiten. Er muß es gut gemacht haben, denn manchmal hörte ich, daß Gäste nur zum Essen zu uns kamen. In der Küche, beim Kochen, sah mein Vater immer so aus, als sei mit ihm alles in Ordnung. Die Arbeit machte ihm Spaß. Aber im Gegensatz zu meiner Mutter bewirtete er die Gäste nicht gerne. Mir war es egal, ich langweilte mich nie. Wenn ich mal nichts zu tun hatte, fing ich Schmetterlinge und spießte sie auf.

Die Erinnerungen machten mich hungrig. Als ich nicht weit entfernt von der Straße einen Bauernhof entdeckte, bog ich ab und schlich am Zaun entlang hinter das Haus zum Garten. Eigentlich wollte ich im Garten etwas Gemüse stehlen, vielleicht auch Früchte oder Beeren. Aber auf einer Fensterbank entdeckte ich einen *Apfelkuchen*, der dort zum Auskühlen stand. Noch ehe ich viel nachgedacht hatte, rannte ich schon mit dem Kuchen in beiden Händen davon, über einen Feldweg und dann in ein Wäldchen hinein, wo ich mich erschöpft unter einen Baum fallen ließ. Ich aß die Hälfte des Kuchens auf, ging weiter und ärgerte mich, daß ich die andere Hälfte jetzt, wo ich doch satt war, tragen mußte und aß sie auch auf. Danach bekam ich Bauchschmerzen und suchte mir am frühen Abend eine weitere Scheune zum Übernachten. In dieser Nacht träumte ich davon, wie mein Vater mich an den Schultern faßte, als ich mit dem leeren Tablett in die Küche kam. Ich sah in sein trauriges, furchiges Gesicht mit den zusammengepreßten Lippen, spürte den eisernen Griff seiner breiten Hände und fragte ihn: «Wo ist Mama?» Und ich sah, wie er weinte und sich beschämt abwandte. Ich hörte die Gäste rufen. Auch sie riefen nach meiner Mutter.

Ich wachte auf. Mein Herz klopfte. Ich hatte Bauchschmerzen. Ich wälzte mich im Heu hin und her. Dann schlief ich wieder ein.

Am nächsten Tag erreichte ich Canterbury. Diesmal war es ein ganz anderes Gefühl, als ich das Tor der Stadtmauer durchschritt. Ich kam nicht per Kutsche, sondern zu Fuß. Die engen Gassen schienen viel länger und verwinkelter zu sein, als ich sie in Erinnerung hatte, die Häuser viel höher, und alles kam mir gleichermaßen unbekannt vor. Ich fand mich kaum zurecht. Um mich herum herrschte ein buntes Treiben, Menschen liefen durcheinander, Kutschen rollten vorbei, alle gingen ihrer Arbeit nach. Hier in diesem Gewühl würde mich so schnell niemand finden. Hier war ich sicherer als irgendwo im Wald. Nur, wer würde mir zu essen geben?

Noch ehe ich besonders viel nachdenken konnte, stand ich auf dem Rasen vor der großen Kathedrale. Dort, im Schatten der Bäume, bestaunte ich die riesige Kirche und fühlte mich klein und wertlos. Wo sollte ich hin?

Ich ging um die Kathedrale herum und gelangte auf den Markt. An zahllosen Ständen boten Bauern und Händler Obst, Gemüse, Fleisch und Geflügel an. Hier und da wurden Tücher und Decken aller Art verkauft. Es war seltsam: Das letzte Mal hatte ich mich hier beinahe wie zu Hause gefühlt, nun kam ich mir wie ein Fremder, ein Eindringling, ein Dieb vor. Einen kleinen Jungen, der ziellos über den Markt streift, sehen alle mißtrauisch an. Männer und Frauen runzelten die Stirn, wenn sie die Messer an meinem Gürtel entdeckten. Ich zog das Hemd darüber, damit man sie nicht mehr sah.

Ich hatte kein Geld. Es gab nur drei Möglichkeiten; stehlen, betteln oder zuerst einmal eine Arbeit annehmen. Aber was für eine Arbeit? Wer würde mir eine Arbeit geben, wenn er mich stumm, schmutzig und zerzaust vor sich stehen sah?

Mutlos und traurig setzte ich mich auf eine niedrige Mauer und sah mir das hektische Treiben an. Ein Abgrund trennte mich von diesen Leuten da, die ihrem Tagwerk nachgingen und nicht einmal ahnten, daß es andere Menschen gab, die dem Leben verlorengehen wie kleine Münzen, die durch ein Loch in der Tasche fallen, ohne daß es jemand bemerkt.

Ich weiß nicht, wie lange ich dort so gesessen hatte, mit knurrendem Magen und bitteren Gedanken. Aber plötzlich sah ich zwischen all den wimmelnden Menschen etwas, das in mir wieder die Hoffnung aufblitzen ließ. Plötzlich wußte ich, warum ich hierhergekommen war.

Die Frau im grünen Kleid lief von einem Obststand zum nächsten. Sie kaufte Aprikosen und Pfirsiche, auch einige Äpfel. Sie suchte sie sehr genau aus. Sie nahm nur die schönsten. Jede Frucht suchte sie einzeln und eigenhändig aus. Niemand wurde ungeduldig mit ihr, denn sie schenkte allen ein strahlendes Lächeln. Den Damen schmeichelte sie, den Herren gefiel sie.

Ihr sorgloser Blick streifte mich. Ich winkte ihr zu. Sie schien es nicht zu bemerken. Ein hohles Gefühl der Verzweiflung wuchs in mir an. Kannte sie mich nicht mehr? Ich blieb wie angewurzelt sitzen und starrte ihr mit wachsendem Schrecken nach, als sie sich von mir fortbewegte.

Da drehte sie sich wieder um und kam in meine Richtung. Noch immer sah sie mich nicht an. Sie begutachtete einige Tücher, plauderte mit den Händlern.

Plötzlich stand sie vor mir.

«Na, mein Kleiner, du siehst hungrig aus. Hier nimm einen Pfirsich. Ein Apfel wäre wohl nicht angebracht.»

Sie gab mir einen Pfirsich aus dem Korb, den sie bei sich trug.

«Ist dein Chef hier irgendwo in der Nähe?»

Ich schüttelte den Kopf und spürte, daß ich rot wurde.

«Schade, dann grüße ihn bitte von Jeanne.»

Ich sah sie ratlos an.

Sie wandte sich ab und ging. Dann drehte sie sich noch mal um und winkte mir zu. Mir schnürte es die Kehle zu, als ich sie weggehen sah. Ich fühlte, wie meine Hände naß wurden – ich hatte so fest zugedrückt, daß ich mit meinen beiden Händen den Pfirsich zerquetscht hatte. Ich ließ ihn fallen und sprang auf.

Sie verschwand in einer Gasse. Ich folgte ihr. Sie sah sich nicht um. Ich lief in einiger Entfernung hinter ihr her. Wir gingen die Stadtmauer entlang und kamen in einen wenig belebten Teil der Stadt. Sie trat in ein Haus. Ich lief zur Tür und klopfte an. Mein Herz schlug mir bis zum Hals. Die Tür ging auf, und Jeanne sah mich erstaunt an. Sie lächelte spöttisch.

«Nanu, mein Kleiner. Hat dich etwa dein Chef hierhergeschickt?»

Ich schüttelte den Kopf.

«Das hätte mich auch sehr gewundert.»

Ich sah zu Boden.

«Komm rein! Es ist nicht gut, hier so herumzustehen.»

∿ 24 ∿ SAMT UND SEIDE   Sie sprachen französisch. Frauen in wunderschönen Kleidern, jede hatte ihre eigene Farbe, ihren eigenen Stil. Jeanne war die Dame in Grün. Alle sahen aus wie auf Bildern aus der Zeit vor der Revolution, die im Restaurant meines Onkels gehangen hatten.

Es waren Kleider, die an den Körpern der Frauen herunterfielen wie Wasserfälle aus Seide und Rüschen. In den hochgesteckten Haaren trugen sie Schleifen und Stoffblumen, um den Hals hatten sie dünne Bänder geschlungen, deren lange Enden ihnen über die nackten Schultern herunterfielen, die gleichen Bänder hatten sie sich um die Handgelenke gebunden. Sie dufteten wie der schönste Rosengarten.

«Nanu, Jeanne», sagte eine Frau in Blau lachend, «willst du uns deinen Sohn vorstellen, oder hast du einen Kunden mitgebracht?»

«Unsinn, er ist mir nachgelaufen.»

«Oh, là, là, hoffentlich hat er sein Geld nicht vergessen.»

«Halt den Mund, es ist doch noch viel zu früh!»

«Das will ich wohl meinen», sagte die Frau in Gelb. «Wie alt bist du denn, mein Junge?»

Sie sahen mich erwartungsvoll an. Ich spürte, wie mein Gesicht immer heißer wurde.

«Ich glaube, er kann nicht reden», sagte Jeanne. Sie sah mich mitleidig an.

Ich saß auf einem kleinen Hocker in einem Salon, der ganz in Rot gehalten war. Roter Samt, Plüsch und glänzendes Gold, ein riesiger Kristalleuchter, der von der Decke herabhing, schwere Vorhänge, die den ganzen Tag über die Fenster verdeckten. Sessel und Sofas waren auf dicken Teppichen zu Sitzgruppen geordnet, es gab Nischen, in denen Chaiselongues standen, manche konnten mit Vorhängen abgeteilt werden. An einer Seite des Salons befand sich ein Tresen wie in einer Bar, mit zahllosen Flaschen und Gläsern vor einer verspiegelten Wand.

«Ein hübscher kleiner Kerl», sagte die Frau in Blau, «will er hier arbeiten?»

Jeanne schien das nicht zu gefallen: «Ich bitte dich, das ist ja wohl ein idiotischer Gedanke.»

«Wieso? Wie hast du denn angefangen?»

«Darum geht es nicht.»

«Ich glaube nicht, daß Madame Noire momentan daran denkt, ihre Palette zu erweitern.»

«Keine Farbe mehr übrig, nur noch Zwischentöne.»

«Das wäre wohl kein Zwischenton, sondern etwas ganz Neues.»

Ich sah von einer zur anderen und verstand nicht, was sie meinten. Ich wußte auch nicht mehr so genau, was ich hier überhaupt wollte.

Plötzlich ging eine Tür auf, und eine Frau in Schwarz trat ein. Sie war schon älter, sehr breit und streng. Sie warf einen Blick auf mich und sah dann Jeanne und die beiden anderen stirnrunzelnd an.

«Was habt ihr denn schon wieder für einen Unsinn ausgeheckt?» fragte sie mit tiefer Stimme.

«Madame Noire, es war Jeanne», sagte die Frau in Gelb.

«Was war Jeanne?»

«Der Kleine da, der gehört zu ihr», versuchte die Frau in Blau zu erklären.

«Was soll das heißen? Wieso wurde mir das verschwiegen? Wo kommt er plötzlich her? Du weißt doch, Jeanne, daß das nicht geht.»

«Sie mißverstehen die Situation, Madame», sagte Jeanne.

«Den Eindruck habe ich auch.» Madame Noire verschränkte die Arme vor der mächtigen Brust und sah mich mißbilligend an.

«Der Kleine ist mir nachgelaufen.»

Madame Noire blickte zur Decke und lachte einmal kurz und häßlich: «Ha!»

«Ich habe ihn schon mal gesehen, schon zweimal. Er war auf dem Schiff, mit dem ich aus Frankreich kam. Er arbeitet für einen französischen Koch irgendwo auf einem Landhaus.»

«Ist der Koch etwa auch hier?»

«Nein.»

«Schade, wir könnten einen gebrauchen. Aber das erklärt noch lange nicht, was der Junge hier will.»

«Er redet nicht.»

«Ist er stumm?»

«Ich weiß es nicht.»

Madame Noire trat vor mich hin und sah mich böse an. Sie hatte ein Gesicht wie aus altem Holz.

«Also dann mal raus mit der Sprache! Was willst du hier?»

Ich zuckte zusammen.

«Du willst doch was! Also rede! Oder kannst du das nicht?»

Ich sah sie an. Ich hatte Angst vor ihr. Sie roch nach einem strengen Parfüm. Sie hatte dicke Arme und runzelige Hände mit kurzen Fingern.

«Vielleicht ist der Kleine stumm», meinte die Frau in Blau.

«Bist du stumm?» polterte die Alte.

Ich starrte sie ängstlich an.

«Wenn er nicht redet, ist er stumm», stellte die Frau in Gelb fest.

«Sehr schlau bemerkt», brummte Madame Noire.

«Verstehst du, was wir sagen?» fragte die Frau in Gelb.

Ich nickte.

«Bist du weggelaufen?» wollte Jeanne wissen.

Ich zögerte. Dann nickte ich wieder.

«Willst du zurück?»

Ich schüttelte den Kopf.

«Weiß dein Chef, daß du hier bist?»

Ich schüttelte den Kopf.

«Hat dich jemand hierhergeschickt?»

Wieder Kopfschütteln.

«Wir können ihn hier nicht gebrauchen», sagte Madame Noire.

«Er hat für einen Koch gearbeitet? Kannst du kochen?» fragte die Frau in Gelb.

Ich wußte nicht, ob ich behaupten durfte, daß ich kochen konnte. Ich war ja nur der Commis.

«Vielleicht kannst du sogar backen?» fragte die Frau in Blau.

Diesmal nickte ich.

«Kuchen, Crêpes, Biskuits, Desserts?» fügte die Frau in Gelb hinzu.

Ja, das konnte ich.

«Crème bavaroise?»

«Charlotte russe?»

Tarte aux pommes, tarte aux prunes, tarte aux abricots?»

« *Iles flottantes?* » fragte Madame Moire mit gierigem Blick.

Die anderen drei sahen sie erstaunt an.

«Aber Madame», sagte Jeanne lachend. «Das ist doch viel zu süß.»

«Unsinn. Wie oft habe ich das gegessen. Und seht mich an.» Sie stemmte die Arme in die Hüften.

«Ja, das tun wir ja gerade.»

«Also», brummte Madame Noire leicht verärgert, «kann er nun Iles flottantes oder nicht?»

Ich sah sie an und nickte. Natürlich konnte ich das. War doch ein Kinderspiel.

Das Holzgesicht von Madame Noire wurde plötzlich weich. Sie lächelte. Das Lächeln war mindestens so süß wie drei Portionen Iles flottantes: «Na gut, wenn er hierbleiben will, dann soll er arbeiten. Aber zuallererst kommt er in die Badewanne. Er sieht ja aus, als hätte er in einem Kohlebergwerk gearbeitet.»

Die drei Damen in Grün, Gelb und Blau sahen sich erfreut

an. Madame Noire ging davon. Als sie an der Tür angekommen war, drehte sie sich noch einmal um und sagte: «Gebt ihm ein Zimmer und schärft ihm ein, daß er nicht im Haus herumlaufen darf, wenn Gäste da sind.»

«Ja, Madame», sangen die drei Frauen im Chor.

Jeanne führte mich eine enge, steile Treppe hinauf. Wir traten in ein Zimmer, das wie alles hier vollständig in Rot gehalten war. In der Mitte stand ein breites Bett, über dem an der Decke ein großer Spiegel befestigt war. Ich verstand nicht, warum das so sein mußte. Man zog sich schließlich nicht auf dem Bett liegend an.

An den Wänden hingen Bilder von der Art, die meine Mutter früher als «Sittengemälde» bezeichnet hatte. Auf allen waren unbekleidete Frauen zu sehen, zusammen mit unbekleideten Männern, und man sah auch das, was sonst auf Bildern immer verdeckt war. Ich mochte diese Bilder nicht. Ich hatte nichts gegen die Frauen. Es waren die nackten Männer, die mich unruhig machten.

Es gab kein Badezimmer, die Wanne stand mitten im Raum. Ich setzte mich auf den Rand des Bettes. Ein älteres Zimmermädchen, das mich nicht ansah, schleppte ein paar Eimer mit heißem Wasser heran und füllte die Wanne. Es war eine lustige Wanne. Sie hatte Füße wie ein Löwe.

Zum Schluß brachte das Mädchen Schwamm, Seife und ein Handtuch. Als sie gegangen war, sah Jeanne mich spöttisch lächelnd an.

«Raus aus den Kleidern und rein in die Wanne», sagte sie.

Ich blieb sitzen und rührte mich nicht.

Wieder lächelte Jeanne: «Du möchtest nicht, daß ich dir beim Ausziehen helfe?»

Ich schüttelte den Kopf.

«Ich soll rausgehen?»

Ich nickte.

Sie zuckte mit den Schultern: «Wir haben alle unsere Geheimnisse.»

Sie ging.

Ich schloß die Tür ab. Dann stieg ich auf das Bett und drehte das dort hängende Bild um. Auch die anderen Bilder drehte ich zur Wand. Als ich damit fertig war, zog ich mich aus und stieg ins Wasser.

Es war wunderbar. Ich hatte schon seit einer Ewigkeit nicht mehr in einer Badewanne gesessen.

Das Wasser war schon recht kalt geworden, als es an die Tür klopfte. Ich sprang aus der Wanne, trocknete mich ab und zog mich hastig an.

Jeanne kam herein. Sie sah die umgedrehten Bilder, schüttelte den Kopf, sagte aber nichts.

Sie führte mich über eine Hintertreppe in die Küche. Dort war niemand. Es gab kein Küchenpersonal. Das Essen wurde von einem Gasthaus in der Nähe gebracht.

Jeanne hatte die Früchte, die sie auf dem Markt gekauft hatte, in eine große Porzellanschale gelegt.

«Ich habe das Mädchen losgeschickt. Sie soll Eier, Milch, Zucker, Mehl und all die anderen Sachen holen, die man so braucht. Du hast ja gehört, was wir gerne essen.»

Ich nickte.

Sie lächelte verschmitzt: «Zuerst solltest du es mit Iles flottantes versuchen. Damit kannst du dich bei Madame Noire einschmeicheln. Aber mach sie nicht zu süß.»

Ich blickte mich in der Küche um.

«Alle Gerätschaften sind da», fuhr sie fort, «es gab hier mal einen Koch, aber der ist gegangen, als er etwas Anständigeres gefunden hat. Dieses Haus hier wird von allen in der Stadt gemieden, als würde es gar nicht existieren. Du darfst dich nicht an einem Fenster oder vor der Tür blicken lassen, verstanden?»

Ich nickte wieder.

«Wenn du allein bist, gehst du nur in die Küche und in dein Zimmer, und zwar über die Hintertreppe. Wenn du einen Fremden siehst, drehst du dich um und gehst weg. Aber besser, du paßt auf, daß du niemandem unter die Augen kommst. Tagsüber ist keine große Gefahr. Das Leben hier spielt sich vor allem nachts ab. Es ist besser für dich, wenn du nicht allzuviel davon mitbekommst.»

Und so wurde ich Pâtissier in einem viktorianischen Bordell. Ich hatte große Erfolge mit meinen Süßspeisen, denn das hatte ich von meinem Vater gelernt. Ich wagte mich sogar an sein Geheimrezept für ein *Nougat blanc*. Es war mein größter Triumph. Die Damen in Grün, Gelb, Blau, Rot, Orange, Violett, Weiß und sogar die Alte in Schwarz liebten mich dafür. Sie waren alle sehr nett zu mir.

~ 25 ~ ÉINE EINFACHE LÖSUNG   Was geschah auf Weald Manor während meiner Abwesenheit? Pistoux erzählte mir später, wie sich der Inspektor verabschiedete. Es war eine erstaunliche Geste, wenn man bedenkt, daß ein Mann vom Stand und Ruf eines Octavius Gray sich bei einem Angehörigen der Dienerschaft entschuldigte.

Das Frühstück war gerade beendet worden, da ging die Tür zur Küche auf, und der Butler trat ein, auf einem Tablett zahllose leere Teller und Tassen balancierend, die von Lady Eugenia, John und Emily Hartley, Edwina und Cressida Merton, Dr. Putney sowie dem noch immer schmarotzenden Thomas Sandford mit großem Appetit leer gegessen worden waren. Die Nähe des Todes macht hungrig, das war schon immer so gewesen.

Am Tag zuvor waren die sterblichen Überreste von William St. Simon auf dem Familienfriedhof beigesetzt worden. Die sterblichen Überreste der schwarzen Nonne wurden in einem Sarg nach Royal Tunbridge Wells gebracht und fanden neben dem verstorbenen Francis Ruskin ihre letzte Ruhestätte.

Charles, der Butler, hatte bereits die Nachricht durchgegeben, daß Inspektor Gray seine Arbeit auf Weald Manor als beendet ansah. Alle waren erleichtert, auch wenn keiner verstand, wieso nun plötzlich alles vorbei sein sollte. Nur Pistoux war unzufrieden. Der Fall war seiner Meinung nach so komplex – falls es sich überhaupt um einen und nicht mehrere kombinierte Fälle handelte –, daß es unmöglich war, die Zusammenhänge in so kurzer Zeit aufzuklären. Er hatte dies Gray gegenüber in einigen Gesprächen angedeutet, aber der Inspektor hatte nur höhnisch gelächelt.

Dennoch fühlte er sich zu einer versöhnlichen Geste verpflichtet. Er trat hinter Charles in die Küche, bereits für die Reise ausstaffiert, den Spazierstock in der Hand, den Zylinder auf dem Kopf und ein höfliches Lächeln auf den Lippen.

«Mr. Pistoux.»

«Monsieur?»

«Auf ein Wort …» Mit einer knappen Handbewegung lud der Inspektor den Koch ein, ihm in den Dienstbotengang zu folgen.

Pistoux zog seine Schürze aus, legte die Kochmütze beiseite und warf sich das Jackett über.

Sie gingen gemessenen Schrittes den Korridor entlang, an der Wohnung des Butlers vorbei bis vor die Tür des Dining Rooms und zurück, hin und zurück.

«Wie Sie sehen, steht meine Abreise bevor», sagte Octavius Gray.

«Ich habe schon gehört, daß Sie den Fall als abgeschlossen betrachten.»

«In der Tat. Und ebendeshalb wollte ich noch kurz mit Ihnen sprechen.»

«Ich bin erstaunt …»

«Sicher, sicher. Sie sind auch kein Kriminalist, aber lassen Sie mich mit einer Entschuldigung beginnen, auch wenn Ihnen das ungewöhnlich vorkommt. Sie sind ja nur Koch, Franzose noch dazu, aber, wenn Sie mir die Bemerkung erlauben, ein Mann von Charakter.»

«Danke, aber ich möchte Sie trotzdem …»

«Nein, nein, Pistoux, keine falsche Bescheidenheit.» Der Inspektor fuchtelte mit seinem Spazierstock herum. «Ich bin ein Menschenkenner und komme überdies mit Angehörigen der verschiedensten Schichten zusammen, halte mich also für durchaus kompetent, auch einen fremdländischen Koch in seiner Persönlichkeit zu beurteilen.»

«Entschuldigen Sie, Monsieur, aber …»

«Lassen Sie mich in aller Kürze die tragischen Verknüpfungen erläutern.»

Gray hob seinen Stock zum Signal, daß er nun etwas Wichtiges zu sagen hätte. «Ich darf Ihnen mitteilen, daß ich Sie von aller Mitschuld am tragischen Ableben von Lord Anthony freispreche.»

Pistoux war verblüfft.

«Ebenso von den Verdächtigungen in den anderen Unglücksfällen, die sich hier ereignet haben.»

«Unglücksfälle? Aber was ist denn nun wirklich passiert? Und die schwarze Nonne …?»

«Wir werden wahrscheinlich nie erfahren, wer sie war und woher sie kam.»

«Und das nennen Sie …»

Octavius Gray hob Arm und Stock: «Nur ruhig, ich verstehe ja, daß Sie als Franzose ein etwas hitzigeres Gemüt haben.»

Pistoux schwieg.

«Diese Frau stammt zweifellos aus dem irischen Arbeitermilieu. Jedenfalls ist uns nicht bekannt, daß irgendeine der wenigen katholischen Vereinigungen, die wir seit kurzer Zeit wieder dulden, eine Nonne vermissen würde. Falls ihre Angehörigen sie suchen sollten, können sie bei Scotland Yard Auskunft über ihr Schicksal bekommen. Nun aber zu unserem Fall: Wie ist die Leiche in den Kühlschrank gekommen? Ich gebe zu, Pistoux, daß ich zuallererst an Sie dachte. Das war schließlich naheliegend. Aber nach unserem Gespräch kam es mir eher abwegig vor.»

«Danke», sagte Pistoux trocken.

«Aber ich bitte Sie.» Gray fuchtelte wieder mit dem Stock herum. «Mein zweiter Verdacht richtete sich auf Ihren merkwürdigen Küchenjungen. Dieser stumme kleine Kerl war mir von Anfang an etwas unheimlich, das gebe ich zu. Gibt keinen Laut von sich, trägt immer diese scharfen Messer im Gürtel ... eigenartig. Immerhin wäre es für ihn ein leichtes gewesen, die Leiche zu zerstückeln.»

«Warum sollte er so etwas tun?»

«Unterbrechen Sie mich nicht, ich referiere. Es ist ja nun erwiesen, daß der ehemalige Koch Canon Dilke der Täter war.»

«Tatsächlich?»

«Ja, wirklich. Er hat die Tat genauestens beschrieben. Ich erspare Ihnen die häßlichen Einzelheiten.»

«Er hat die Leiche der schwarzen Nonne zerstückelt und hierhergebracht, um sie in den Kühlschrank zu legen?»

«Ganz recht. Aus Rache. Ist doch leicht zu verstehen, oder nicht?»

«Nein.»

«In diesem Fall schon. Sehen Sie, Dilke ist ein gebrochener Mann. Sie haben ihn aus seiner Stellung gedrängt – ich sage das ohne Vorwurf, es ist nicht Ihre Schuld, schon eher die des Lords. Er wollte sich rächen. Ganz einfach.»

«Er hat die Frau ermordet?»

«Davon bin ich überzeugt. Genau das aber will er nicht zugeben. Er behauptet steif und fest, die tote Frau im Wald gefunden zu haben, halb verscharrt und was er sich sonst noch so ausmalt. Ich halte das für eine Lüge.»

«Wieso?»

«Weil er geisteskrank ist. Er hat auch Lord Anthony auf dem Gewissen. Falls man in so einem Fall überhaupt von Gewissen sprechen kann.»

«Einen Moment noch. Wie soll Dilke denn die Frau sonst ausfindig gemacht haben?»

«Zufall. Sie ist ihm über den Weg gelaufen, als er sich hier in der Nähe herumgetrieben hat. Da kam ihm in einem Anfall von geistiger Verwirrung, die nebenbei bemerkt bis heute anhält, der Einfall, sie umzubringen und Ihnen den Mord anzulasten. Dann würden Sie auch als Mörder von Lord Anthony in Frage kommen. Als Ausländer wären Sie in einer schlechten Position. Ein weniger kompetenter Polizist als ich wäre womöglich darauf hereingefallen. Und Dilke hätte seinen alten Posten zurückbekommen.»

«Canon Dilke hat Lord Anthony erst erstochen, dann ertränkt und dann in den Baum gehängt?»

«Wieso erstochen? Laut Dr. Putney ist er ertrunken.»

«Meinetwegen. Aber wer hat ihn in den Baum gehängt? Das ist erstens verrückt und zweitens für einen Mann allein unmöglich.»

«Verrückt ist das Stichwort», sagte Gray lächelnd. «Zuerst dachte ich an Sie und Ihren Küchenjungen. Aber es war Canon Dilke in seinem Wahn. Er rächte sich am Lord für die Erniedrigung, die er durch ihn erfahren hat.»

«Hat er das zugegeben?»

«Nein. Selbst ein Irrer hat Angst vor den Konsequenzen.»

«Er hat also kein Geständnis abgelegt, nur zugegeben, daß er die Frau zerstückelt hat, und zwar, als sie schon tot war?»

«Völlig unlogisch, ja.»

«Und was ist mit dem Tod von Francis Ruskin? War das etwa auch Dilke?»

Octavius Gray lächelte höhnisch. «O nein, da sind Sie ganz gewaltig auf dem Holzweg, mein lieber Koch und Amateurdetektiv. Es war ganz einfach ein Unfall.»

«Sie beharren darauf?»

«Aber ja.»

«Nun gut, dann will ich gar nicht erst versuchen, Sie umzustimmen.»

«Das wäre auch ganz unmöglich, mein Freund.»

«Was soll nun mit Canon Dilke geschehen?» fragte Pistoux. Sinnloserweise wurde er, wie er mir später gestand, in diesem Moment von Gewissensbissen geplagt.

«Ach ja, ich vergaß ... gar nichts wird mit ihm geschehen. Er ist tot.»

«Was?»

«Er hat ganz plötzlich einen Herzschlag bekommen. Eine Tragödie, das Ganze. Dr. Putney hat ihn noch kurz vorher untersucht und ein Gutachten über Art und Ausmaß der geistigen Verwirrung des armen Mannes angefertigt. Niemand dachte daran, seinen Körper einer näheren Betrachtung zu unterziehen.»

«Dr. Putney hat auch den Totenschein ausgestellt?»

«Ganz recht. Er hat einen Herzschlag als Todesursache festgestellt. Der arme Mann hat trotz seiner Verwirrtheit die moralische Schuld nicht verkraftet.»

«So, so. Und wie erklären Sie sich den Tod von William St. Simon?»

«Auch in geistiger Verwirrung aus einem animalischen Tötungstrieb heraus geschehen. Der Mörder wollte auch den Bruder des Gehaßten aus der Welt schaffen. So etwas kommt öfter vor, als man denkt.»

«Es kommen für Sie also keine anderen Motive in Frage?»

«Nein, der Fall ist abgeschlossen. Ich darf mich verabschieden. Ich werde in London meinen Bericht abfassen, womit die Angelegenheit erledigt wäre. Auf Wiedersehen, Mr. Pistoux.» Gray hob den Spazierstock zum Gruß.

«Vielen Dank für die Zeit, die Sie mir geopfert haben.»

«Aber ich bitte Sie, unter Kollegen . . .» Der Inspektor zwinkerte. «Ach ja, nur noch eins . . .»

«Bitte?»

«Sie sollten möglichst rasch Ihren Küchenjungen zurückholen, bevor er zum Herumtreiber wird. Bedenken Sie, daß die Jagdsaison begonnen hat!»

«Ich werde mich bemühen.»

«Au revoir!» Octavius Gray tippte mit dem Finger an die Hutkrempe.

∿ **26** ∾ DAS ÉRBE Während ich in meine Rolle als Pâtissier hineinwuchs, wurde die Situation für Pistoux immer problematischer. Alle nörgelten. Charles, dem es nicht gefiel, daß seine Frau mehr in der Küche arbeiten mußte, weil der Küchenjunge fehlte, trug dem Koch jede mißmutige Äußerung der Herrschaften zu. Vicky, die sich nun mit niederen Arbeiten herumplagte, sparte ebenfalls nicht mit ihren Klagen.

Seit die junge Miss Edwina Weald Manor verlassen hatte – sie war gleich nach der Beerdigung von William St. Simon abgereist –, ließ sich Thomas Sandford nur noch selten blicken.

Er war ständig mit dem Pferd unterwegs, nach Canterbury oder sonstwohin. Übriggeblieben waren John und Emily Hartley, Dr. Putney und Cressida Merton, die der trauernden Lady Eugenia ununterbrochen ihre glorreiche Zukunft als wohlhabende Witwe ausmalte.

Die Reihen waren also gelichtet, und im Dining Room war die Stimmung gereizt. Man hatte sich darauf geeinigt, die Mordgeschichten als «tragische Unglücksfälle» zu bezeichnen und als abgeschlossen zu betrachten. Niemand verlor ein Wort über Canon Dilke oder fragte sich, was wohl aus dem Küchenjungen geworden war, aber alle hatten Mitleid mit sich selbst.

Natürlich war «der Franzose» an allem schuld. Pistoux kochte noch immer, wie es der Lord ihm aufgetragen hatte und wie er es in Nizza gelernt hatte. Immer öfter kamen die Teller unberührt zurück. Charles raufte sich die Haare und beschwor den Koch, endlich Vernunft anzunehmen. Pistoux aber blieb störrisch. Beinahe könnte man meinen, daß er es darauf anlegte, entlassen zu werden, weil er nicht länger in dem unglückseligen Landhaus arbeiten wollte.

«John Hartley und seine Frau sind empört. Sie denken darüber nach abzureisen», sagte Charles.

«Mich wundert, daß diese bigotten geldgierigen Puritaner nicht längst das Weite gesucht haben.»

Charles blickte Pistoux böse an und rang die Hände: «Sie gehen zu weit, Pistoux, eindeutig zu weit.»

«Sie warten auf die Erbschaft», stellte Pistoux trocken fest.

«Also ich muß schon sagen . . .»

«Auch Dr. Putney hätte wohl nichts gegen eine Finanzspritze einzuwenden, vermute ich.»

«Aber es ist doch alles Lady Eugenias Vermögen.»

«Soweit ich weiß, besitzen verheiratete Frauen kein Vermögen in Ihrem Land.»

«Aber jetzt ist sie doch keine verheiratete Frau mehr.»

«Falls ihr toter Gatte ein Testament gemacht hat, könnte sie womöglich einer unsicheren Zukunft entgegenblicken.»

«Aber das ist doch ganz unmöglich.»

«Wo Aas ist, sind Schakale, aber sie kommen nur, wenn es auch etwas zu holen gibt.»

Charles zuckte zusammen, Zornesröte überflutete sein sorgengeplagtes Gesicht: «Ihre Überheblichkeit und Impertinenz ist ... geradezu ... erschreckend. Es steht Ihnen nicht an, so zu sprechen!»

«In meiner Heimat gilt der einfache Bürger auch als Mensch, Monsieur.»

«Ihre Heimat? Was hat Ihre Heimat damit zu tun?»

«Frankreich ist eine Republik, der Bürger hat Freiheitsrechte, er ist nicht dem Gutdünken irgendwelcher Herrschaften ausgeliefert.»

Elly und Vicky verließen fluchtartig die Küche, als sie mit anhörten, wie der persönliche Streit in eine politische Diskussion mündete.

«Die chaotischen Zustände in Ihrem Heimatland sind ja wohl in keiner Weise mit der hiesigen Ordnung zu vergleichen.»

«Ihre Ordnung ist Sklaverei.»

«Sie beleidigen mein Land!»

«Lord Anthony würde mir recht geben.»

«Lord Anthony ist tot! Außerdem hatte er keine gesunden Ansichten.»

«Wollen Sie etwa damit behaupten, meine Ansichten seien ungesund?»

«Mr. Pistoux, ich möchte Sie in aller Form ermahnen, sich den hiesigen Gepflogenheiten zu fügen, andernfalls ...»

Die Küchentür ging auf, und Parker, der Gärtner, trat ein. Charles hielt inne.

«Lady Eugenia sitzt auf der Terrasse und wünscht Mr. Pistoux zu sprechen.»

Damit war der Streit vorläufig beendet.

Charles seufzte: «Ich werde Sie zu ihr führen.»

Schweigend liefen sie, Pistoux immer zwei Schritte hinter dem Butler, den Korridor zum Dining Room entlang, bogen dann nach rechts und traten in die Halle, von dort in die Gallery und zur Terrassentür.

Charles meldete den Koch an: «Mr. Pistoux ist da, Mylady.»

«Ich lasse bitten.»

Pistoux blieb vor ihr stehen. Sie lud ihn nicht ein, sich zu setzen. Ganz in Schwarz, mit einem feinen Schleier vor dem Gesicht, in ihrem Korbstuhl nach vorne gebeugt, sah Lady Eugenia auf der sonnenüberfluteten Terrasse aus wie eine verirrte Nebelkrähe. In den Händen hielt sie einen Brief. Pistoux hatte die Handschrift schon einmal irgendwo gesehen. Lady Eugenia richtete ihren verschleierten Blick auf Pistoux und sagte in gutformuliertem Französisch: «Monsieur, sicher ist Ihnen bewußt, daß Sie die Stellung in meinem Haus vor allem der Protektion meines verstorbenen Mannes verdanken.»

«Falls Sie es so sehen, Madame, muß ich es akzeptieren.»

«Akzeptieren Sie es, Monsieur.»

«Ja, Madame.»

«Auch Ihre republikanische Gesinnung, um mich einmal vorsichtig auszudrücken, war sicher dazu angetan, meinen verstorbenen Mann zu entzücken. In meinem Fall liegt die Sache allerdings anders.»

Pistoux blickte verwirrt zur Terrassentür. «Hat Charles etwa ...?»

«Berichtet, ja. Er berichtet mir alles, was auf Weald Manor geschieht. Seien Sie sicher, daß ich mehr weiß, als Sie glauben.»

«Ich wußte nicht …»

«Wie dem auch sei. Ich möchte Sie davon in Kenntnis setzen, daß wir in den nächsten Tagen eine Ablösung erwarten.»

«Eine Ablösung, Madame?»

«Charles hat sich darum gekümmert. Wir lassen einen englischen Koch kommen. Ihre … Originalität … hat uns zwar im geistigen Sinn herausgefordert, in kulinarischer Hinsicht jedoch eher befremdet.»

«Aber Ihr Mann hat mich doch …»

«Er hat Sie engagiert, um uns zu befremden, so ist es. Diese unerquickliche Situation muß nun nicht länger aufrechterhalten werden.»

«Ich verstehe.»

«Sobald der neue Koch eintrifft, können Sie gehen.»

«Nein.»

Lady Eugenia hob neugierig den Kopf. «Nicht?»

«Ich werde sofort gehen.»

«Sie wollen uns einfach verlassen? Denken Sie an Ihr noch ausstehendes Gehalt.»

«Ich verzichte.»

«Sie sind ein dummer Republikaner.»

«Verzeihung, Madame, ich stehe ab sofort nicht mehr in Ihrem Dienst und verbitte mir solche Bemerkungen.»

Lady Eugenia deutete auf die Terrassentür, vor der immer noch Charles stand, auch jetzt mal wieder händeringend: «Gehen Sie!» In der Hand hielt sie den Brief. «Und nehmen Sie den hier mit, er ist an Sie gerichtet.»

Pistoux nahm den Brief und ging. Als er an Charles vorbeikam, sagte er: «Sie sind ein Intrigant.»

«Ich diene nur meiner Herrin», sagte Charles.

Pistoux lief schnurstracks in die Küche, packte seine Messer und die wenigen anderen Utensilien, die er mitgebracht hatte, zusammen.

188

Elly und Vicky sahen ihn erstaunt an.

«Was ist denn?» fragte Vicky.

«Les rosbifs ont toujours raison», stieß Pistoux zwischen den Zähnen hervor.

«Bitte?» Vicky sah Elly ratlos an: «Was meint er?»

Die Frau des Butlers zuckte mit den Schultern und wandte sich ab.

Pistoux holte seine Sachen aus dem Zimmer und ging, ohne sich zu verabschieden, durch den Haupteingang, die Treppe hinunter und schritt über den Eingangshof zur Allee.

Er hatte Glück und wurde von einem Bauern in einer Kutsche mit nach Canterbury genommen. Dort fand er ein Zimmer in einem Gasthof. Am nächsten Morgen suchte er den Absender des Briefes auf.

Der Notar, ein fünfzigjähriger korpulenter Backenbartträger mit Binokel namens Edmond Layne, stand in seinem Büro und blickte auf das Durcheinander von Papieren zu seinen Füßen.

«Sehen Sie sich das an!» stieß er schnaufend hervor. «Ein Chaos! Ein Durcheinander! Eine Unordnung! Ein Verbrechen!»

«Was ist geschehen?» fragte Pistoux.

«Es wurde eingebrochen. Stellen Sie sich das mal vor. Ist mir in meiner ganzen Laufbahn noch nicht passiert.»

«Ist etwas gestohlen worden?»

«Jemand hat versucht, den Safe aufzubrechen.» Der Notar deutete auf einen kleinen Stahlsafe in der Ecke hinter dem großen Schreibtisch, dann auf den Lehnstuhl davor: «Setzen Sie sich. Schieben Sie die Papiere einfach beiseite.»

Pistoux setzte sich vorsichtig hin.

Layne ließ sich auf seinen schweren Ledersessel fallen und schnaufte ein paarmal wie ein erschöpftes Walroß. Dann lächelte er.

«Sie haben Glück, daß der Safe wirklich sicher ist, denn das, was ich Ihnen zeigen will, lag darin.»

«Etwas, das gestohlen werden sollte?»

«Wer kann das wissen? Es liegen eine Menge wertvoller Papiere in dem Safe.» Layne klopfte sich an die Brust. «Ich habe es vorsorglich hier verstaut.» Er zog einen gefalteten Brief hervor.

Wieder sah Pistoux die Handschrift, die ihm bekannt vorkam. «Haben Sie an William St. Simon einen Brief geschrieben, kurz bevor er ermordet wurde?»

Layne sah sein Gegenüber mißtrauisch an.

«Es lag ein Umschlag im Zimmer des Toten.»

Layne wiegte den runden Kopf hin und her. «Ja, ganz recht. Hat man den dazugehörigen Brief auch gefunden?»

«Nein.»

«Vielleicht sollte er besser verschwunden bleiben, was immer auch darin stand. Es war eine Mitteilung von Lord Anthony an seinen Bruder William. Ich habe sie meinem Brief beigefügt, aber natürlich nicht gelesen, sie war ja versiegelt. Ich nehme an, er hat ihm mitgeteilt, daß er sein Testament geändert hat. Damit wären wir also beim Thema.»

Der Notar faltete das Papier auseinander.

«Womöglich ist William St. Simon wegen des Briefs ermordet worden», warf Pistoux ein.

Layne blickte beunruhigt auf: «Soweit ich weiß, wurden die Brüder St. Simon von einem Irren umgebracht.»

«Sagt der Inspektor von Scotland Yard.»

«Dann will ich mal davon ausgehen, das es wahr ist.»

«Ich bin da ganz anderer Meinung ...»

«... die wir hier aber gar nicht erörtern wollen. Das führt uns zu weit vom eigentlichen Thema weg. Es ist ohnehin schon seltsam genug, was ich Ihnen mitzuteilen habe.» Er strich mit der Hand über das Papier, um es zu glätten.

«Um was geht es denn?»

«Das Testament von Lord Anthony St. Simon.»

«Was habe ich damit zu tun?»

«Gute Frage, Mr. Pistoux. Sie sind auch nur mittelbar betroffen. Es geht um Ihren Schützling.»

«Claude?»

«Offenbar heißt er so, der Name steht auch hier im Text. Ich nehme an, daß Sie sein Vormund sind?»

Pistoux nickte. Wer sonst wäre auch in Frage gekommen?

Der Notar räusperte sich verlegen: «Es ist ein Gedicht dabei.»

«Er vererbt ein Gedicht?»

«Unsinn. Aber es gehört dazu. Es trägt den Titel ‹Claude›.»

«Oh.»

«Es soll wohl illustrieren, warum der Lord sich genötigt sah, das Testament zu ändern und die Hälfte seines Vermögens diesem jungen Mann zu vererben. Begründung: ‹Besondere Zuneigung›.»

Pistoux starrte den Notar verwirrt an.

«Tja», sagte Layne, «das hätten Sie wohl nicht gedacht?»

«Nein.»

«Ich auch nicht. Aber Lord Anthony war ein unberechenbarer Mensch. Lady Eugenia wird das gar nicht gefallen. Es ist ja das Vermögen, das sie in die Ehe gebracht hat. Und nun verliert sie auch noch ihren Landsitz.»

«Weald Manor soll Claude gehören?»

«In der Tat, so hat es der Lord festgelegt.»

Pistoux schüttelte den Kopf: «Das ist einfach unglaublich.»

«Sie nehmen mir die Worte aus dem Mund. Aber da ist nichts zu machen. Alles wurde korrekt niedergeschrieben.»

Pistoux konnte gar nicht mehr aufhören mit dem Kopfschütteln.

«Sie haben den Jungen nicht mitgebracht. Wo ist er jetzt?»

«Ich weiß es nicht. Er ist fortgelaufen.»

«Schwierige Situation. Ich hoffe, Sie werden ihn wiederfinden. Andernfalls wird Lady Eugenia das Gesamterbe antreten.»

«Ich werde ihn wiederfinden!»

«Gut, gut. Ich erwarte Sie dann.» Edmond Laynes Blick schweifte ab zu der Unordnung auf dem Boden. Er stöhnte.

Pistoux bedankte sich und stand auf.

«Nur eins noch», sagte er plötzlich.

«Ja?» Der Notar legte das Binokel zur Seite.

«Sind Sie sicher, daß in dem Brief an William St. Simon gestanden hat, daß Claude erben wird?»

«Sicher nicht, aber es ist gut möglich.»

«In diesem Fall weiß also der Dieb des Briefs davon.»

«Das könnte sein.»

«Aber das bedeutet doch ...»

Der Notar sah seinen Gast ungeduldig an. «Hören Sie, ich muß hier unbedingt wieder Ordnung schaffen. Es wäre nett, wenn Sie mich nicht länger aufhalten ...»

«Ich verstehe schon. Auf Wiedersehen.»

Mir sorgenvollem Gesicht verließ Jacques Pistoux die Kanzlei.

◦✦ 27 ✦◦ BESUCH BEI NACHT   Manchmal sangen sie im Salon. Jemand hämmerte auf dem Klavier eine flotte Melodie, die durch den Korridor hallte und noch in der Küche zu hören war. Das waren die Abende, an denen ich neugierig wurde. Wenn ich meine Arbeit beendet hatte, mußte ich nur noch die Küche in Ordnung bringen und anschließend über die Hintertreppe in mein Zimmer schleichen.

Doch wenn die Musik ertönte, blieb ich noch eine Weile am Tisch sitzen und hörte zu. Es waren immer französische Lieder. Meistens sangen sie zu dritt, aber manchmal durfte Jeanne auch ein Solo singen. Dann klang es noch viel schöner, aber auch viel trauriger. Die Lieder, die sie alleine vortrug, erinnerten mich an das Haus meines Vaters und den Geruch von Lavendel und Rosmarin im Sommer.

Ich war so gebannt von ihrem schönen Gesang, daß ich eines Abends allen Verboten zum Trotz durch den langgestreckten Korridor zum Salon ging, um einen Blick hineinzuwerfen. Ich schlich zu der halbgeöffneten Tür und spähte hinein.

Es war nicht so, wie ich es mir vorgestellt hatte. Nicht wie im Theater oder in einem Tanzsaal oder in einem Gasthaus. In den Sesseln lümmelten Männer, die meisten von ihnen waren dick und hatten rote Gesichter. Der eine oder andere schwitzte, weil eine Frau auf seinem Schoß saß. Sie hatten Champagnergläser in der Hand, die Männer rauchten Zigarren und lachten laut, die Frauen schenkten ihnen immer wieder nach, wenn sie die Gläser leer getrunken hatten. Ich sah die Dame in Gelb, die einem Herrn die Krawatte aufband, und die Dame in Blau, die mit hochgerafftem Rock auf einem Sofa lag und offenbar nichts dagegen hatte, daß einer der dicken Männer ihre Beine streichelte.

Es waren noch andere Damen da, eine in Orange, eine in Violett und eine sehr junge in Weiß. Madame Noire saß am Piano und begleitete Jeanne, die auf einer kleinen Bühne stand und während des Gesangs damit beschäftigt war, ihren Rock zu Boden fallen zu lassen. Es gefiel mir nicht, daß sie sich während des Singens auszog. Es paßte nicht zu dem traurigen Lied. In dem engen Mieder, das sie trug, sah sie ordinär aus.

Hier und da standen Teller mit halb aufgegessenen Desserts

herum, einige waren zerbrochen oder lagen auf dem Boden. Ich hatte bisher gar nicht daran gedacht, daß meine mit großer Hingabe hergestellten Süßspeisen auch irgendwelchen wildfremden Männern angeboten wurden. Ganz eindeutig wußten sie sie nicht zu schätzen. Sehr vorsichtig schob ich die Tür etwas weiter auf.

Ich sah verstört auf die zertretenen Reste einer *Tarte Tatin* und suchte den Raum nach weiteren Anzeichen böswilliger Ignoranz ab, als ich plötzlich wie unter einem Peitschenhieb zusammenzuckte. In einer Ecke, in einem kleineren Sessel, abseits der dicken schwitzenden Männer, saß Thomas Sandford! Wie immer schwarz gekleidet, wie immer mit hochnäsigem Gesichtsausdruck. In der einen Hand hielt er einen Cognacschwenker, mit der anderen winkte er mir zu. Vor Schreck verlor ich das Gleichgewicht und fiel gegen den Türrahmen. Jetzt hob er sein Glas, als wolle er auf mein Wohl trinken, und nahm einen Schluck. Er lächelte höhnisch. Würde er jetzt aufstehen? Das Musikstück war zu Ende, und Jeanne, jetzt ohne Rock, nur noch mit schwarzen Strümpfen bekleidet, trat zu ihm. Was wollte sie von Thomas Sandford? Sie nahm ihm das Glas aus der Hand und trank einen Schluck Cognac. Dann strich sie ihm mit der Hand über den Kopf und lächelte. Sein hochnäsiger Gesichtsausdruck verschwand für einen Moment, als er sie ansah. Er legte eine Hand auf ihren Oberschenkel. Sie sagte etwas und lachte. Dann beugte sie sich über ihn, so daß sein Gesicht von ihren Brüsten verdeckt wurde. Sie flüsterte ihm etwas ins Ohr. Er schob sie beiseite, sagte etwas und deutete auf mich. Sie drehte sich um.

Ich sprang auf und rannte davon. Hinauf in mein Zimmer. Als ich dort angekommen war, die Tür hinter mir zugeschlagen hatte und den Schlüssel umgedreht, wurde mir mit einem Mal klar, daß ich in der Falle saß. Ich hätte aus dem Haus laufen sollen, nicht in mein Zimmer.

Zu spät, ich hörte Schritte näher kommen. Es klopfte.

«Claude? Bist du da?» Das war die Stimme von Jeanne. «Mach auf, ein Freund von mir möchte mit dir sprechen.» Sie klopfte noch mal. «Hab keine Angst, er wird dir nichts tun. Er sagt, er kennt dich. Er möchte dir einen Vorschlag machen. Claude?»

Ich saß auf dem Bett und wagte kaum zu atmen.

«Er sagt, er weiß etwas von dir, wovon niemand sonst etwas ahnt.»

Wieviel Angst wollten sie mir eigentlich noch einjagen?

«Claude, es ist Thomas Sandford, und er ist ein guter Freund von mir.»

Ich sah die umgedrehten Bilder an der Wand an, blickte nach oben, wo ich mich selbst in dem seltsamen großen Spiegel erkannte, betrachtete die Badewanne mit den Löwenfüßen, die immer noch hier herumstand, und hatte das deutliche Gefühl, daß dieses Quartier nur für eine Übergangszeit mein Zuhause war. Wie viele Tage war ich nun schon hier? Ich wußte es nicht mehr genau. Ich hatte einfach die Zeit vergessen, weil ich nur an meine Arbeit in der Küche gedacht hatte.

«Claude, er sagt, er müsse dir etwas Wichtiges mitteilen. Es geht um viel Geld.»

Geld? Was sollte ich mit Geld? Was ich brauchte, war jemand, der sich um mich kümmerte.

«Thomas Sandford möchte dir einen Vorschlag machen. Er sagt, du weißt noch gar nicht, daß sich dein Leben völlig verändern wird.»

Ich war mutlos. Wie ein Tier saß ich da in meiner Falle, hatte Angst vor den zutraulichen Verlockungen meiner Häscher, war hin- und hergerissen zwischen dem Drang, die ausgestreckte Hand anzunehmen oder doch lieber fortzulaufen.

«Ich kenne ihn gut», rief Jeanne, «du kannst ihm vertrauen.»

195

La couture du chef – ich nahm das große Messer aus dem Etui. Dann trat ich zur Tür und drehte den Schlüssel um. Ich setzte mich wieder auf das Bett, das Messer in der Hand, bereit mich zu verteidigen.

Zuerst kam Jeanne herein.

«Mein Kleiner», sagte sie, «was willst du denn mit dem Messer? Wir sind doch deine Freunde.»

Ich sah sie an. Sie war immer noch halb nackt. Es schien ihr nichts auszumachen. Vielleicht ist das ja so, dachte ich: Wenn man schön ist, hat man keine Angst, daß jemand einen ansieht.

Sandford blieb in der Tür stehen. Ich blickte ihn an, bemerkte wieder diesen herablassenden, spöttischen Gesichtsausdruck und bereute, die Tür geöffnet zu haben.

Ich hielt das Messer so, daß ich jederzeit zustoßen konnte. Jeanne setzte sich neben mich und legte die Hand auf meine, mit der ich den Messergriff umklammerte.

«Claude, ich verspreche dir, daß dir nichts geschieht.»

Ich sah sie an. Ich mußte sehr entschlossen gewirkt haben. Jeanne zog ihre Hand weg, und ich behielt das Messer.

Sandford trat ein und setzte sich auf den Stuhl. Zunächst schien er sich nicht entscheiden zu können, wen er lieber ansah, mich oder Jeanne. Immer wieder wanderte sein Blick zu ihr. Es machte mich wütend.

«Du erinnerst dich doch noch daran, daß der Lord gestorben ist?»

Ich sah ihn nur an.

«Lord Anthony St. Simon. Du hast ihn doch gekannt?»

Ich reagierte nicht. Meine Hand umklammerte den Messergriff noch fester.

«Lord Anthony hat dich sehr gemocht. Wußtest du das?» Sandford warf Jeanne einen Blick zu.

Ich biß die Zähne zusammen.

«Er hat dich so sehr gemocht, daß er dir sein Vermögen vermacht hat.»

Ich verstand gar nicht, was er damit meinte. Aber Jeanne stieß überrascht einen Schrei aus.

«Eigentum ist Diebstahl, mein Kleiner, hast du das auch gewußt?» sagte Sandford mit säuerlichem Lächeln. «Gäbe es das Erbrecht nicht, mein Kleiner, ginge es in der Welt gerechter zu.»

«Was soll das, Thomas? Was redest du da für einen Unsinn?» fragte Jeanne.

«Es war immerhin ein Franzose, der das erkannt hat, Monsieur Proudhon.»

«Kenne ich nicht.»

«Weil du keine Arbeiterin bist, Schätzchen.»

«Was bist du denn?»

«Ich bin einer der wenigen Menschen, die für die Arbeiter arbeiten.»

«Was ist das denn für ein Unsinn?»

«Wir sollten uns nicht darüber streiten.»

«Du hast doch damit angefangen, Thomas.»

«Nur um zu illustrieren, daß ich aus uneigennützigen Motiven handle.»

«Was hat das mit dem Jungen zu tun?»

«Wir werden ihm eine Ausbildung geben. Wir werden ihm das Sprechen beibringen. Wir werden einen Revolutionär aus ihm machen!»

Jeanne nahm sich eine Decke, die auf dem Bett lag, und schlang sie um sich. Sandford warf ihr einen enttäuschten Blick zu. Dann wandte er sich wieder an mich. Seine Augen blitzten vor Begeisterung.

«Ich werde dich adoptieren, mein Junge. Du wirst der Adoptivsohn einer ganzen revolutionären Bewegung werden. Wir garantieren dir eine gute Ausbildung in allen Berufszweigen und Wissenschaften, und eines Tages wirst du in der ersten Reihe auf der Barrikade stehen, und die schwarze Fahne der Anarchie wird über deinem Kopf wehen, und du wirst der erste Mensch der neuen Gesellschaft sein …»

«Alles Lüge!»

«Was?» Sandford drehte sich zur Tür um.

«Ich konnte den Herrn nicht aufhalten», entschuldigte sich Madame Noire über die rechte Schulter des Mannes hinweg, der mit erhobenem Arm in der Tür stand, als wollte er jemanden anklagen. Es war Jacques Pistoux.

Als ich ihn dort stehen sah, war es wie eine Erlösung. Ich merkte, wie sehr er mir gefehlt hatte.

«Alles Lüge», wiederholte er. «Ihr Reden vom Dienst an der Menschheit. Sie sind kein Revolutionär, sondern ein Einbrecher und womöglich ein Mörder.»

Sandford sprang wütend auf. «Wie können Sie es wagen!»

«Wie können Sie es wagen, diesen armen kleinen Jungen um sein Erbe zu bringen.»

«Unsinn! Verleumdung! Wir werden uns seiner annehmen!»

«Wer ist wir?» fragte Jeanne.

Er sah sie irritiert an. «Die revolutionäre Bewegung, das Kollektiv der Arbeiter, die Menschen der Zukunft.»

«Betrüger! Sie handeln nur in eigenem Interesse», rief Pistoux. «Sie sind in die Kanzlei des Notars eingebrochen, um das Testament in Ihre Hände zu bekommen.»

«Was?» Sandford sah den Franzosen erstaunt an.

«Weil es geändert worden ist. Vorher war es zu Ihren Gunsten verfaßt gewesen. Doch nun soll Claude den Teil erben, der ursprünglich Ihnen vorbehalten war.»

Ich blickte erstaunt von einem zum anderen. Irgendwann merkte ich, daß Jeanne ihren Arm um mich gelegt hatte. Trotzdem war mir kalt. Ich fröstelte.

«Das sind doch Phantastereien!» stieß Sandford hervor.

«Sie haben es nicht geschafft, das neue Testament zu vernichten. Deshalb versuchen Sie nun, den Erben an sich zu binden, um das Geld zu bekommen.»

«Halten Sie den Mund!»

«Sie und Ihre Bewegung. Aus wie vielen Personen besteht sie denn? Aus einer einzigen? Aus Thomas Sandford, dem Menschenfreund, der nur gütig zu sich selbst ist?»

«Ach, was wissen Sie denn schon», entgegnete Sandford abfällig.

«Ein Menschenfreund, der aus Habgier einen Menschen umgebracht hat!»

Sandford sah Pistoux erstaunt an. «Was sagen Sie da?»

«Wollen Sie etwa leugnen, William St. Simon getötet zu haben, den einzigen Menschen, dem der Notar mitgeteilt hat, daß Lord Anthony sein Testament geändert hat? Sie sind ein Mörder!»

Sandford stürzte sich mit geballten Fäusten auf den Koch: «Lügner!»

Ein Ruck durchfuhr mich. Ich spürte den sanften Widerstand von Jeanne, die mich zurückhielt. Ihre Hand lag auf meiner, die das Messer hielt. Ich gab nach.

Die beiden Männer schlugen aufeinander ein, begannen miteinander zu ringen und gingen zu Boden, wo sie sich herumwälzten, ächzten und stöhnten.

Pistoux bekam die Oberhand, und es gelang ihm, seinen Gegner auf den Boden zu pressen.

«Hören Sie auf», sagte Sandford. «Das ist doch alles ein großes Mißverständnis.»

«Geben Sie zu, daß Sie eigennützig handeln!» verlangte Pistoux.

«Ja», sagte Sandford mit schmerzverzerrtem Gesicht. «Aber ich bin kein Mörder. Ich habe den Brief des Notars im Zimmer von William St. Simon gestohlen, aber er hat noch gelebt, als ich ihn verlassen habe. Er hat geschlafen.»

«Wer hat ihn dann erstochen?»

«Ich war es nicht, ich schwöre …»

«Wer hat es dann getan?»

Beide starrten mich an. Ich begann zu zittern und schüttelte den Kopf. Nein, nein, nein, ich war es nicht. Ich konnte gar nicht mehr aufhören, den Kopf zu schütteln.

«Ihr habt ihn zum Weinen gebracht», sagte Jeanne.

Behutsam nahm sie mir das Messer weg. Die Männer standen auf und klopften sich den Staub von den Kleidern.

Ich schluchzte. Jeanne umarmte mich und zog mich an ihre warme, weiche Brust.

«Geht nach unten», sagte sie. «Wir kommen gleich nach. Und hört endlich auf, euch wie Feinde zu benehmen.»

Die Männer verließen das Zimmer.

Als ich mich wieder unter Kontrolle hatte, wischte Jeanne mir die Tränen aus dem Gesicht und sah mich eindringlich an.

«Hör mal, du wirst es ihm sagen müssen.» Ich sah sie erschrocken an. Ich spürte, wie mir das Blut in den Kopf schoß. Sie lächelte. «Du mußt ihm erklären, was mit dir los ist. Es wundert mich, daß er es nicht längst gemerkt hat. Aber Männer sind manchmal einfach blind. Mir hast du nicht lange etwas vorschwindeln können. Ich bin eine Frau, ich habe einen Blick dafür. Wenn du willst, kann ich für dich sprechen.»

Ich schüttelte den Kopf.

«Na gut, aber denk daran. Sehr lange wirst du dieses Geheimnis nicht mehr mit dir herumtragen können. Es wird immer offensichtlicher.»

Sie zog mich noch einmal an sich. Als ich mich wieder beruhigt hatte, sagte sie: «Komm jetzt, wir gehen nach unten.»

Wir fanden Pistoux und Sandford in einem kleinen Zimmer neben dem Salon. Sie sprachen leise miteinander. Offenbar hatten sie ihre Meinungsverschiedenheit aus dem Weg geräumt.

Als wir eintraten, blickte Pistoux auf und sagte: «Niemand außer uns wird dieses entsetzliche Mordkomplott aufdecken können, das steht fest.»

«Was ist mit ... ihm?» fragte Jeanne und deutete auf mich.

«Er kommt natürlich mit mir mit», entschied Pistoux, «keine Frage.»

«Höchstens eine Frage der Moral», stellte Jeanne fest.

«Wir wollen jetzt nicht darüber streiten», sagte Pistoux, und an mich gewandt: «Claude, geh und hol deine Sachen. Mr. Sandford weiß, wo wir unterkommen können.»

Ich ging nach oben und packte meine Sachen zusammen. Ich wußte nicht, ob ich mich freuen oder fürchten sollte. Meine Tage im Paradies waren schon vorbei. Es war ein eigenartiges Paradies gewesen.

«Madame Noire wird sich gar nicht darüber freuen», sagte Jeanne, als ich, mein Bündel in der Hand, wieder nach unten kam.

«Es ist nicht ihre Aufgabe, darüber zu entscheiden», stellte Pistoux kategorisch fest.

Wir verließen das Haus durch eine Seitentür und liefen durch den Garten zur Vorderseite und traten von dort auf die Straße.

Es war stockdunkel. Wie spät in der Nacht es war, wußte ich nicht. Ich war immer noch benommen. Ich weiß nur noch, daß mir auffiel, wie still es um uns herum in der Stadt war.

Sandford ging voran, dann kam ich und hinter mir Pistoux.

Plötzlich knallte es mehrmals, und Sandford schrie laut auf. Er taumelte und fiel zu Boden. Gleichzeitig stürzten vermummte Gestalten von rechts und links auf uns zu. Ich hörte noch, wie Pistoux rief: «Lauf Claude, lauf weg!» Aber noch bevor ich einen Schritt machen konnte, wurde mir ein Sack über den Kopf gezogen. Ich taumelte und spürte, wie jemand mich hochhob und davontrug. Hinter mir hörte ich die Geräusche eines erbitterten Kampfes. Ich schrie, so laut ich konnte. Dann bekam ich einen Schlag auf den Kopf und verlor das Bewußtsein.

∿ **28** ∾ WORTE EINES REBELLEN   «Sie hätten mir glauben sollen», stieß Sandford mühsam hervor. «Jetzt ist alles ruiniert.»

«Seien Sie ruhig, wir bringen Sie erst mal ins Haus», sagte Pistoux. «Wir müssen von der Straße weg. Die Schüsse haben bestimmt jemanden aufgeweckt.»

Nachdem die Entführer geflüchtet waren, hatte Jeanne die Haustür geöffnet und nach draußen gespäht. Sie sah zwei taumelnde Gestalten auf sich zukommen. Es waren Sandford und Pistoux. Der Franzose mußte den strauchelnden Anarchisten stützen. Jeanne zog die Tür auf und hielt einen Kerzenleuchter in die Höhe.

«Schnell, bevor euch jemand sieht!»

Sandford lachte hustend, als Pistoux ihn durch den Korridor am Salon vorbei in das kleine Zimmer nebenan schleppte. Sie legten ihn auf ein Sofa. Jeanne zündete einen weiteren Leuchter an und stellte ihn auf ein Tischchen daneben.

Pistoux knöpfte Sandfords Jackett und Weste auf. Das weiße Hemd war blutgetränkt.

«Wir brauchen einen Arzt.»

«Madame Noire», sagte Jeanne. «Ich werde sie holen.»

Sandford verzog das Gesicht und hustete. Es sollte wohl ein

Lachen sein. «Meine moralinsauren Genossen werden sich entrüsten», sagte er ächzend, «wenn sie erfahren, daß ich in einem Bordell umgekommen bin. Das wird ihnen gar nicht gefallen. Thomas Sandford, der berüchtigte Salon-Anarchist, stirbt hingestreckt auf dem schändlichen Lotterbett der bourgeoisen Doppelmoral, getroffen von der Kugel aus der Waffe eines gewöhnlichen Verbrechers ...»

«Was soll das alles bedeuten?» fragte Pistoux, der mittlerweile die Wunde freigelegt hatte. Die Kugel war seitlich in den Bauch eingedrungen.

«Ehrlich gesagt, bin ich froh, daß ich nicht auf der Barrikade verrecken muß wie die traurigen Kommunarden in Ihrem schönen Paris, die von den Bajonetten der Reaktion gemetzelt wurden ...»

«Hören Sie auf mit dem Unsinn, Sandford. Erzählen Sie mir lieber, was geschehen ist.»

Jeanne kam zurück. Hinter ihr betrat Madame Noire das Zimmer. Sie schloß hastig die Tür.

«Madame», sagte Sandford, «ich danke Ihnen, daß Sie extra Schwarz für mich tragen.»

Madame Noire beugte sich über den Verletzten, untersuchte die Wunde und schüttelte den Kopf: «Ich kann da gar nichts tun. Das ist ein Fall für einen richtigen Arzt.»

«Ein Wunderheiler, Madame», ächzte Sandford.

«Ich werde einen holen», sagte Jeanne.

Sandford lachte gurgelnd.

«Sandford», drängte Pistoux, «sagen Sie mir endlich, was hier gespielt wird.»

«Sie wollen ein Geständnis, Pistoux? Die letzten großen Worte eines Rebellen? Können Sie haben. Aber ich liege unbequem. Haben Sie keine Kissen in diesem Bordell?»

Madame Noire holte Kissen, die sie Sandford hinter den Rücken stopfte.

«Cognac, den besten», verlangte der Verletzte. «Ich will wenigstens Spaß bei meinem Tod haben.»

Madame Noire ging den Cognac holen.

Nachdem er an seinem Glas genippt hatte, begann Sandford mit seinem Bericht.

«Sie wollten den Brief», sagte er stockend, «und sie haben ihn bekommen. Ich habe ihn bei mir getragen. Dachte, es sei sicherer. Na ja.»

«Welcher Brief?» fragte Pistoux.

«In dem Brief des Notars an William St. Simon, in dem er ihm mitteilte, daß der Lord sein Testament zugunsten des kleinen Claude geändert hat, befand sich noch ein zweiter. Es war ein Brief, den Lord Anthony geschrieben hatte und der im Falle seines Todes seinem Bruder William ausgehändigt werden sollte. Warum er geschickt wurde anstatt persönlich übergeben, weiß ich nicht. Eine Nachlässigkeit mit tödlichen Folgen ...» Sandford mußte husten. Blutiger Schaum trat aus seinem Mund. «Diejenigen, die in dem Brief erwähnt wurden, ahnten, daß ihnen große Schwierigkeiten bevorstanden. Was lag näher, als alles zu versuchen, an den Brief zu gelangen? Außerdem mußte William, der den Brief zweifellos schon gelesen hatte, zum Schweigen gebracht werden. Hat sich der Tod erst mal in einem Haus eingenistet, fällt es allen Betroffenen viel leichter, mit ihm umzugehen. Man tötet einmal oder zweimal oder dreimal und gewöhnt sich daran. Die Opfer übrigens auch.»

«Kommen Sie endlich zur Sache, Sandford!» drängte Pistoux.

«Keine Angst, ich weiß, daß ich noch genug Zeit habe.»

«Er sollte sich besser nicht so anstrengen», meinte Madame Noire.

Sandford sprach unbeirrt weiter: «Ich bin den Mördern zuvorgekommen. Ich schlich in Williams Zimmer, als er schlief, und stahl den Brief. Leider habe ich den Umschlag, in dem dieser zweite Umschlag sich befand, übersehen. Dieser dumme Inspektor hat damit allerdings nicht viel anfangen können. In dem Brief an seinen Bruder William schreibt Anthony St. Simon, wie es ihm vor einigen Monaten ergangen ist, als er sich, als Dame verkleidet, des Nachts in den zwielichtigen Straßen von Canterbury herumgetrieben hat. Muß wohl irgendwo hier in der Nähe gewesen sein.» Sandford verzog das Gesicht und hustete.

«Als Dame verkleidet?» fragte Pistoux.

«Das war seine Art, der Liebe zu frönen. Sie als Franzose müßten doch dafür Verständnis haben.»

«Es gibt genug Männer, die mit dem Schein zufrieden sind», warf Madame Noire ein.

«So ist es», sagte Sandford. «Nun ist es allerdings an besagtem Abend passiert, daß der Lord auf der Straße aufgegriffen wurde. Nicht etwa von der Sittenpolizei, die es hier in Canterbury wahrscheinlich gar nicht gibt, sondern im Gegenteil von einigen Herren, die sich dem ausschweifenden Leben verschrieben haben. Madame», wandte sich Sandford an Madame Noire, «haben Sie schon einmal vom ‹Klub der Freunde der Tugend› gehört?»

«Oh», sagte Madame Noire, «o ja. Aber solche Menschen haben bei mir keinen Zutritt.»

«Nanu», wunderte sich Pistoux. «Der Name klingt doch ganz anständig.»

«Sie meinen das Gegenteil», erklärte Madame Noire. «Sie beziehen sich auf die Schriften des unseligen Marquis.»

«Welcher unselige Marquis?» fragte Pistoux begriffsstutzig.

«De Sade, der Kerl, den sie besser in der Bastille gelassen hätten.»

«Aber Madame.» Sandford verzog das Gesicht. Aus seinem Mundwinkel rann ein dünner Streifen Blut.

«Dieser Klub ist eine verbrecherische Organisation, wenn Sie mich fragen», fuhr Madame Noire fort. «Sie üben Macht über hilflose Wesen aus ...»

«Das ist in der Tat ein Verbrechen», murmelte Sandford.

«... aber das sind alles nur Gerüchte. Es heißt, sie verschleppen junge Mädchen und tun ihnen Gewalt an.»

«Ich habe mich umgehört», sagte Sandford, «und verstehe jetzt, daß Madame sich lieber vorsichtig ausdrückt. Dieser Klub, so habe ich in Erfahrung bringen können, hat es zu seiner Spezialität gemacht, einsame junge Frauen zu entführen und für seine Orgien zu mißbrauchen.»

«Die schwarze Nonne», rief Pistoux aus.

«In der Tat», bestätigte Sandford mit schwächer werdender Stimme, «das arme Mädchen ist ein Opfer dieser Bande geworden. Genauso wie vor ihr der Lord, den diese Kerle für eine Frau hielten und in ihr Versteck verschleppten.»

«Was für eine bizarre Geschichte!» stellte Pistoux fest. «Wieso ist der Lord nicht gegen diese Kerle vorgegangen?»

«Was hätte er tun können?» Sandford sprach immer stokkender. Sein Gesicht war wächsern und bleich geworden. «Er lief als Frau verkleidet in eindeutiger Absicht durch die nächtlichen Straßen. Davon sollte selbst ein Lord nicht allzuviel Aufhebens machen. Im übrigen hat er es einigermaßen gut überstanden. Als die ‹Freunde der Tugend› erkannten, daß er kein weibliches Wesen war, haben sie ihn betäubt und fortgeschafft. Sogar Männerkleidung haben sie ihm angelegt. Als Sir Anthony am nächsten Morgen in der Gosse erwachte, dürfte er sich sehr gewundert haben.»

«Warum wollte er dies unbedingt seinem Bruder mitteilen?» fragte Pistoux.

Sandford hustete rotgefärbten Schaum.

«Er wollte ihm Informationen geben, die ihm helfen würden, bestimmte Personen zu enttarnen. Er hat herausgefunden, wer sich hinter dem geheimnisvollen ‹Klub der Freunde der Tugend› verbirgt ...»

Sandford stockte, verzog das Gesicht und stöhnte vor Schmerzen. Er sah Madame Noire an und lächelte schief: «Madame, an Ihnen ist keine Ärztin verlorengegangen.»

«Was wollen Sie damit sagen?» Die Alte stemmte empört die Hände in die breiten Hüften.

«Der Klub», drängte Pistoux. «Wer verbirgt sich dahinter?»

Sandford bekam einen Hustenanfall und drohte zu ersticken. Ein Schwall Blut quoll aus seinem Mund. Er röchelte.

«Die Namen», rief Pistoux aus, «die Namen!»

Sandford schloß die Augen. Ein schiefes Grinsen zuckte über sein bleiches Gesicht.

«... ganz ... einfach ... gehen Sie ... in ... Keller ...»

Er bäumte sich auf, ein weiterer Blutschwall ergoß sich aus seinem Mund, er zuckte und blieb ruhig liegen.

Pistoux stürzte sich auf ihn, schüttelte den leblosen Körper und schrie: «Sandford! Sie Idiot! Reden Sie weiter! Reden Sie weiter!»

Der Arzt erschien in der Tür. In der einen Hand hielt er die Arzttasche, in der anderen Spazierstock, Zylinder und weiße Handschuhe. Er war im Frack.

«Hören Sie auf», sagte er ruhig. «Sie brechen ihm noch das Genick.»

Pistoux ließ von Sandford ab und drehte sich um. Er starrte den Arzt erstaunt an. Es war Dr. Putney. Hinter ihm stand Jeanne und spähte über seine Schulter.

«Was machen Sie denn hier?» fragte Pistoux.

«Diese Frage sollte ich eher Ihnen stellen», entgegnete der Arzt.

«Dr. Putney ist ein Freund des Hauses», sagte Jeanne.

«Mehr muß dazu wohl nicht gesagt werden», erklärte Madame Noire.

Dr. Putney beugte sich über den toten Sandford.

«Er ist von zwei Kugeln getroffen worden», stellte er fest. «Eine ist in den Bauch, die andere in die Lunge gedrungen. Armer Bursche. Da war nichts mehr zu machen.»

Dr. Putney sah Madame Noire an: «Ich nehme an, Sie möchten, daß ich in diesem Fall mit Diskretion vorgehe?»

Die Alte zuckte unwirsch mit den Schultern: «Tun Sie, was Sie für richtig halten. Hauptsache, Sie schaffen mir diese Leiche vom Hals.»

«Claude wurde entführt», murmelte Pistoux. «Warum nur? Ich werde noch verrückt in diesem gesetzlosen Land.»

«Wird mich ein Vermögen kosten, die Sache ohne großes Aufhebens zu erledigen. Da haben Sie mir ja was Feines eingebrockt.» Madame Noire sah den Franzosen giftig an.

«Woher sollte ich wissen . . .?» versuchte Pistoux sich zu entschuldigen.

«Jeanne», forderte Madame Noire sie im Befehlston auf: «Bringen Sie Ihren französischen Freund auf ein Zimmer. Wir werden uns um ihn kümmern, wenn das hier erledigt ist.»

Dr. Putney sah auf: «Ja, bitte. Wir werden Ihnen dann sicherlich helfen können.»

«Die Zeit läuft uns davon», sagte Pistoux.

«Vertrauen Sie mir», sagte der Arzt.

«Kommen Sie.» Jeanne blickte Pistoux auffordernd an. Der zuckte mit den Schultern und folgte ihr aus dem Zimmer.

Sie stiegen die Treppe hinauf ins oberste Stockwerk.

Pistoux setzte sich aufs Bett und sah sich um. «Hier hat der arme Kleine also gelebt?»

«Sie haben ihn schnell gefunden», sagte Jeanne.

«Ich war nicht schnell genug», stellte Pistoux verbittert fest. «Wieso hat er alle Bilder umgedreht?»

Jeanne nahm eins der Gemälde ab und zeigte die Vorderseite. «Die Motive haben ihm nicht gefallen.»

«Diese Szenen sind schlecht gemalt», entgegnete Pistoux müde.

Jeanne setzte sich auf den Stuhl. Pistoux sah sie nicht an. Sie schwiegen.

«Wir werden Claude wiederfinden», sagte Jeanne schließlich. «Vielleicht kann Dr. Putney uns helfen. Und sicherlich hat Madame Noire noch eine Idee.»

Es klopfte an der Tür. Jeanne stand auf und öffnete sie. Es war Madame Noire. In der Hand hielt sie ein Tablett mit Tassen und einer Teekanne. Sie lächelte entschuldigend.

«Bitte nehmen Sie mir mein Verhalten nicht übel», sagte sie zu Pistoux. «Ich bin solche Situationen nicht gewöhnt.»

«Aber ich bitte Sie, Madame. Ich bin selbst völlig verstört.»

«Ich habe euch einen Tee machen lassen. Trinkt! Ich bin gleich wieder zurück.» Sie stellte das Tablett auf den Tisch. Zwei Tassen waren bereits eingeschenkt.

Jeanne reichte Pistoux eine und nahm die andere. Trotz des Zuckers schmeckte der Tee bitter.

Es war das letzte, was Pistoux registrierte. Dann kippte er zur Seite. Die Teetasse glitt aus seiner Hand, fiel zu Boden und zersprang.

~· 29 ·~ DER NACKTE ENGEL   Ich erwachte und merkte, daß ich, über den Rücken eines Mannes geworfen, eine steinerne Treppe nach unten getragen wurde. Wie einem Tier hatte man mir alle vier Gliedmaßen zusammengebunden. Es war ein Schock. Ich befand mich in der Gewalt eines Mannes! Ich war ihm wehrlos ausgeliefert. Wo waren meine Messer? Ich stieß einen Schrei aus und begann zu strampeln. Sofort spürte ich einen festen Griff um meine Waden und hörte eine rauhe Stimme: «Ruhig, Kleiner, ganz ruhig. Hier kann dich niemand hören.»

Stimme und Schritte hallten unwirklich. Auch einen feuchten, muffigen Geruch nahm ich wahr, als mir jetzt ganz langsam der Sack vom Kopf rutschte und schließlich zu Boden fiel. Vor meinen Augen stapften hohe Lederstiefel über einen nassen, schmierigen Steinboden. Ganz offensichtlich gingen wir einen unterirdischen Gang entlang. Gelbes, unwirkliches Licht flackerte, gelegentlich roch es nach verbranntem Öl und intensiv nach Rauch.

Wieder ging es Treppen hinunter, diesmal eine Wendeltreppe. Es war so eng, daß mein Kopf gegen die Mauern stieß. Der Mann ließ sich durch nichts beirren. Dann ging es weiter, einen breiteren Gang entlang, der nur spärlich erleuchtet wurde. Ich konnte gerade noch erkennen, daß der Boden aus festgetretenem Lehm bestand. Dann wieder eine Treppe, diesmal hinauf. Der Mann klopfte an eine Holztür, die quietschend geöffnet wurde.

Auf dem ganzen Weg war es immer kälter geworden. Nun traten wir in einen größeren, halbdunklen Raum, in dem die Luft wärmer und trocken war. Der Mann sprach mit jemandem, drehte sich und ging weiter. Ich versuchte, etwas zu erkennen, konnte aber nur schwarze Schatten ausmachen. Wieder eine Tür, wieder ein Korridor. Dann blieben wir stehen. Ein Schlüsselbund klimperte, ein Schloß wurde gedreht, eine quietschende Tür aufgezogen. Und schon flog ich durch die Luft und landete unsanft in einer Ecke auf einem Strohhaufen. Ich schrie laut auf vor Schmerzen.

Die Männer, die mich hergebracht hatten, lachten. Jetzt konnte ich sie endlich sehen. Sie steckten in weiten, grauen Mönchskutten und trugen Kapuzen, die ihre Köpfe verhüllten. Nur die Augen konnte ich durch zwei Löcher im Stoff erkennen. Es war ein schrecklicher Anblick.

Die Mönche lachten. «Na, Kitzlein», sagte der eine, «gefällt dir dein Stall?» Sie drehten sich um. Auf ihren Rücken trugen sie ein seltsames Zeichen: ein Kreuz, dessen unterer Balken zu einem Haken geformt war.

Sie warfen die Tür hinter sich zu. Ihre Schritte entfernten sich. Ich war allein.

Ich lag auf dem Strohhaufen wie ein gefangenes Tier. Bei meiner Entführung waren Schüsse gefallen. Wahrscheinlich war Pistoux erschossen worden. Ich hatte keine Zukunft mehr. Ich weinte, bis alle Tränen in mir versiegt waren. Dann drehte ich mich, so gut es ging, auf den Rücken und starrte meine Gefängniszelle an. Sie war quadratisch, aus rohem Stein gemauert. Es roch nach Moder, einige Stellen an der Wand glänzten feucht. Von der Decke tropfte es langsam, regelmäßig und unerbittlich in eine Pfütze auf dem Boden. An den Wänden hingen Bilder. Jedes wurde von einer Kerze erhellt, die auf einem eisernen Leuchter darunter stand. Ich starrte die seltsamen Gemälde gebannt an, so lange, bis der Schauder des Schreckens meinen ganzen Körper erfaßte. Es waren die zwölf Leidensstationen von Jesus, alle in fremdartigen Formen und Farben dargestellt. Viel seltsamer aber wirkte die Art und Weise der Darstellung des Leidens Christi. Seine Peiniger waren mit einer bösartigen Begeisterung bei der Sache, die sich dem Betrachter geradezu aufdrängte. Der leidende Jesus wand sich wollüstig unter den Schmerzen, die ihm zugefügt wurden. Alles sah anders aus, als ich es von den Kirchen und Friedhöfen in meiner Heimat gewohnt war. Am schlimmsten aber war, daß auf diesen Gemälden Dinge zu sehen waren, die auf kirchlichen Gemälden nicht gezeigt werden durften. So ähnlich wie auf den Bildern in meinem Zimmer im Bordell, nur viel gemeiner. Und hier war es mir nicht möglich, sie umzudrehen. Ich schloß die Augen.

Irgendwann wachte ich fröstelnd auf und versuchte, so gut

es mir möglich war, tiefer in das Strohlager zu kriechen. Ich dämmerte weiter vor mich hin, die Kerzen brannten langsam herunter. Gelegentlich hörte ich hallende Schritte draußen im Korridor und menschliche Stimmen. Ich betete. Es war der einzige Trost.

Wieder Schritte, die sich näherten und vor der Tür zu meiner Zelle haltmachten. Der Schlüsselbund klimperte, ein Schlüssel wurde ins Schloß geschoben, quietschend herumgedreht und die schwere Tür aufgeschoben. Zwei Mönche mit Kapuzen traten ein und sahen auf mich herab.

«So, mein Junge», sagte der eine, «die Zeit der Erlösung ist gekommen.»

Die Stimme kam mir bekannt vor, aber ich konnte sie nicht einordnen. Der andere holte einen dicken Stock hervor und beugte sich zu mir herunter. Den Stock steckte er durch meine zusammengebundenen Arme und Beine hindurch, dann faßte der andere zu, und gemeinsam hoben sie mich an. Nun hing ich an der Stange wie ein frisch erlegtes Stück Wild. Auf diese Weise trugen sie mich nach draußen. Als sie im Gleichmarsch den Korridor entlangstapften, begannen sie ein Lied zu singen. Es war ein Lied, das man zur Jagd singt. Es hallte gespenstisch wider.

Der Weg wollte kein Ende nehmen. Ich fror. Das Blut wich aus meinen Händen und Füßen, die Gelenke schmerzten, ich stöhnte laut.

Schließlich traten wir durch eine weitere Tür in einen großen Raum. Sie brachten mich zu einem Holztisch an der Seite und luden mich darauf ab. Ich konnte den Raum überblicken. Es war ein grauenvolles Bild: In der Mitte hing ein riesiges Kreuz von der Decke, dessen unterer Balken in einen monströsen spitzen Haken auslief. Darunter stand ein mächtiger Holzblock. Eine Kette verlief unter der Decke vom Kreuz bis in eine Ecke, wo sie eingehakt war. Etwas weiter entfernt sah ich eine Pritsche, auf die Lederschnallen genagelt waren, für Arme und Beine eines Gefangenen. Außerdem eine Art Mumie aus Holz zum Aufklappen, in deren Innerem unzählige lange Nägel angebracht waren, oder ein Eisenkäfig in Form eines menschlichen Körpers. Seile und Lederschlaufen in den verschiedensten Ausführungen, die teilweise aussahen wie Pferde- oder Ochsengeschirre, hingen von der Decke. An einer Wand hingen Beile, Säbel, Zangen, Sägen, Spieße und Brandeisen. In einer Ecke baumelte eine Strohpuppe, in deren Oberkörper Messer steckten.

Am oberen Ende des Raums befand sich ein Kamin, in dem ein Feuer brannte. Davor stand ein Mönch in schwarzer Kutte. Er war kleiner und dicker als die anderen und hielt eine Peitsche in der Hand. Mit dieser machte er einige befehlende Gesten, und die Männer, die mich gebracht hatten, hoben mich erneut auf und trugen mich in die Mitte des Raums, wo sie mich auf den mächtigen Holzblock legten. Einer zog ein großes Messer hervor und schnitt meine Fesseln durch.

Doch noch ehe ich mich frei bewegen konnte, hatten mich starke Hände an Armen und Beinen gepackt. Sie legten meine Hand- und Fußgelenke in eiserne Fesseln, die an allen vier Ekken des Holzblocks festgeschraubt waren. Der dicke schwarze Mönch trat hinter mich ans Kopfende des Holzblocks, die beiden anderen postierten sich rechts und links neben mir. Über mir hing der gräßliche Haken dieses widernatürlichen, monströsen Kreuzes.

«Kleiner Messerstecher», sagte der eine graue Mönch.

«Du böser Verbrecher», sagte der andere.

«Mordbube.»

«Liebling des Sodomiten von Weald Manor.»

«Du Plage der Gerechten.»

«Du Auswurf eines kranken Geschlechts.»

«Büßen mußt du für deine Sünden!»

«Die Tugend wollen wir dir einimpfen, bis du sie wieder erbrichst.»

«Du Ausgeburt des Teufels.»

Der schwarze Mönch ging um den Block herum und stand nun am Fußende.

«Ein hübscher Junge», sagte er. Auch diese Stimme kam mir bekannt vor.

«Die Schönheit ist schuld an allem Unheil», sagte der erste Mönch.

«Das Streben nach Vollkommenheit bringt nur Verkommenheit hervor», ergänzte der zweite.

Der schwarze Mönch hob die Peitsche. «Schütze die Tugend, indem du sie quälst!» rief er aus.

Die Peitsche schnalzte und knallte über mich hinweg.

Der erste Mönch hatte plötzlich eine Schere in der Hand. Er begann, meine Kleider zu zerschneiden. «Heute», sagte er dabei, «wird es eine Premiere geben.»

«Was für ein hübscher Junge», wiederholte der schwarze Mönch.

Der erste Mönch machte sich nun daran, mit der Schere meine Jacke und mein Hemd aufzuschneiden.

Ich wand mich auf dem Holzblock. Ich wurde beinahe ohnmächtig vor Angst, Wut und Scham.

Die letzten Überreste meines Hemdes fielen beiseite. Plötzlich stutzten sie alle drei.

«Du Miststück!» rief der schwarze Mönch zornig aus.

«Ein Weib!» rief der andere.

«Du Schlampe! Du Luder!» schrie der schwarze Mönch. «Du bist ein Mädchen.»

Sie rissen mir Hose, Schuhe, Strümpfe und Unterwäsche vom Leib, bis ich völlig nackt auf dem Holzblock lag. Dann lachten sie böse und faßten mit ihren gräßlichen Händen nach mir. Ich schrie auf und brach in Tränen aus.

«Das Kreuz!» kommandierte der schwarze Mönch.

Die beiden anderen ließen von mir ab. Der eine ging in die Ecke und machte das Seil los, mit dem das Kreuz befestigt war. Das schwere Balkenkreuz senkte sich herab. Der andere warf eine Kette mit Handschellen über den eisernen Haken des Kreuzes. Es senkte sich weiter. Der erste Mönch kam zurück, und gemeinsam banden sie meine Hände los, um ihnen sofort wieder die Handschellen anzulegen.

Der schwarze Mönch verschwand für einen Moment und kam dann mit zwei weißen Flügeln zurück. Federn klebten darauf. Sie zogen das Kreuz wieder ein Stück nach oben, so daß ich hinter dem Holzblock in der Luft hing. Dann befestigten sie mir die weißen Flügel auf dem Rücken, indem sie sie oberhalb und unterhalb meiner Brust mit Lederriemen festzurrten. Nun zogen sie mich ein Stück weiter hinauf, standen da und starrten mich an.

«Der schönste Engel, den wir je hatten», sagte der schwarze Mönch. «Wir sollten ihn hier hängen lassen, bis die anderen kommen.»

«Nein», sagte der erste Mönch. «Ich will es sofort tun.»

«Ja, sofort», sagte der zweite.

«Wie ihr wollt», entschied der schwarze Mönch, «es weiß niemand davon.»

Die beiden grauen Mönche ließen ihre Kutten fallen. Darunter waren sie nackt. Die Kapuzen behielten sie an. Ihre Körper sahen häßlich aus. Und gierig. Und böse. Sie traten auf mich zu und streckten ihre nackten Arme aus und wollten nach mir fassen und mir weh tun und mich quälen, wieder und wieder. Ich zappelte herum. Sie lachten. Ich bettelte und heulte gleichzeitig. Ich schloß die Augen, und plötzlich war es, als würde etwas ganz anderes passieren. Ich schrie auf, so laut, wie ich noch nie geschrien hatte.

«Nein, nein, Vater, nein, das darfst du nicht tun, nein!»

Und alles war wieder da, wie damals, als es wirklich geschehen war. Mein Vater kommt auf mich zu. Er ist nackt. Er ist gierig. Er ist böse. Er hält mich fest, ich kann nicht weglaufen. Er umarmt mich, küßt mich, und ich kann seinen Schnapsatem riechen. Ich winde mich und schlage und trete ihn so fest ich kann, aber er ist stärker und hebt mich hoch und trägt mich ins Schlafzimmer. Dort wirft er mich aufs Ehebett, zieht einen Strick hervor, fesselt meine Arme und bindet sie ans Kopfende. Dann kniet er sich aufs Bett und stöhnt und stößt die schrecklichen Worte aus: «Sei doch still, mein Liebling, ich bin's doch nur, dein Vater. Ich werde dir nicht weh tun. Deiner Mutter hat es auch nie weh getan. Halt doch still, sei brav. Ich liebe dich doch.» Und er wälzt seinen schweren Körper auf mich drauf und erstickt mich fast mit seinen Küssen und reißt mir die Kleider vom Leib, und dann drückt er mich tief ins Bett, und ich kann nicht mehr und weine nur noch. Er läßt nicht nach, ich rieche seinen Schweiß, er tut mir weh, und ich bleibe ganz still liegen. Ich bin tot. Ich will ihn nie mehr wiedersehen. Ich will nicht mehr seine Tochter sein. Ich will nicht mehr die sein, die ich bin. Ich werde mir die Haare abschneiden. Ich bin kein Mädchen, ich bin ein Junge. Es ist vorbei.

~ 30 ~ DIE FREUNDE DER TUGEND

Keller! Keller! Dieses Wort kreiste unaufhörlich in Pistoux' Kopf herum. Was hatte der sterbende Sandford damit gemeint? «Ganz … einfach … gehen Sie … in … Keller.» Das waren seine letzten Worte gewesen. Welcher Keller? Wo? Was sollte sich dort befinden?

Er lag an Händen und Füßen gefesselt auf dem Bett und blickte zur Decke, wo er sich selbst in einem großen Spiegel sehen konnte, einen Knebel im Mund, an Händen und Füßen gefesselt und nach oben blickend ... Ein grotesker Moment, sich selbst so hilflos anstarren zu müssen. Wie lang hatte er bewußtlos hier gelegen? Ihm war jedes Zeitgefühl abhanden gekommen. Durch das Fenster drang diffuses Licht. In seinem Kopf ein kontinuierlich pochender Schmerz, als wolle jemand die Schädeldecke von innen her aufbrechen. Außerdem war da noch diese unbändige Wut darüber, daß er sich hatte überlisten lassen. Wie ein dummer Junge war er in die Falle getappt. Hatte sich übertölpeln lassen von einer fetten Matrone und einer Hure, die nichts weiter war als ein Teufel in Frauengestalt. Er wälzte sich hin und her. Sehr weit konnte er sich nicht fortbewegen, denn um seinen Hals hatten diese Bestien einen Strick geschlungen. Er war festgebunden wie ein Hund.

Draußen im Korridor waren Schritte zu hören. Jemand rüttelte an der Tür. Die Schritte entfernten sich wieder. Er versuchte, Laute von sich zu geben, aber es klang erbärmlich leise und erstickt.

Wieder näherten sich Schritte. Jemand steckte einen Schlüssel ins Schloß, probierte, zog ihn wieder raus. Das wiederholte sich unzählige Male. Ein Retter war gekommen. Pistoux drehte sich auf dem Bett so weit um, daß er die Tür sehen konnte.

Endlich drehte sich ein Schlüssel im Schloß. Die Tür wurde aufgeschoben, und da stand sie. Jeanne, der blonde Teufel aus seiner Heimat. Pistoux fluchte innerlich. Dann sah er das große Messer in ihrer Hand.

Sie stürzte auf ihn zu und zerschnitt in Windeseile die Seile, mit denen er gefesselt war. Als seine Hände frei waren, riß er sich den Knebel vom Mund. Gleich darauf machte er eine blitzschnelle Bewegung und bekam Jeannes Hand mit dem Messer zu fassen. Er entwand ihr die gefährliche Waffe, ließ sie zu Boden fallen und drückte den Körper der widerspenstigen

Frau mit aller Kraft zur Seite, rollte sich auf sie, hielt sie fest und ächzte atemlos: «Was wird hier gespielt?»

Sie lag regungslos unter ihm und sah ihn spöttisch an: «Jedenfalls nicht das, wofür ich sonst bezahlt werde.»

«Rede, Hure! Sonst werde ich …» Pistoux holte mit einer Hand zum Schlag aus.

«Tun Sie's nicht», sagte Jeanne. «Es wäre schlecht für meinen Teint. Und würde Ihnen gar nichts nützen.»

«Rede schon!»

«Gehen Sie von mir runter! Das ist unbequem.»

«Ha!» Aber was blieb Pistoux anderes übrig, als loszulassen?

«Tun Sie bloß nicht so selbstgerecht, Monsieur», sagte Jeanne, nachdem sie sich wieder halb aufgerichtet hatte.

Pistoux war aufgestanden. In der Hand hielt er das Messer, das er vom Boden aufgehoben hatte.

«Das brauchen Sie nicht», sagte Jeanne. «Ich bin auf Ihrer Seite. Sie müssen sich nur noch daran gewöhnen.»

«Ich will alles wissen. Warum hast du mich vergiftet?»

Jeanne rutschte zum Bettrand und setzte sich hin. «Ich wußte nichts von dem Betäubungsmittel im Tee. Madame Noire hat ihn zubereitet. Ich habe Ihnen nichts getan. Sie können also ruhig wieder etwas höflicher zu mir sein.»

«Gut, wie Sie meinen. Wo ist Madame Noire jetzt?»

«Sie ist fort. Ich weiß nicht, wohin.»

«Wir müssen Claude wiederfinden.»

«Ja. Aber wie?»

«Sandfords letzte Worte. Er erwähnte einen Keller. Er sagte es so, als sollten wir im Keller dieses Hauses nachsehen.»

«Im Keller? Was soll da sein?»

«Das werden wir ja sehen.»

«Gut», sagte Jeanne. Sie stand auf. Sie deutete auf das Messer, das Pistoux noch immer in der Hand hielt. «Was wollen Sie damit?»

«Eine Waffe», sagte Pistoux. «Wir brauchen eine richtige Waffe. Gibt es hier so etwas?»

Jeanne zuckte mit den Schultern. «Vielleicht im Büro von Madame Noire. Das könnte sein.»

«Wir werden nachsehen. Wo sind die anderen?»

«Auf ihren Zimmern. Wir haben noch keine Gäste.»

«Es ist Abend?»

«Ja.»

Jeanne hob den Schlüsselbund auf, den sie beim Eintreten hatte fallen lassen, und sie gingen nach unten. Einer der Schlüssel paßte zu Madame Noires Büro. Pistoux lief zu ihrem großen Schreibtisch, der übersät war von unzähligen Papieren, und zog die Schubladen auf. Er hatte Glück. In der unteren rechten Schublade lag ein amerikanischer Revolver. Er prüfte die Trommel. Sechs Patronen steckten darin. Er ließ die Trommel wieder einschnappen und sah Jeanne an.

«Wo geht es in den Keller?»

Sie drehte sich um und ging voraus.

Neben der Tür zum Keller hing eine Öllampe. Jeanne zündete sie an. Sie stiegen eine knarrende Treppe nach unten. Sie liefen rohe, von Schimmel befallene Steinwände entlang, über festgetretenen Lehmboden. Durch einen niedrigen Bogen hindurch gelangten sie in den Weinkeller. Einige Fässer standen übereinander, und in Regalen lagen unzählige Flaschen. Staub und Spinnweben vervollständigten das Bild. Sie gingen weiter und öffneten mehrere Türen zu Räumen und Verschlägen, in denen die Vorräte gelagert wurden oder einfach nur Möbel oder Gerümpel. Zwei verschlossene, morsche Türen trat Pistoux in einem plötzlichen Wutanfall einfach ein. Es dauerte nicht lange, da hatten sie alle Räume durchsucht.

«Nichts», stellte Pistoux fest.

«Er hat wirklich Keller gesagt?» fragte Jeanne.

«Keller, ja.»

«Es gibt viele Keller in der Stadt.»

«Das weiß ich selbst», schnaubte Pistoux.

Sie gingen wieder nach oben und durchsuchten sämtliche Räume im Erdgeschoß. Das war blinder Aktivismus. Pistoux fand nichts weiter als Zeugnisse einer verkommenen Moral. Schließlich standen sie im kleinen Privatsalon von Madame Noire, der sich direkt neben dem Roten Salon befand. Auch hier natürlich nichts. Pistoux durchsuchte wütend, aber ohne jedes System sämtliche Schränke und Kommoden.

Jeanne stand an der Tür, die nach draußen in den Garten führte. Sie hielt noch immer die Öllampe in der Hand. Inzwischen war es fast ganz dunkel geworden. Sie zog die Vorhänge beiseite und schob die Tür auf.

«Wir brauchen noch eine zweite Lampe», sagte sie.

«Was?»

«Mehr Licht, im Keller ist es dunkel.»

«Zur Hölle mit dem Keller!» Pistoux starrte sie wütend an.

Jeanne deutete in den Garten. «Die Laube», sagte sie.

«Was ist damit?»

«Manchmal habe ich Madame Noire dort hingehen sehen.»

Pistoux sah sie mißtrauisch an. «Und?»

«Sie blieb oft sehr lange dort. Auch wenn es regnete.»

Pistoux' Miene hellte sich auf. «Ein Gang?»

Jeanne nickte. «Vielleicht.»

«Ein Keller!»

Sie fanden eine zweite Öllampe, zündeten sie an und liefen über den Rasen zur Laube, die wie ein kleiner Dom aussah mit runder Kuppel und zwei dorischen Säulen, die sich vor dem pflanzenumwucherten Spalier auf der hinteren Seite der Laube fremdartig abhoben.

«Nichts», stellte Pistoux enttäuscht fest. Auf dem Boden lagen schwere Steinplatten. Von einem Kellereingang keine Spur.

«Da», sagte Jeanne. Sie leuchtete mit ihrer Lampe in eine Nische, in der ein steinerner Bacchus seinen Schabernack trieb.

Jeanne ging zu der kleinen Plastik, besah sie sich aus der Nähe und drehte ihr dann den Kopf nach hinten. Pistoux mußte erschrocken beiseite springen, weil mehrere Steinplatten unter seinen Füßen sich plötzlich absenkten. Im Schein der beiden Öllampen wurden Treppenstufen sichtbar, die nach unten führten.

«Los! Nach unten!» rief Pistoux aufgeregt.

Er begann, die Treppen hinabzusteigen. Jeanne folgte ihm.

«Vorsicht», flüsterte sie, als sie unten angekommen waren. «Wir wissen nicht, wohin und zu wem uns dieser Gang führt.»

Ein endlos langer, enger Gang, fast wie eine Höhle. Die Öllampen warfen ein diffuses Licht an die feuchten Wände aus Stein, aber sehr weit reichte ihr Schein nicht.

Pistoux ging voran. Nach einiger Zeit gelangten sie in ein Gewölbe und atmeten auf. Von dort führte ein steinerner Korridor, dessen Ausmaße etwas großzügiger bemessen waren, weiter. Sie kamen zu einer engen Wendeltreppe, die sie nach unten führte. Dann einen breiten Gang entlang, dann wieder ein Gewölbe und Türen. Schwere eisenbeschlagene Eichenholztüren.

«Was war das?» fragte Pistoux.

Jeanne sah ihn mit schreckgeweiteten Augen an. Auch sie hatte den hellen gellenden Schrei in der Ferne gehört, dessen Echo in der steinernen Stille leise widerhallte. Pistoux rannte zu einer der Türen, faßte nach der Klinke und zögerte nicht lange, als er merkte, daß sie verschlossen war, sondern hob den Revolver und verpaßte dem Schloß eine Kugel. Dann drückte er die schwere Tür auf und rannte einen hohen Korridor entlang, an dessen Wänden rußig brennende Fackeln hingen. Jeanne lief ihm hinterher.

Wieder dieser gellende Angstschrei. Wieder eine Tür, wieder verschlossen, wieder ein Schuß und das Splittern von Eisen und Holz, dann standen sie in der unterirdischen Halle der Folterknechte.

Die drei Mönche erstarrten, als sie die beiden Eindringlinge bemerkten. Pistoux richtete seinen Revolver auf die drei vermummten Gestalten, die unter dem mächtigen Kreuz standen, das von der Decke hing und dessen unterer Balken in einen Haken auslief, an dem ein nackter Engel hing. Ein nackter Engel mit weißen Flügeln. Die beiden grauen Mönche standen rechts und links von ihrem Opfer und hielten Seile in den Händen, die um dessen Fußgelenke geschlungen waren. Der schwarze Mönch stand in der Mitte, mit einer Peitsche in der Hand. Der Engel schrie noch einmal gellend auf, dann bemerkte er seine Retter und verstummte.

Pistoux ging auf ihn zu und stammelte: «Claude? Claude?»

Als Antwort bekam er nur ein leises Wimmern.

Dann blieb er wie vom Donner gerührt stehen. Der arme Mensch, der dort hing, war gar nicht Claude! Dieses nackte, mißhandelte Wesen war kein Junge, sondern ein Mädchen! Aber es war doch das bekannte Gesicht. Nur, wie paßte dieser zarte, frauliche Körper dazu?

«Vorsicht, Pistoux!» rief Jeanne.

Der schwarze Mönch hatte sich bewegt. Pistoux wandte sich blitzschnell um, zögerte nicht, sondern zielte und schoß. Ein ohrenbetäubendes Krachen hallte durch den Raum. Der schwarze Mönch schrie laut auf und ging zu Boden.

«Fesseln! Alle! Sofort!» kommandierte Pistoux.

Jeanne griff nach einigen herumhängenden Lederbändern und lief zu den Mönchen. Sie band ihnen die Hände auf den Rücken, stieß sie in eine Ecke und zwang sie, sich hinzukauern. Dann schlang sie die Lederriemen um ihre Fußgelenke.

Der schwarze Mönch lag stöhnend unter dem noch immer

schwebenden Engel. Pistoux zog ihn an seiner Kutte beiseite und ließ ihn für Jeanne liegen, die ihm sofort Hände und Beine zusammenband. An der Schulter war die Kutte zerrissen und blutiges Fleisch sichtbar. Jeanne zog dem Mönch die schwarze Kapuze vom Kopf und blickte in das wut- und schmerzverzerrte Gesicht von Madame Noire.

«Madame», sagte Jeanne erstaunt. «Das hätte ich nie von Ihnen gedacht.»

Madame Noire verzog höhnisch das Gesicht: «Pah!»

Pistoux hatte das Seil gelöst, an dem das Kreuz hing, und ließ es behutsam herunter. Jeanne hob das gepeinigte Mädchen vom Haken, schloß die Handschellen mit dem Schlüssel auf, den sie auf dem Boden entdeckt hatte, und legte den zitternden Körper auf den Holzblock.

Das Mädchen war ich.

Pistoux hatte eine Wolldecke gefunden und hüllte mich ein. Jeanne blieb bei mir und rieb mich, als wolle sie mich abtrocknen. Es gab mir das Gefühl, noch am Leben zu sein.

Pistoux ging zu den beiden grauen Mönchen, die verschnürt in der Ecke lagen wie zwei Säcke, die jemand achtlos hingeworfen hatte. In der rechten Hand hielt er den Revolver und zielte auf sie, mit der linken zog er ihnen die Kapuzen vom Kopf. Dann trat er überrascht zwei Schritte zurück.

«Mr. Hartley! Dr. Putney! Jetzt ist mir alles klar.»

«Hören Sie», sagte Mr. Hartley mit brüchiger Stimme, «Sie machen einen großen Fehler.»

Dr. Putney sah Pistoux mit boshaftem Grinsen an.

«Mörderpack!» rief Pistoux aus. «Sie haben die schwarze Frau als Nonne verkleidet, um sie Ihren perversen Ritualen zu unterziehen. Die Freunde der Tugend», sagte er verächtlich. «Was für ein gemeiner Name für einen Club der Folterer!»

«Oh, diese Schande», stieß Hartley hervor, «haben Sie Erbarmen. Meine Frau ...»

«Halt doch den Mund, du Idiot!» zischte Dr. Putney.

«Sie ist Ihnen entkommen. Und durch einen wahnwitzigen Zufall ist sie Ihnen wieder in die Arme gelaufen. Was für eine grausige Ironie des Schicksals.»

«Er ist an allem schuld», rief Hartley aus und sah Dr. Putney an. «Ich bin nur ein Opfer seiner kranken Obsessionen.»

«Schweig, du Feigling!» sagte Putney mit tonloser Stimme.

«Das gleiche ist Ihnen mit Lord Anthony passiert, als Sie ihn versehentlich für eine Frau gehalten und verschleppt haben. Wegen Ihrer Kapuzen hat er Sie nicht erkannt. In seiner Unwissenheit hat er seine Mörder im eigenen Haus beherbergt. Zu spät hat er herausgefunden, wer die ‹Freunde der Tugend› sind. Da mußten Sie handeln. Und die Schuld wollten Sie auf Claude und auf mich schieben. Deshalb haben Sie den Lord sichtbar für alle in den Baum gehängt. Und deshalb haben Sie den eifersüchtigen Koch zu seiner grauenerregenden Tat angestiftet. Damit Inspektor Gray uns, die Ausländer, für die Täter hält.»

Hartley brach in Schluchzen aus.

«Ha!» lachte Dr. Putney.

«Mir ist nur noch nicht klar, warum Francis Ruskin während der Jagd den Tod finden mußte.»

«Es war ein Versehen», jammerte Hartley. «Weil er dem Lord so ähnlich sah. Dieser verfluchte Bart.»

«Das ist doch lächerlich», sagte Dr. Putney.

«Und selbst nach dieser fehlgeschlagenen Tat haben Sie nicht von Ihrem Plan ablassen können. Und dann William St. Simon. Das waren doch Sie, Mr. Hartley. Sie fürchteten um die Erbschaft Ihrer Schwester, als Sie erfuhren, daß Lord Anthony sein Testament geändert hatte. Doch leider haben Sie nach dem Mord den gesuchten Brief mit der schlechten Nachricht nicht mehr gefunden, denn der arme Sandford ist Ihnen zuvorgekommen.»

Hartley sah ihn verwirrt an.

«Genau», sagte Dr. Putney. «Er war es, dieser Jammerlappen.»

«Er hat mich angestiftet, er!» rief Hartley aus.

«Was spielt es schon für eine Rolle», sagte Pistoux grimmig. «Der Henker wartet auf euch beide.» Pistoux trat einen Schritt zurück und fuhr fort: «Was für eine fatale Verstrikkung! Auch ohne die Testamentsänderung wären Sie, Mr. Hartley, niemals in den Genuß der Erbschaft gekommen, denn das Testament war zugunsten von Thomas Sandford abgefaßt worden.»

Hartley schrie laut auf.

«Ich habe dir doch gesagt, du bist ein Idiot», brummte Dr. Putney.

«Auch Sandford hat sich nicht wie ein Gentleman verhalten, als er erfuhr, daß ihm das Geld verlorengehen sollte. Er ist in die Kanzlei des Notars eingebrochen. Aber wenigstens hat er sich nicht zu Mord und noch viel perverseren Untaten verleiten lassen.»

Pistoux versetzte jedem einen Tritt und wandte sich ab. Dr. Putney schwieg, Hartley wimmerte vor sich hin.

«Pistoux», meldete sich Jeanne, die noch immer neben mir stand, «wir brauchen einen Arzt. Das Mädchen ...»

«Das Mädchen», murmelte Pistoux, «das Mädchen.»

«Wir sollten uns beeilen.»

«Ja, lassen wir die Schurken hier, bis wir sie der Polizei übergeben können.»

Er hob mich hoch und trug mich aus dem Verlies. Den ganzen Weg nach oben sah er mich verstört an. Ich versuchte zu lächeln. Mein Chef hatte mich gerettet. Ich war in Sicherheit, und aus Claude wurde wieder Claudine.

Erst viel spä-
ter, als ich längst wieder gesund war, erfuhr ich, wohin diese
Verbrecher, die sich «Freunde der Tugend» nannten, mich
verschleppt hatten: in eine geheime Katakombe, die sich unterhalb der Krypta der Kathedrale befand. Ausgerechnet hier,
im labyrinthischen Untergrund der immer wieder umgebau-
ten Kirche, wo nach Meinung seiner katholischen Verehrer
die Gebeine des 1170 von seinem König Heinrich II. ermordeten Erzbischofs Thomas Becket liegen sollen, pflegte diese
teuflische Geheimgesellschaft ihre abartigen Rituale. Zahlreiche unbekannte Gänge, die sich unter der Stadt erstreckten,
nahmen hier ihren Ausgang, einer davon führte direkt in den
Garten des Bordells von Madame Noire. Jeanne und ihre Kol-
leginnen hatten nichts davon gewußt, daß ihre Arbeitgeberin
jener von John Hartley und Dr. Putney geleiteten Verbrecher-
gruppe angehört hatte. Niemals wären sie auf den Gedanken
gekommen, die ruppige, aber scheinbar herzensgute Alte zu
verdächtigen, zahllose unschuldige Mädchen aus der Arbeiter-
klasse entführt und mißbraucht zu haben. Madame Noire
starb an der Schußverletzung, die Pistoux ihr beigebracht
hatte. Hartley und Putney wurden von der Polizei verhaftet
und vor Gericht gestellt. Ihnen wurde die Entführung vieler
in den letzten Jahren verschwundener junger Mädchen ange-
lastet. Die beiden Anführer des Sadistenclubs schwiegen zu
den Vorwürfen, und bald verbreiteten sich die wildesten Gerüchte über bekannte Persönlichkeiten, die angeblich an ihren
nächtlichen Orgien teilgenommen hatten. Noch bevor ein
Urteil gesprochen werden konnte, wurden die beiden Männer
erhängt in ihren Zellen aufgefunden. Bis heute weiß niemand,
wie sie es schafften, sich die dazu erforderlichen Stricke zu be-
sorgen.

Während ich mich in einem Kloster von meinen körper-
lichen und seelischen Verletzungen erholte, nahm Pistoux

eine Stellung als Entremettier in einem Londoner Hotel an. Jeanne besuchte mich zu Anfang jeden Tag am Krankenbett, aber irgendwann blieb sie fort, und ich habe nie mehr von ihr gehört. Ich glaube, sie hatte keine große Lust, vor Gericht auszusagen. Als ich wieder gesund war, wollte ich Pistoux in der englischen Hauptstadt besuchen. Leider traf ich ihn dort nicht mehr an. Er war bereits nach Frankreich zurückgekehrt. Einer seiner ehemaligen Kollegen im Hotel erhielt einen Brief von ihm, in dem er mitteilte, daß er in Nizza als Schiffskoch auf der Luxusyacht eines reichen Amerikaners angeheuert habe. Mir ließ er herzliche Grüße ausrichten mit der inständigen Bitte, daß ich mich um mein Erbe und meine Ausbildung kümmern solle.

Ich befolgte seinen Rat und söhnte mich mit Lady St. Simon aus, die ja nun in meinem Haus wohnte. Die alte Dame schickte mich auf eine angesehene Mädchenschule. Kurz bevor ich meine Ausbildung beendet hatte, wurde sie sehr krank. Es war mir vergönnt, sie noch einige Jahre zu pflegen, bevor sie starb. Auf diese Weise konnte ich vielleicht einiges Leid lindern, das ich teilweise selbst, wenn auch ohne jede Absicht, verursacht hatte.

So wurde ich schließlich Herrin auf Weald Manor. Als es mir dort zu einsam wurde, verkaufte ich den Landsitz und bezog eine Wohnung in London. Alle meine Versuche, Jacques Pistoux dazu zu bewegen, wieder nach England zu kommen, wo ich ihm ein Restaurant finanzieren wollte, blieben vergebens. Ich sah ihn nie mehr wieder.

～∴～

DAS KOCHBUCH DES JACQUES PISTOUX

⌣∴⌣

Während die Kutsche mit der mysteriösen Fracht sich dem Landsitz von Lord Anthony nähert, speisen die Gäste im Dining Room traditionell englisch:

◌ Hotch Potch ◌

ist eigentlich eine schottische Spezialität. - - Für diese Gemüsesuppe wird 1 kg Hammelbrust in 3 l Salzwasser gekocht, dann vom Knochen gelöst und kleingeschnitten. - - Dann werden Staudensellerie, Möhren, Frühlingszwiebeln und Blumenkohl in der Brühe gegart, das Fleisch wieder in die Suppe gegeben und Schnittlauch und Petersilie darübergestreut.

◌ Steak and Kidney Pudding ◌

Für den Steak-Nieren-Pudding wird zuerst ein Teig aus 400 g Weizenmehl, das mit 1 Teelöffel Backpulver und je einem ½ Teelöffel Salz und Pfeffer und etwas kaltem Wasser vermischt wurde, und 200 g geriebenem Rindertalg verknetet. - - Dann wird eine Farce von in kleine Stücke geschnittenem Rumpsteak und Kalbsnieren sowie einer Mischung aus Portwein, Rinderbrühe und Worcestersauce in eine mit dem Teig ausgekleidete Puddingform gefüllt und mit dem Teig verschlossen. - - Anschließend wird der Pudding im Wasserbad 3 – 4 Stunden gedämpft.

ᴖ ᴙOASTBEEF AND ᴊORKSHIRE ᴘUDDING ᴖ

Ein möglichst großes Stück Rinderlende wird im sehr
heißen Ofen gebraten, bis es außen knusprig, innen aber
noch sehr rosa ist. - - Dazu wird ein dickflüssiger Teig
aus Mehl, Milch und Eiern zubereitet, der in Rindertalg
knusprig gebacken wird.

*Auf dem Schiff nach England stärken sich
Jacques Pistoux und sein Commis mit einem typisch
südfranzösischen Imbiß:*

ᴖ ᴘAN ᴃAGNAT ᴖ

Ein halbiertes, aufgeschnittenes Baguette wird mit
Zwiebeln, Tomaten, Paprika, Oliven, hartgekochtem Ei
und Sardellen gefüllt, dann gut mit Pfeffer und Salz
gewürzt, mit Olivenöl getränkt und zugeklappt als
Proviant mitgenommen.

*Während der Überfahrt erzählt Pistoux von seinen
Kriegserlebnissen und speziellen Krisengerichten, die sein
Freund Auguste Escoffier erfand:*

ᴖ Statt ᴘFERDEFLEISCH MIT ᴌINSEN sollten Sie lieber ᴌINSEN IN ᴙOTWEIN probieren: ᴖ

300 g Linsen über Nacht einweichen. - - 150 g
gewürfelter durchwachsener Speck in Olivenöl

auslassen, Zwiebeln dazugeben, goldbraun werden lassen. - - Dann 5 Tomaten (gehäutet, entkernt, gewürfelt), 1 Bouquet garni, 2 Knoblauchzehen, ½ Liter Fleischbrühe, 125 ml Rotwein dazugeben. - - Linsen abgießen, mit Wasser aufkochen lassen, wieder abgießen und an die Sauce geben. - - Ungefähr 1 Stunde garen, mit Salz und Pfeffer abschmecken.

⊰ Pot au feu de Cheval ⊱

Nehmen Sie statt Pferdefleisch (es ist zu zäh und schmeckt süßlich) lieber 2 kg Rindfleisch und garen es in einem großen Topf mit Wasser, Bouquet garni, ganzen mit Nelken gespickten Zwiebeln, Knoblauchzehen und Karotte leise köchelnd 4–5 Stunden. - - Dazu gibt es Gemüse (Karotten, weiße Rüben, Porree, kleine Kartoffeln, Selleriestücke), das in Salzwasser 10 Minuten gegart wurde und dann 15 Minuten in der Fleischbrühe ziehen konnte. - - Die Suppe in Suppentassen servieren, das Fleisch in Scheiben schneiden und mit dem Gemüse umlegen.

Das Privileg der gefangenen Offiziere in Wiesbaden:

⊰ Nougat Glacé ⊱

Nicht nur französische Generäle sehnen sich nach diesem provenzalischen Dessert: Zuerst 75 g Zucker mit 100 g Mandeln karamelisieren. - - Dann 175 g kandierte Früchte grob hacken und mit einem Gläschen Triple sec übergießen. - - Karamelmasse und Früchte werden anschließend in eine festgeschlagene Eiweißmasse von 6 Eiern eingearbeitet und mit 700 g geschlagener Sahne vermischt. - - Nach Kühlung in der Eismaschine auf Himbeersauce servieren.

Nach der Ankunft in Dover essen Pistoux und sein Commis in einem volkstümlichen Pub zu Abend:

⌣ CHICKEN PIE ⌢

Aus Mehl, Fett, Salz, Pfeffer und kaltem Wasser wird ein Teig bereitet, der anschließend mit Hühnchenfleisch, Schalotten, Hühnerbrühe, Champignons, weißem Portwein und Worcestersauce gefüllt, oben verschlossen und im Ofen gar gebacken wird.

Eingezwängt zwischen den Mitreisenden auf dem Dach der Kutsche, beobachtet Pistoux' Commis, wie die Einheimischen dreieckige Brotscheiben auspacken:

⌣ ENGLISCHES SANDWICH ⌢

Der klassische Sandwichaufstrich wird so zubereitet (für 12 Kastenbrotscheiben): 100 g Gruyère-Käse fein reiben, 100 g gekochten Schinken kleinschneiden und alles mit einem feingehackten Salatherz vermischen und 4 Eßlöffeln Mayonnaise binden. - - Aufstreichen, zudecken, diagonal durchschneiden und vor dem Verzehr kühlen.

Ein arroganter Engländer belehrt Pistoux über die angeblichen Mängel der französischen Küche und erwähnt Bœuf à la mode sowie Froschschenkel:

∿ BŒUF À LA MODE ∿

2 kg Rindfleisch spicken und rollen, mit Salz, Pfeffer und Quatre-épices bestreuen, in eine Schüssel legen, 6 Eßlöffel Cognac und eine Flasche Weißwein darübergießen, 12 Stunden marinieren. - - Danach Fleisch anbraten, Karotten dazugeben sowie Kalbsfüße, Schweineschwarte, Bouquet garni, eine mit Nelken gespickte Zwiebel und 3 Knoblauchzehen. - - In der Marinade 5 Stunden simmern lassen. - - In der Zwischenzeit 30 kleine Zwiebeln und 10 kleine Karotten in Butter karamelisieren und dann mit einem Teil der Brühe garen. - - Das Fleisch vom Feuer nehmen, Kalbsfüße und Schwarte kleinschneiden und das in Scheiben geschnittene Fleisch damit und mit dem Gemüse umlegen und die eingekochte Flüssigkeit extra reichen.

∿ NYMPHES À L'AURORE ∿ (Froschschenkel nach Art von Auguste Escoffier)

Die Froschschenkel werden in einer Weißwein-Court-Bouillon gegart und in eine mit Tomatenpüree gefärbte, mit Paprika gewürzte Fisch-Chaudfroid getaucht (maskiert) und dann mit Kerbelzweigen und Estragonblättern in Champagnergelee gebettet und auf einem Eisblock serviert.

Bei seinem Einstellungsgespräch erklärt Pistoux seinem
Vorgesetzten, dem Butler Charles, daß er durchaus in der
Lage sei, ein englisches Frühstück zuzubereiten:

✌ ENGLISH BREAKFAST ✌

Ein echtes englisches Frühstück besteht mitunter aus
fünf Gängen: Zuerst gibt es Orangensaft, eine halbe
Grapefruit oder Kompott; dann folgt der Porridge
(in leicht gesalzenem Wasser gekochte Haferflocken,
mit Butter und braunem Zucker abgeschmeckt);
das Hauptgericht sind Rühr- oder Spiegeleier mit
gebratenem Speck oder Schinken, dazu gibt es
Grilltomaten und Bratwürste; danach geht es weiter mit
Kippers (Räucherhering aus der Pfanne) oder pikant
gewürzten Hammelnieren, vielleicht auch Fisch in
Curryreis; den Abschluß bildet der Toast mit
Marmelade, zu dem es Kaffee oder Tee gibt,
beides mit Milch.

Nach der Jagd bereitet Pistoux ein Hauptgericht
aus den erlegten Tieren zu:

✌ FASAN MIT CIDER, ÄPFELN UND
WALNÜSSEN ✌

Fasan würzen, zusammenbinden und mit Speck
belegen. - - Mit Butter braten, dann mit Walnüssen,
Cider und Crème fraîche 45 Minuten zugedeckt im
Backofen schmoren. - - Gewässerte Rosinen und
Apfelschnitze dazugeben, 15 Minuten im offenen

Bräter schmoren, rausnehmen, 10 Minuten
weiterbräunen, während die Sauce einkocht. - -
Fasan mit Walnüssen, Äpfeln, Rosinen und
Speck umlegt auftragen.

⌁ MOORHÜHNER MIT WALDPILZEN IN ROTWEIN ⌁

Zwei Moorhühner zerteilen und in Butter anbraten. - -
2 Möhren, 1 Zwiebel und 2 Knoblauchzehen hacken, im
Bratenfett dünsten, mit 0,2 Liter Rotwein und 300 ml
Fleischbrühe ablöschen. - - Mit Thymian, Salz und
Pfeffer würzen. - - Hühnchenteile 20 Minuten garen,
rausnehmen, Sauce passieren und reduzieren, die separat
in Butter sautierten Pilze und das Fleisch dazugeben. - -
Dazu wird geröstetes Brot gereicht.

*Canon Dilke, Pistoux' Rivale in der Küche, konkurriert am
gleichen Abend mit einer weniger passenden Speise:*

⌁ PORK AND APPLE PIE ⌁

Dazu wird Schweinefleisch mit Zwiebeln und
Äpfeln in einen Kartoffelbreiteig gegeben und im
Ofen gebacken.

Nachdem Pistoux den modernen Kühlschrank des Lords
bewundert hat und sein Commis seine Freude am
Schneiden von blutigem Fleisch ausleben durfte, kocht
Pistoux ein provenzalisches Abendmenü:

☙ GIGOTS À LA CAVAILLONAISE ❧

Im Mörser grobes Meersalz, Knoblauch, Pfeffer und
Kräuter der Provence zerreiben. - - In Streifen
geschnittenen Speck darin wenden und damit und mit
16 Sardellenfilets die Lammkeule spicken. - - Fleisch mit
Olivenöl einreiben und 30 Minuten offen bei 200 Grad
im Backofen braten. - - Temperatur auf 150 Grad
herunterschalten und 1 Lorbeerblatt, 3 enthäutete und
gehackte Tomaten, 24 ungeschälte Knoblauchzehen
und 125 ml Weißwein dazugeben. - - 2 Stunden
schmoren. - - 150 g schwarze Oliven dazugeben, weitere
15 Minuten garen. - - Dann die Lammkeule mit dem
Gemüse umlegen und die Sauce separat reichen.

☙ SOUPE TÔT FAITE ❧

Diese Suppe wird aus 1,5 Liter Salzwasser,
750 g Kartoffeln und 500 g Porree bereitet: Alles
kleinschneiden, in den Topf geben und kurz garen. - -
Dann altbackenes Brot auf die Suppenteller geben,
mit Olivenöl übergießen, mit Pfeffer würzen und
die Suppe darübergeben, fertig.

⌇ TOURTE DE BLETTES ⌇

Zuerst einen Auslegeteig herstellen: 250 g Mehl, Salz,
1 Ei, 60 ml Olivenöl und 60 ml lauwarmes Wasser
mischen, kneten und 1 Stunde ruhen lassen. - - Dann
1 kg Mangold blanchieren, ausdrücken und hacken und
mit 2 Eiern und 50 g geriebenem Parmesan vermischen
und salzen und pfeffern. - - Die Hälfte vom Teig
ausrollen, Füllmasse darauf verteilen, mit zweiter
Teighälfte abdecken, am Rand zusammendrücken und
vier bis fünf Löcher hineinmachen, damit der Dampf
entweichen kann. - - Mit Öl bestreichen und
30 Minuten backen.

⌇ BIRNEN IN ROTWEIN ⌇

6 Williamsbirnen schälen, entkernen, halbieren. - - Mit
125 g Zucker und einer Flasche Rotwein und
getrockneter Orangenschale und einer Zimtstange
aufkochen und dann eine Stunde simmern lassen. - -
Danach die Birnenhälften herausnehmen und
anrichten. - - Rotwein einkochen, über die Birnen geben
und kalt stellen.

Um seinen Rivalen Canon Dilke und seine
Einfallslosigkeit bloßzustellen, bemüht sich Pistoux um
einige unenglische Besonderheiten für das Picknick
der Damen im Garten:

⌁ KARTOFFELSALAT MIT BASILIKUM ⌁

Kartoffeln kochen, schälen und mit Fleischbrühe
übergießen, einziehen lassen. - - Schalotten kleinhacken
und dazugeben, pfeffern und salzen, mit Olivenöl
abschmecken. - - Gezupfte Basilikumblätter im Mörser
mit Petersilie, Knoblauch, Pinienkernen und grobem
Meersalz zerstoßen. - - Olivenöl einarbeiten. - - Die
Basilikummasse mit dem Kartoffelsalat vermischen.

⌁ KICHERERBSEN-SALAT ⌁

Kichererbsen über Nacht einweichen, dann
weich kochen und anschließend mit feingehackten
Frühlingszwiebeln, Knoblauch, Petersilie, viel Olivenöl
und Essig sowie Salz und Pfeffer abschmecken.

⌁ PAPRIKASALAT ⌁

1 kg rote und gelbe Paprikaschoten im Ofen oder auf
dem Grill braun rösten. - - Haut abziehen, in Stücke
schneiden. - - Saft auffangen. - - 1 Knoblauchzehe,
grobes Salz und Pfeffer zerreiben, 1 Eßlöffel Essig
einrühren, dann 60 ml Olivenöl, über die Paprikastücke
gießen und mit feinen Zwiebelringen und zerrupften
Basilikumblättern bedecken.

⌇ TAPENADE ⌇ (Olivenpaste)

250 g Oliven, 100 Kapern, 6 Sardellenfilets, Kräuter der
Provence, 2 Knoblauchzehen, grobes Meersalz und
4–5 Eßlöffel Olivenöl im Mörser zu einer Paste
zerreiben. - - Kann mit Cognac oder Marc verfeinert
werden. - - Auf geröstetes Landbrot streichen.

Pistoux wird vom Lord gelobt, hat plötzlich Oberwasser
und übertreibt ein wenig:

⌇ CERVELLES EN CAISSE ⌇

Gratinierte Kalbshirnscheiben in Förmchen werden
folgendermaßen hergestellt: Hirn wässern, anschließend
mit Suppengemüse und -kräutern eine Viertelstunde
lang kochen, dann in vier Teile zerteilen. - - Eine Sauce
au gratin zubereiten: Feingehackte Zwiebeln,
Champignons und Trüffel in Öl dünsten, dann mit
Tomatensauce und etwas Bouillon ablöschen. - - Diese
Sauce über die Hirnteile in den Förmchen gießen
und im Ofen überbacken. - - Anschließend mit
Zitronenscheiben und feingehackter
Petersilie garnieren.

«Danach durfte ich mich wieder einer appetitlicheren Tätigkeit widmen»:

◌ TERRINE DE POULET AUX HERBES ◌

Eine ofenfeste Terrine mit Salbeiblättern und
Speckscheiben auslegen. - - 200 g Kalbsfleisch und
60 g rohen Schinken durch den Fleischwolf drehen.
- - 75 ml Crème double, 1 Ei, 1 Gläschen Marc
und frische Kräuter (Petersilie, Estragon, Schnittlauch)
in die Fleischmasse einarbeiten, mit Salz und
Pfeffer abschmecken. - - Hälfte der Fleischmasse
in die Terrine geben, Hühnerfleischstreifen
darüberlegen, Schinkenwürfel draufstreuen, restliche
Fleischmasse darübergeben und alles mit
Speckstreifen abdecken. - - Im Wasserbad im Ofen
bei 200 Grad garen, anschließend gekühlt
12 Stunden ruhen lassen.

*Pistoux hat im Garten verspätete Himbeeren entdeckt und
entschließt sich, eine edle Süßspeise herzustellen:*

◌ CHARLOTTE MIT HIMBEEREN ◌

Vanillesauce aus ¼ Liter Milch, ½ Vanilleschote,
3 Eigelb und 75 g Zucker herstellen (Vanille zehn
Minuten in der heißen Milch ziehen lassen, dann in das
mit Zucker schaumig geschlagene Eigelb rühren und zur
Rose abziehen) mit 2 Blatt in kaltem Wasser aufgelöste
Gelatine verrühren, dann 200 g Schlagsahne
unterheben. - - 500 g Himbeeren durch ein Sieb

241

passieren und mit 200 g Zucker zu einer Fruchtsauce
vermischen. - - Weitere 200 g Himbeeren in
Zucker wälzen. - - Charlotte-Form mit Löffelbiskuits
auskleiden und abwechselnd Vanillemasse und Früchte
einfüllen. - - 2 Stunden kühlen, dann stürzen und Sauce
darüberträufeln.

*Sehr zum Mißfallen von Charles, dem Butler, sucht Lord
Anthony immer wieder die Küche auf, um Pistoux bei der
Zubereitung klassischer französischer Gerichte zuzusehen:*

ᴠ᠆ DAUBE D'AVIGNON ᠆ᴠ

1,5 kg Lammfleisch in Würfel schneiden. - - Mit
2 feingehackten Zwiebeln, 4 feingehackten
Knoblauchzehen, Thymian, Lorbeerblatt, 2 Eßlöffeln
gehackter Petersilie, 2 Gewürznelken, 6 Eßlöffeln
Olivenöl, ¼ Liter Rotwein und 2 Eßlöffeln Cognac
2 Stunden marinieren. - - Währenddessen 200 g
Schweinebauch und 150 g frische Schweineschwarte
blanchieren und in Streifen schneiden. - -
Schweinebauch zum Fleisch geben. - - Schwarte auf den
Boden eines Bräters legen, Fleischmischung dazugeben
und etwas getrocknete Orangenschale. - - 5 Stunden
schmoren. - - Dazu passen Bandnudeln.

∽ HÜHNCHEN IN ESSIG ∾

Das Huhn zerlegen und zusammen mit
6 Knoblauchzehen in Butter braten. - - Mit 6 Eßlöffeln
Weißweinessig ablöschen, dann ein Glas Weißwein
dazugeben und 3–4 enthäutete und gehackte
Tomaten, mit Salz, Pfeffer und Zucker würzen und
45 Minuten garen. - - Währenddessen 2 Teelöffel
Estragonsenf mit 150 ml Sahne vermischen. - -
Die Hühnchenteile aus dem Topf nehmen, den Rest
durch ein Sieb passieren, auch den Knoblauch
durchdrücken und einkochen. - - Sahne-Senf-Mischung
dazugeben und zu einer cremigen Sauce einkochen, die
über das Fleisch gegossen wird. - - Dazu paßt Reis.

*«Austern werden lebendig verzehrt und beleben den
Menschen von innen», behauptet Charles, der Butler. In
England werden die edlen Meeresfrüchte traditionell
auf folgende Art verspeist:*

∽ AUSTERN ∾, englische Art

Man nehme pro Person 12 Austern, breche sie auf
und lege sie auf ein Bett aus Seetang oder grobem
Meersalz. - - Zum Würzen genügen einige
Zitronenspalten zum Ausdrücken. - - Dann schneide
man pro Person 2 Scheiben deftiges Schwarzbrot ab
und lege dicke Scheiben Chesterkäse dazu. - - Fehlt
nur noch ein Ale oder Bitter beer, die Iren
bevorzugen natürlich Guinness.

Die Gäste im Landhaus sind unzufrieden mit dem Essen, obwohl Pistoux sich redlich abmüht. «Ich fürchte beinahe, die Herrschaften sehnen sich nach der englischen Kost unseres alten Dilke zurück», stellt der Butler betrübt fest:

ᐁ ALOUETTES SANS TETES ᐊ

Hierbei handelt es sich nicht wirklich um «Lerchen ohne Kopf», sondern um Rinderrouladen. - - Diese werden mit luftgetrocknetem Schinken belegt und mit einer Mischung aus Weißbrotkrumen, Knoblauch, Petersilie und Muskat gefüllt, gerollt und scharf angebraten, dann herausgenommen. - - In den Bratensatz kommen nun kleingeschnittene Karotten, Zwiebeln und Staudensellerie zum Anbräunen. - - Ein Glas Rotwein dazugießen, Rouladen wieder hineingeben und mit Tomatenpüree bedecken. - - Mit Salz, Pfeffer und Zucker würzen und 3 Stunden bei schwacher Hitze schmoren. - - Danach die Sauce einkochen und mit Kartoffeln oder Nudeln servieren.

ᐁ LAMMSCHULTER MIT KARTOFFELN ᐊ

1,5 kg Lammfleisch entbeinen, in Form binden und mit Butter bestreichen. - - Im Ofen bei 220 Grad 20 Minuten lang von allen Seiten bräunen. - - 1 kg Kartoffeln schälen, vierteln und mit 250 g in Scheiben geschnittenen Zwiebeln sowie Butter in einer Pfanne anbräunen. - - Mit Pfeffer und Salz würzen. - - Zwiebel-Kartoffel-Mischung zum Fleisch geben und 45 Minuten mitgaren. - - Fleisch aufschneiden und mit Gemüse umlegt servieren.

↜ SEEZUNGE NORMANDIE ↝

½ Liter Fischfond zubereiten. - - 1 kg Miesmuscheln in
Weißwein-Schalotten-Sud garen. - - 125 g Garnelen
in Salzwasser garen. - - 150 g Champignons mit Butter
und Zitronensaft schmoren. - - Pilze, Muscheln
und Garnelen vermischen. - - 8 Seezungenfilets in eine
Form legen und mit dem Fond übergießen, 10 Minuten
bei 200 Grad im Ofen backen. - - Filets herausnehmen
und auf Servierplatte mit der Muschelgarnitur
umlegen. - - Garflüssigkeit einkochen und mit 2 Eigelb
und 200 ml Sahne zu einer dicken Sauce abziehen. - -
Über die Filets geben.

Sogar Omelettes und Soufflés wurden unangetastet
in die Küche zurückgeschickt:

↜ OMELETTE MIT STEINPILZEN ↝

150 g Steinpilze in Butter schmoren. - - ½ Bund
feingehackte Petersilie dazugeben und beiseite stellen. - -
6 Eier mit etwas Wasser verschlagen und mit Pfeffer und
Salz würzen. - - In einer großen Pfanne eine Omelette in
Butter braten. - - Bevor die Eimasse auf der Oberseite
stockt, Pilze daraufgeben und zuklappen. - - Dazu gibt
es kräftiges Landbrot und gute Butter.

⁓ SOUFFLÉ MIT KÄSE ⁓

3 Eiweiß und 3 Eigelb trennen. - - Eiweiß salzen und
schlagen. - - 0,3 Liter Milch zum Kochen bringen. - - In
einem Topf Mehl in Butter anschwitzen, Milch unter
ständigem Rühren langsam dazugießen. - - Dick werden
lassen. - - Eigelb unterrühren, dann einen Eßlöffel Sahne
und mit Salz, Pfeffer und Muskatnuß abschmecken. - -
Eischnee unterheben und mit 100 g geriebenem Comté
vermischen. - - 30 Minuten in einer Souffléform bei 200
Grad backen. - - Dazu gibt es grünen Salat mit einer
Vinaigrette aus Zitronensaft, Olivenöl und Dijonsenf
und Baguette.

*Pistoux reagiert unwirsch und droht dem erschrockenen
Butler mit Krebsmousse und Kalbsbries:*

⁓ KALTE KREBSMOUSSE ⁓
(nach Auguste Escoffier)

12 Flußkrebse mit Mirepoix garen und auslösen,
aus den Schalen mit 15 g Butter und dem Mirepoix
eine Krebsbutter anfertigen und diese mit
50 ml Fischveloutée und etwas Fischgelee pürieren und
über Eis rühren. - - Krebsschwänze kleinschneiden und
mit 150 ml Schlagsahne mischen. - - Masse in eine
Charlotte-Form geben und kühlen. - - Von mit Gelee
überglänzten Trüffelscheiben auf einem Reissockel
mit Geleewürfelchen und Krebsschalen
umkränzt servieren.

✌ KALBSBRIES~TIMBALE ⋋
(nach Auguste Escoffier)

Timbaleform ausbuttern und innen mit
Nudelteigstücken verzieren (Scheiben, Blätter, Rauten,
Halbmonde). - - Mit Pastetenteig auskleiden, mit Eigelb
bestreichen und backen. - - Danach das Innere mit
Eiweiß bestreichen und mit Fleischfarce auskleiden. - -
Kurz in den Ofen stellen. - - Dann Kalbsbries schmoren
und in Scheiben schneiden. - - Mit kleingeschnittenen
Pilzen, Hahnenkämmen und -nieren, Hühnerklößen,
Hühnerfarce und Trüffelscheiben vermengen und
mit einer Sauce allemande übergießen. - - In die
Förmchen füllen, obenauf eine Trüffelscheibe, Deckel
darauflegen und servieren.

Pistoux' Commis stibitzt sich ein Muffin,
das die Herrschaften nach dem Fünfuhrtee
übriggelassen haben:

✌ HEIDELBEER~MUFFINS ⋋

200 g Mehl mit 60 g Haferflocken, 2 Teelöffeln
Backpulver und ½ Teelöffel Natron vermischen. - -
Zwei Eier verquirlen und mit 180 g Zucker und
300 g saurer Sahne verrühren. - - Mit Mehlmasse
vermischen und die Heidelbeeren unterheben. - -
In Muffin-Formen füllen und bei 180 Grad
25 Minuten backen. - - Ergibt 12 Stück.

Pistoux' Commis ist auf der Flucht und hat Hunger: «Auf einer Fensterbank entdeckte ich einen Apfelkuchen, der dort zum Auskühlen stand. Noch ehe ich viel nachgedacht hatte, rannte ich schon mit dem Kuchen in beiden Händen davon.» Wenig später hat der talentierte Commis von Jacques Pistoux in seiner ersten Stellung als «Chef de cuisine» selbst Gelegenheit, einen Apfelkuchen zu machen:

⌁ TARTE AU POMMES ⌁

150 g Mehl mit 75 g gesalzener Butter, 1 Eigelb und 1 Eßlöffel Zucker zu einem Teig verkneten. - - Teig sehr dünn ausrollen und in eine runde Form geben. - - 10 Minuten bei 180 Grad vorbacken. - - Drei große Äpfel in dünne Schnitze schneiden und diese wie Dachziegel in die Form schichten. - - Mit Zitronensaft beträufeln, dann Zucker darüberstreuen. - - 30 Minuten im Ofen backen. - - Kann auch mit Pflaumen oder Aprikosen gebacken werden.

Madame Noire bekommt einen gierigen Blick, als sie erfährt, daß Pistoux' Commis sich mit französischen Desserts auskennt:

⌁ ILES FLOTTANTES ⌁

Zuerst eine Créme anglaise zubereiten aus 1 Liter heißer Milch, 10 bis 12 Eigelb und 150 g Zucker. - - Das Eiweiß mit einer Messerspitze Salz und einem Teelöffel Vanillezucker schlagen und in kleinen Portionen auf heißem Wasser pochieren. - - Dann aus 6 Eßlöffeln

Zucker und etwas Wasser bei mäßiger Hitze in einem Topf eine Karamelmasse herstellen. - - Die Inseln auf die Creme setzen und mit Karamel beträufeln.

Sogar die feinste Leckerei der Provence wird nun im Bordell zubereitet:

⌒ NOUGAT BLANC ⌒

150 g Honig und 2 Eßlöffel Maissirup leicht erhitzen. - - In einem zweiten Topf 250 g Zucker, 60 ml Wasser und 1 Prise Weinstein zu Sirup kochen. - - Zwei Eiweiß zu Schnee schlagen, unter den Zuckersirup heben, dann die Honigmasse dazugeben. - - Zwei Teelöffel Vanille-Extrakt, 1 Prise Salz, 60 g gehackte kandierte Früchte und 400 g blanchierte und grob gehackte Mandeln dazugeben. - - In eine mit Reispapier ausgekleidete Form geben, über Nacht fest werden lassen und dann in kleine Stücke zerteilen.

Und natürlich gehört auch der berühmte
gestürzte Apfelkuchen zum Repertoire des Commis
von Jacques Pistoux:

⌁ TARTE TATIN ⌁

10 säuerliche Äpfel in eine mit salziger Butter gut
eingefettete flache Kuchenform setzen. - - 250 g Zucker
darüber verteilen, mit Wasser beträufeln und
Butterflöckchen daraufgeben. - - Auf Feuer stellen und
bei schwacher Hitze den Zucker karamelisieren lassen.
- - Einen Knet- oder Blätterteig dünn ausrollen und
die Äpfel damit bedecken, den überstehenden
Teil abnehmen. - - 20 Minuten bei 200 Grad im
Ofen backen.

«Das Tafelvergnügen gehört jedem Alter, jedem Stande,
allen Ländern und Zeiten; es schließt sich allen
anderen Genüssen an und bleibt am Ende, uns über deren
Verlust zu trösten.»
(Jean Anthèlme Brillat-Savarin)

Über die Autorin: Virginia Doyle, Mitte 30, ist das Pseudonym einer mehrfach ausgezeichneten Krimiautorin. Sie lebt nach einer Lehrzeit in einem Hotel an der Côte d'Azur und einer Ausbildung zur Sommelière in einem Londoner Restaurant mittlerweile in Maidstone (Grafschaft Kent), wo sie sich ganz dem Schreiben und der Corgi-Zucht hingibt.

«Die schwarze Nonne» ist ihr erster Roman um den Meisterkoch und Amateurdetektiv Jacques Pistoux.

Kenneth Abel
Köder am Haken
(thriller 43245)

Die Mauer des Schweigens
(thriller 43276)

Meschugge *Der Roman zum*
Film von Dani Levy und
Maria Schrader
(thriller 43363)
In der Kleinstadt Hameln
brennt eine Schokoladenfa-
brik ab. Brandstiftung. Der
jüdische Eigentümer entkom-
mt knapp dem Tod. – New
York City. Die Mutter von
David Fish, hat in der Zeitung das Bild des Schokola-
denfabrikanten gesehen und
ihren todgeglaubten Vater
erkannt. Kurz darauf wird
sie ermordet ...

John Baker
Ins offene Messer
(thriller 43259)

Tiefschlag
(thriller 43307)
Die Bodybuilder Ben und
Gog entführen arglose
Kinder, die ein trauriges
Schicksal erwartet. Sam
Turner – seit elf Monaten
trocken und genauso lange
Privatdetektiv – kann der
Sippe das Handwerk legen.
Leider hat er dabei die
Rechnung ohne die Mafia
gemacht ...

Voll erwischt
(thriller 43260)
«Ein hinreißendes und
lustiges Märchen.»
Times Literary Supplement

Robert Crais
Falsches Spiel in L.A.
(thriller 43299)
Susan Martin war der gesell-
schaftliche Mittelpunkt in
L. A. und die Frau des Top-
managers «Teddy». Sie
wurde brutal mit einem
Hammer erschlagen, und das
Motiv scheint glasklar:
Susan wollte sich scheiden-
lassen ...

Im freien Fall
(thriller 43309)

Kidnapping
(thriller 43301)

Die Rache der Samurai
(thriller 43302)

Schmutzige Geschäfte
(thriller 43310)

rororo thriller werden her-
ausgegeben von Bernd Jost.
Ein Gesamtverzeichnis aller
lieferbaren Titel finden Sie in
der *Rowohlt Revue*.
Vierteljährlich neu. Kostenlos in Ihrer Buchhandlung.
Rowohlt im Internet:

«Da werden endlich wieder Geschichten erzählt, die so intelligent und spannend sind, die zum Zittern und Lachen bringen. Allererste Empfehlung: die subtil anarchistischen Polizeikomödien der beiden Hamburger Norbert Klugmann & Peter Mathews.»
Lui

KLUGMANN/
MATHEWS

Vorübergehend verstorben

rororo

Beule & Co
Beule oder Wie man einen Tresor knackt. Ein Kommissar für alle Fälle. Flieg, Adler Kühn
(thriller 43101)
Die Helden des Autorenduos scheinen auf den ersten Blick wenig perfekt. Sie haben Probleme mit Frauen, mit sich selbst und mit ihrer Kondition. Eigentlich sind sie ganz selten richtige Helden ...

Die Schädiger. Tote Hilfe
Zwei Krimikomödien
(thriller 43275)
«Witzig und spannend» (*Süddeutsche Zeitung*) ist der häufigste Kommentar zu diesen etwas anderen Krimis. Zwei Geschichten um den ewigen Loser Rochus Rose und die Jungs von der alternativen Tankstelle.

Vorübergehend verstorben
Roman
(thriller 43306)
Die Männer sind alle Verbrecher, ihr Herz ist ein finsteres Loch... Die Anwältin Luise Rubato fährt lieber in die Grube, als der Moral der Männer zu erliegen.

Norbert Klugmann
Treibschlag *Ein Fall für den Sportreporter*
(thriller 43238)

Zielschuß *Ein Fall für den Sportreporter*
(thriller 43241)

Doppelfehler *Ein Fall für den Sportreporter*
(thriller 43228)

Schweinebande
(thriller 43175)

Tour der Leiden *Best of Foul Play*
(rororo 43324)

«**Norbert Klugmann** legt ein wahnsinniges Tempo vor und ihm fließen mitunter Dialoge aus der Feder, gegen die hochgerühmte amerikanische Kollegen die reinsten Langweiler sind.» *Süddeutscher Rundfunk*

Ein Gesamtverzeichnis der Reihe *rororo thriller* finden Sie in der *Rowohlt Revue*. Vierteljährlich neu. Kostenlos in Ihrer Buchhandlung.

rororo thriller